O Rei Perverso

Obras da autora publicadas pela Galera Record:

O Povo do Ar
O príncipe cruel
O rei perverso
A rainha do nada
Como o rei de Elfhame aprendeu a odiar histórias

O canto mais escuro da floresta

Duologia Herdeiro Roubado
O herdeiro roubado
O trono do prisioneiro

Contos de Fadas Modernos
Tithe
Valente
Reino de ferro

Magisterium (com Cassandra Clare)
O desafio de ferro
A luva de cobre
A chave de bronze
A máscara de prata
A torre de ouro

As Crônicas de Spiderwick (com Tony DiTerlizzi)
Livro da noite

O Rei Perverso

Holly Black

Tradução
Regiane Winarski

1ª edição

Galera
RIO DE JANEIRO
2026

REVISÃO
Ana Lucia Gusmão

ARTE DE CAPA E LUVA
Kathleen Jennings

DESIGN DE CAPA E LUVA
Karina Granda

TÍTULO ORIGINAL
The Wicked King

CIP-BRASIL. CATALOGAÇÃO NA PUBLICAÇÃO
SINDICATO NACIONAL DOS EDITORES DE LIVROS, RJ

B562r Black, Holly, 1971-
O rei perverso / Holly Black ; tradução Regiane Winarski. - 1. ed. - Rio de Janeiro : Galera Record, 2026. (O povo do ar ; 2)

Tradução de: The wicked king
ISBN 978-65-5981-637-8

1. Ficção americana. I. Winarski, Regiane. II. Título. III. Série.

CDD: 813
CDU: 82-3(73)

Gabriela Faray Ferreira Lopes - Bibliotecária - CRB-7/6643

Texto revisado segundo o Acordo Ortográfico da Língua Portugue-sa de 1990.

Direitos exclusivos de publicação em língua portuguesa somente para o Brasil adquiridos pela
EDITORA GALERA RECORD LTDA.
Rua Argentina, 120 – Rio de Janeiro, RJ - 20921-380 - Tel.: (21) 2585-2000,
que se reserva a propriedade literária desta tradução.

Impresso no Brasil pela Geográfica Editora

ISBN 978-65-5981-637-8

Para Kelly Link, que pertence ao povo sereiano.

Floresta Torta
Palácio de Elfhame
Bosque Leitoso
INSMIRE
Lago das Másca
Fortaleza de Madoc

Mapa das Ilhas Mutáveis de
ELFHAME
opriedade de Locke
INSMOOR
Torre
do
Esquecimento
Mercado
Mandrake
INSWEAL
Mansão Hollow
REINO SUBMARINO

Livro Um

"Diga a ele o seguinte, 'Que eu desafio
Suas calúnias e infâmia do mal,
E, como inimigo mortal,
Proclamo publicamente para ele:
Não obstante, que se dependesse de mim,
Ele não usaria a coroa das fadas,
Mas com vingança sofreria a derrocada;
E jamais um rei faríamos dele.'"

— Michael Drayton,
"Nymphidia"

PRÓLOGO

Jude ergueu a espada pesada de treino e assumiu a primeira postura: prontidão.

Acostume-se com o peso, Madoc dissera. *Você precisa ser forte o suficiente para golpear e golpear e golpear de novo sem se cansar. A primeira lição é ficar forte. Vai doer. Mas a dor fortalece.*

Ela firmou os pés na grama. O vento agitou seu cabelo quando Jude mudou de uma postura para outra. Um: a espada à frente, inclinada para o lado, protegendo o corpo. Dois: o pomo alto, como se a lâmina fosse um chifre saindo de sua cabeça. Três: para baixo, até o quadril, em um movimento aparentemente casual na frente do corpo. E quatro: para cima de novo, até o ombro. Cada posição podia, com facilidade, virar golpe ou defesa. Lutar era como xadrez, era prever os movimentos do oponente e reagir antes de ser atingido.

Mas era xadrez jogado com o corpo todo. Xadrez que a deixava machucada e cansada e frustrada com o mundo e consigo mesma.

Ou talvez fosse mais como andar de bicicleta. Quando estava aprendendo, ainda no mundo real, Jude caíra várias vezes. Os joelhos ficavam tão ralados que sua mãe achava que virariam cicatrizes. Mas Jude tirou as rodinhas ela mesma e desdenhou de pedalar com cuidado na calçada, como Taryn fazia. Jude queria pedalar rápido na rua, como Vivi, e se ficasse com pedrinhas na pele por causa disso... bom, ela teria que deixar o pai tirar tudo com uma pinça à noite.

Às vezes Jude desejava a bicicleta, mas não havia bicicletas no Reino das Fadas. Em vez disso, ela tinha sapos gigantes e pôneis magros e esverdeados e cavalos de olhos arregalados, finos como sombras.

E tinha armas.

E o assassino do seu pai, agora seu padrasto. O general do Grande Rei, Madoc, que queria lhe ensinar a cavalgar rápido demais e a lutar até a morte. Por mais força que Jude usasse para atacá-lo, ele só ria. Ele gostava da raiva dela. *Fogo*, dizia.

Ela também gostava quando sentia raiva. A raiva era melhor do que o medo. Melhor do que lembrar que não passava de uma mortal entre monstros. Ninguém mais lhe oferecia a opção de rodinhas de bicicleta.

Do outro lado do campo, Madoc guiava Taryn por uma série de posturas. Taryn também estava aprendendo a usar a espada, embora tivesse problemas diferentes dos de Jude. As posturas eram mais perfeitas, mas ela odiava lutar. Fazia as defesas óbvias para os ataques óbvios, e era fácil induzi-la a uma série de movimentos e acertá-la rompendo o padrão. Cada vez que acontecia, Taryn ficava com raiva, como se Jude estivesse errando os passos de uma dança em vez de vencer.

— Venha aqui — Madoc chamou Jude do outro lado do gramado prateado.

Ela foi até o padrasto, a espada apoiada nos ombros. O sol estava se pondo, mas as fadas são criaturas do crepúsculo, e o dia não estava nem na metade ainda. O céu estava com manchas cobre e douradas. Ela inspirou fundo o aroma de pinheiro. Por um momento, sentiu como se fosse só uma garota aprendendo um esporte novo.

— Venham lutar — disse ele quando Jude chegou mais perto. — Vocês duas contra esse velho barrete vermelho.

Taryn se apoiou na espada, a ponta afundando na terra. Ela não deveria segurá-la assim, não era bom para a lâmina, mas Madoc não a repreendeu.

— Poder — disse ele. — Poder é a capacidade de conseguir o que você quer. Poder é a capacidade de ser quem toma as decisões. E como conseguimos poder?

Jude parou ao lado da irmã gêmea. Era óbvio que Madoc esperava uma resposta, mas também era óbvio que esperava a resposta errada.

— Aprendendo a lutar bem? — respondeu ela, só para falar *alguma coisa*.

Quando Madoc sorriu, Jude viu as pontas dos caninos inferiores dele, mais longos do que o restante dos dentes. Ele desgrenhou o cabelo dela, e ela sentiu as unhas afiadas que mais pareciam garras no couro cabeludo, leves a ponto de não machucar, mas um lembrete do que ele era, ainda assim.

— Nós conseguimos poder tomando-o.

Ele apontou na direção de uma colina baixa com uma árvore frondosa crescendo.

— Vamos transformar a próxima lição em jogo. Aquela colina é minha. Vão lá e tomem ela de mim.

Taryn foi andando com obediência na direção da colina, Jude ao lado. Madoc as acompanhou, o sorriso mostrando todos os dentes.

— E agora? — perguntou Taryn, sem nenhuma empolgação específica.

Madoc olhou ao longe, como se estivesse contemplando e descartando várias regras.

— Agora protejam a colina contra um ataque.

— Espera, o quê? — perguntou Jude. — Um ataque seu?

— Isso é um jogo de estratégia ou uma prática de luta? — perguntou Taryn, franzindo a testa.

Madoc botou um dedo embaixo do queixo dela e ergueu sua cabeça até ela estar olhando em seus olhos dourados de gato.

— O que é uma luta se não um jogo de estratégia jogado em velocidade? — perguntou ele com grande seriedade. — Converse com a sua irmã. Quando o sol chegar no tronco daquela árvore, virei recuperar minha colina. Se vocês me derrubarem uma vez, vencem.

Ele seguiu em direção a um grupo de árvores um pouco distante. Taryn se sentou na grama.

— Não quero fazer isso — disse ela.

— É só um jogo — lembrou Jude, com nervosismo.

Taryn a olhou demoradamente, o olhar que trocavam quando uma das duas tentava fingir que as coisas iam bem.

— Tudo bem, o que *você* acha que a gente deve fazer?

Jude olhou para os galhos da árvore.

— E se uma de nós jogasse pedras enquanto a outra luta?

— Está bem — disse Taryn, se levantando e começando a recolher pedras nas dobras da saia. — Você não acha que ele vai ficar com raiva, acha?

Jude balançou a cabeça, mas entendeu a pergunta de Taryn. E se ele as matasse sem querer?

Você tem que escolher suas batalhas, sua mãe dizia para o seu pai. Era uma daquelas frases estranhas que os adultos esperavam que ela entendesse, apesar de não fazer sentido algum, tipo "é melhor um pássaro na mão do que dois voando" ou "toda moeda tem dois lados", ou a totalmente misteriosa "olhar não tira pedaço". Agora, parada em uma colina com uma espada de verdade na mão, ela entendia bem melhor.

— Assuma a posição — disse Jude, e Taryn não perdeu tempo para subir na árvore.

Jude verificou a posição do sol, imaginando que tipo de truques Madoc poderia usar. Quanto mais ele esperasse, mais escuro ficaria, e embora o general conseguisse enxergar no breu, Jude e Taryn não conseguiam.

Só que, no final, ele não usou truque nenhum. Saiu da floresta na direção delas, uivando como se estivesse liderando um exército de cem. Os joelhos de Jude ficaram bambos de pavor.

É só um jogo, lembrou a si mesma freneticamente. Mas, quanto mais perto ele chegava, menos o corpo dela acreditava nisso. Todos os seus instintos animais a mandavam fugir.

A estratégia das duas parecia boba agora perante a enormidade de Madoc e a pequenez delas, perante seu medo. Ela pensou na mãe sangrando no chão, relembrou o cheiro das entranhas que saíam do seu corpo. A lembrança parecia um trovão em sua cabeça. Ela ia morrer.

Corra, seu corpo todo pedia. *CORRA!*

Não, sua mãe tinha corrido. Jude firmou os pés.

Obrigou-se a assumir a primeira postura, apesar de as pernas estarem bambas. Madoc estava em vantagem ao subir aquela colina, porque tinha o impulso ao seu lado. As pedras caindo nele, jogadas por Taryn, nem sequer afetaram o ritmo da corrida.

Jude pulou fora do caminho do padrasto, sem nem se dar ao trabalho de tentar bloquear o primeiro golpe. Botando a árvore entre os dois, ela desviou do segundo e do terceiro. Quando ele deu o quarto, ela foi derrubada na grama.

Ela fechou os olhos contra o golpe fatal.

— Você pode pegar uma coisa quando não tem ninguém olhando. Mas defendê-la, mesmo com toda vantagem do seu lado, não é uma tarefa fácil — disse Madoc com uma risada. Ela olhou para ele e o viu oferecendo a mão. — O poder é bem mais fácil de adquirir do que de manter.

Ela foi tomada de alívio. Era só um jogo, afinal. Só mais uma lição.

— Isso não foi justo — reclamou Taryn.

Jude não disse nada. Nada era justo no Reino das Fadas. Já tinha aprendido a não nutrir esperanças.

Madoc a puxou para que ficasse de pé e passou o braço pesado pelos ombros da garota. Puxou-a junto com sua irmã gêmea para um abraço. Ele tinha cheiro de fumaça e sangue seco, e Jude se permitiu relaxar perto dele. Era bom ser abraçada. Mesmo por um monstro.

CAPÍTULO 1

O novo Grande Rei do Reino das Fadas relaxa no trono, a coroa apoiada em um ângulo casual, a capa longa e perversamente escarlate presa nos ombros, roçando no chão. Um brinco brilha no alto de uma orelha pontuda. Anéis pesados cintilam nos dedos. Mas a característica mais ostensiva é a boca macia e mal-humorada.

Faz com que ele pareça o cretino que é.

Fico parada ao seu lado, na posição honrada de senescal. Tenho que ser a conselheira mais confiável do Grande Rei Cardan, e desempenho esse papel em vez do meu verdadeiro: a mão por trás do trono, aquela com o poder de obrigá-lo a obedecer caso ele tente me contrariar.

Observo a multidão, procurando por um espião da Corte das Sombras. Interceptaram uma mensagem vinda da Torre do Esquecimento, onde o irmão de Cardan está preso, e estão trazendo-a para mim em vez de levá-la ao verdadeiro destinatário.

E essa é só a crise mais recente.

Faz cinco meses que obriguei Cardan a assumir o trono de Elfhame como meu rei marionete, cinco meses que traí minha família, que minha irmã levou meu irmãozinho para o reino mortal e para longe da coroa que ele poderia ter usado, que cruzei minha espada com a de Madoc.

Cinco meses que não durmo mais do que poucas horas seguidas.

Pareceu uma boa troca, uma troca bem no estilo das *fadas*, até colocar uma pessoa que me desprezava no trono para que Oak ficasse fora de perigo. Foi emocionante enganar Cardan para que prometesse me servir por um ano e um dia, eletrizante quando meu plano deu certo. Mas, na ocasião, um ano e um dia pareciam uma eternidade. Agora, tenho que descobrir como mantê-lo sob meu poder (e longe de confusões) por mais tempo do que isso. Por tempo suficiente para Oak ter a chance de desfrutar do que eu não pude: a infância.

Agora, um ano e um dia parecem um prazo curtíssimo.

E, apesar de ter colocado Cardan no trono pelas minhas próprias maquinações, apesar de planejar mantê-lo ali, não consigo não me irritar com o quanto ele parece à vontade.

Os governantes feéricos estão ligados à terra. São o sangue vital e o coração pulsante do reino, de uma forma mística que não entendo completamente. Mas Cardan não é nada disso, não com o compromisso que tem de ser um preguiçoso que não faz nada do verdadeiro trabalho que é governar.

As obrigações dele parecem se resumir em permitir que suas mãos cobertas de anéis sejam beijadas e aceitar as lisonjas dos feéricos. Tenho certeza de que ele gosta desta parte: os beijos, as reverências e as bajulações. Ele gosta do vinho. Vive pedindo que seu cálice incrustado de pedras seja enchido com uma bebida verde-clara. Só o cheiro já faz minha cabeça girar.

Em um momento de calmaria, ele me olha e ergue uma sobrancelha preta.

— Se divertindo?

— Não tanto quanto você — respondo.

Por mais que Cardan me detestasse quando estávamos na escola, aquilo era uma vela fraca em comparação à chama ardente que é o ódio dele agora. Sua boca se curva num sorriso. Os olhos brilham com intenção maligna.

— Olhe para todos eles, os seus súditos. É uma pena que ninguém saiba quem é a verdadeira soberana.

Meu rosto fica um pouco quente com as palavras. O dom de Cardan é pegar um elogio e transformar em insulto, uma cutucada que dói mais pela tentação de ser interpretada literalmente.

Passei tantas festas evitando ser notada. Agora, todo mundo me vê, banhada com a luz das velas, com um dos três gibões pretos quase idênticos que uso todas as noites, Cair da Noite, minha espada, presa ao meu quadril. Os feéricos giram nas danças e tocam músicas, tomam o vinho dourado e compõem suas charadas e maldições enquanto os observo da plataforma real. Eles são lindos e terríveis, e podem desprezar minha mortalidade, podem debochar dela, mas eu estou aqui em cima e eles não.

Claro que talvez isso não seja tão diferente de me esconder. Talvez seja só me esconder a olhos vistos. Mas não posso negar que o poder que tenho me sobe à cabeça, me dá uma onda de prazer sempre que penso nele. Só queria que Cardan não conseguisse perceber.

Se procurar com atenção, consigo encontrar minha irmã gêmea, Taryn, dançando com Locke, seu noivo. Locke, que já achei que podia me amar. Locke, que já achei que eu amava. Mas é de Taryn que sinto saudades. Em noites como a de hoje, me imagino pulando da plataforma e indo até ela para tentar explicar minhas escolhas.

O casamento dela será em três semanas e nós ainda não nos falamos.

Fico dizendo para mim mesma que preciso que Taryn me procure primeiro. Ela me fez de boba com Locke. Ainda me sinto idiota quando olho para eles. Se ela não quer pedir desculpas, devia pelo menos fingir que não há motivos para pedir desculpas. Eu talvez até aceitasse isso. Mas não serei eu quem vai procurar Taryn, que vai implorar.

Meus olhos a seguem enquanto ela dança.

Não me dou ao trabalho de procurar Madoc. O amor dele é parte do preço que paguei por essa posição.

Um feérico baixo e enrugado, com cabelo prateado como uma nuvem e um casaco escarlate, se ajoelha na frente da plataforma, querendo ser reconhecido. Os punhos têm pedras preciosas e o alfinete de mariposa que prende sua capa tem asas que se movem sozinhas. Apesar da postura de subserviência, seu olhar é ávido.

Ao seu lado estão dois feéricos pálidos da colina, com membros compridos e cabelo voando atrás do corpo, apesar de não haver brisa alguma.

Bêbado ou sóbrio, agora que Cardan é o Grande Rei, ele tem que ouvir os súditos que desejam que ele resolva um problema, por menor que seja, ou conceder uma dádiva. Não consigo imaginar por que alguém colocaria o próprio destino nas mãos dele, mas os feéricos são cheios de excentricidades.

Por sorte, estou lá para sussurrar meus conselhos no ouvido de Cardan, como qualquer senescal faria. A diferença é que ele tem que me ouvir. E se ele sussurrar para mim alguns insultos horríveis, bem, pelo menos ele é obrigado a sussurrar.

Claro que a pergunta passa a ser se eu mereço ter tanto poder. *Não vou ser horrível só para me divertir*, digo a mim mesma. *Isso deve valer alguma coisa.*

— Ah — suspira Cardan, se inclinando para a frente no trono, fazendo a coroa cair na testa. Ele toma um grande gole de vinho e sorri para o trio. — Deve ser uma questão séria para ser trazida ao Grande Rei.

— Você talvez já tenha ouvido histórias sobre mim — diz o feérico pequeno. — Eu fiz a coroa que está na sua cabeça. Meu nome é Grimsen, o Ferreiro, há muito em exílio com Alderking. Os ossos dele agora descansam, e há um novo Alderking em Fairfold, assim como há um novo Grande Rei aqui.

— Severin — digo.

O ferreiro olha para mim, com surpresa óbvia por eu ter falado. Mas seu olhar volta para o Grande Rei.

— Imploro que você me permita voltar para a Alta Corte.

Cardan pisca algumas vezes, como se tentando focar o olhar no suplicante à frente dele.

— Então você também foi exilado? Ou decidiu ir embora?

Eu me lembro de Cardan ter me contado um pouco sobre Severin, mas ele não tinha mencionado Grimsen. Já ouvi falar dele, claro. Ele é o ferreiro que fez a Coroa de Sangue para Mab e a entremeou com encantamentos. Dizem que é capaz de fazer qualquer coisa a partir de metal, até coisas vivas: pássaros de metal que voam, cobras de metal que deslizam e atacam. Ele fez as espadas gêmeas, Caçadora de Coração e Coração Jurado, uma que nunca erra e uma capaz de cortar qualquer coisa. Infelizmente, ele as fez para Alderking.

— Eu fui jurado a ele como servo — explica Grimsen. — Quando ele foi para o exílio, tive que ir junto... e, ao fazer isso, caí em desfavor. Apesar de só ter feito bugigangas para Alderking em Fairfold, eu ainda era considerado pelo seu pai como criatura dele.

"Agora, com os dois mortos, suplico por permissão para abrir um espaço para mim em sua corte. Não me puna mais, e minha lealdade a você será tão grande quanto sua sabedoria."

Olho para o pequeno ferreiro com mais atenção, com a certeza repentina de que ele está jogando com as palavras. Mas com que objetivo? O pedido parece genuíno, e se a humildade de Grimsen não é, bom, sua fama faz com que isso não seja surpresa.

— Muito bem — diz Cardan, parecendo satisfeito de lhe pedirem algo fácil de conceder. — Seu exílio acabou. Faça seu juramento a mim, e a Alta Corte vai recebê-lo de braços abertos.

Grimsen faz uma reverência exagerada, a expressão teatralmente perturbada.

— Nobre rei, seu pedido é o menor e mais razoável para seu servo, mas eu, que já sofri por juramentos assim, não gostaria de fazê-los novamente. Permita-me isto: me conceda a possibilidade de demonstrar minha lealdade através de meus atos em vez de me atar com palavras.

Coloco a mão no braço de Cardan, mas ele ignora meu aperto de alerta. Eu poderia dizer alguma coisa e ele seria obrigado, por força maior, a pelo menos não me contradizer, mas não sei o que falar. Ter o ferreiro aqui, forjando para Elfhame, não é pouca coisa. Talvez valha a falta de um juramento.

Ainda assim, tem algo no olhar de Grimsen que parece um pouco arrogante, um pouco seguro demais. Desconfio de algum truque.

Cardan fala antes que eu possa entender qualquer outra coisa.

— Aceito sua condição. Eu lhe darei uma dádiva. Há uma construção antiga com uma forja no limite do terreno do palácio. Você a terá para si, além do tanto de metal que requerer. Estou ansioso para ver o que fará para nós.

Grimsen faz outra reverência exagerada.

— Sua gentileza não será esquecida.

Não gosto disso, mas talvez eu esteja sendo cautelosa demais. Talvez seja só por eu não gostar do ferreiro. Há pouco tempo para refletir antes que outro suplicante se aproxime.

Uma bruxa, velha e poderosa o suficiente para o ar ao redor parecer estalar com a força de sua magia. Seus dedos são retorcidos, o cabelo tem cor de fumaça e o nariz parece a lâmina de uma foice. Em volta do pescoço ela usa um colar de pedras, cada uma entalhada com espirais que parecem captar e intrigar o olho. Quando ela se move, a veste pesada ao seu redor ondula, e vejo pés em forma de garras, como as de uma ave de rapina.

— Reizinho — diz a bruxa. — Mãe Marrow traz presentes.

— Sua lealdade é tudo que peço. — A voz de Cardan soa leve. — Por enquanto.

— Ah, eu sou jurada à Coroa, com certeza — responde ela, enfiando a mão em um bolso e tirando um pano que parece mais preto do que o céu da noite, tão preto que parece absorver a luz ao redor. O tecido desliza sobre sua mão. — Mas vim até aqui para entregar-lhe um prêmio raro.

Os feéricos não gostam de dívidas, e é por isso que eles não pagam um favor com um mero agradecimento. Se você der um bolo de aveia para eles, eles encherão um dos aposentos da sua casa com grãos, pagando em exagero para jogar a dívida de volta para você. Mas tributos são dados aos Grandes Reis o tempo todo: ouro, serviços, espadas com nomes. Só que não costumamos chamar essas coisas de *presentes*. Nem de *prêmios*.

Não sei como interpretar o discursinho dela.

A voz da bruxa é um ronronar.

— Minha filha e eu tecemos isto de seda de aranha e pesadelos. Um traje feito deste material poderia bloquear uma lâmina afiada, mas também ser suave como uma sombra sobre a pele.

Cardan franze a testa, mas seu olhar é atraído repetidamente para o tecido maravilhoso.

— Admito que nunca vi nada igual.

— Então você aceita o que lhe concedo? — pergunta a bruxa, um brilho malicioso nos olhos. — Sou mais velha do que seu pai e sua mãe. Mais velha do que as pedras deste palácio. Tão velha quanto os ossos da terra. Mas como você é o Grande Rei, a Mãe Marrow aceita sua palavra.

Cardan aperta os olhos. Ela o irritou, vejo bem isso.

Tem um truque aqui, e desta vez eu sei o que é. Antes que ele possa começar, quem fala sou eu.

— Você disse *presentes*, mas só nos mostrou este maravilhoso tecido. Sei que a Coroa ficaria satisfeita de tê-lo se fosse dado livremente.

O olhar dela pousa em mim, os olhos duros e frios como a própria noite.

— E quem é você para falar pelo Grande Rei?

— Sou a senescal dele, Mãe Marrow.

— E você deixa que essa garota mortal responda por você? — pergunta ela a Cardan.

Ele me olha com tanta condescendência que minhas bochechas ficam quentes. O olhar perdura. Sua boca se retorce e se curva.

— Acho que sim — diz, enfim. — Ela se diverte me mantendo longe de problemas.

Eu mordo a língua quando ele vira uma expressão plácida para Mãe Marrow.

— Ela é bem inteligente — diz a bruxa, cuspindo as palavras como se fossem uma maldição. — Muito bem, o tecido é seu, Vossa Majestade. Dou-lhe livremente. Dou-lhe apenas isso e mais nada.

Cardan se inclina para a frente como se eles estivessem participando de uma brincadeira.

— Ah, me conte o resto. Gosto de truques e armadilhas. Até mesmo os que quase me pegam.

Mãe Marrow movimenta os pés em forma de garras, o primeiro sinal de nervosismo que exibe. Até para uma bruxa com ossos tão velhos quanto ela alega, a fúria de um Grande Rei é perigosa.

— Muito bem. Se você tivesse aceitado tudo que eu pretendia lhe dar, teria caído em um geas que permitiria que você só se casasse com uma das tecelãs do tecido nas minhas mãos. Eu... ou a minha filha.

Um tremor frio me percorre com o pensamento do que poderia ter acontecido. O Grande Rei poderia ser obrigado a cumprir um casamento desses? Deve haver algum jeito de contornar. Veja o último Grande Rei, que nunca se casou.

O casamento é incomum entre os governantes do Reino das Fadas porque quem é governante continua sendo até a morte ou a abdicação. Entre plebeus e nobres, casamentos feéricos são elaborados para que se saia deles; diferente do mortal "até que a morte nos separe", eles contêm condições como "até que ambos renunciem um ao outro" ou "a não ser que um mate o outro por raiva" ou a inteligentemente elaborada "pela duração de uma vida", sem especificar a de quem. Mas uma união de reis e/ou rainhas nunca pode ser desfeita.

Se Cardan se casasse, eu não teria que tirar apenas ele do trono para botar Oak no lugar. Teria que remover a esposa também.

Cardan ergue as sobrancelhas, mas sua aparência é de despreocupação alegre.

— Minha senhora, você me lisonjeia. Eu não tinha ideia de que estava interessada.

O olhar dela não hesita quando entrega o presente para um dos guardas pessoais do Grande Rei.

— Que você cresça na sabedoria de seus conselheiros.

— A oração ardorosa de muitos — reconhece ele. — Me diga uma coisa. Sua filha fez a viagem com você?

— Ela está aqui — diz a bruxa.

Uma garota sai do meio da multidão para se curvar na frente de Cardan. Ela é jovem, com uma cabeleira selvagem. Como a mãe, seus membros são estranhamente longos e finos como galhos, mas enquanto a mãe é perturbadoramente ossuda, ela tem uma espécie de graça. Talvez ajude o fato de que seus pés parecem humanos.

Se bem que, na verdade, eles são virados para trás.

— Eu seria um péssimo marido — anuncia Cardan, voltando a atenção para a garota, que parece se encolher com a força de seu olhar. — Mas me conceda uma dança e lhe mostrarei meus outros talentos.

Olho para ele com desconfiança.

— Venha — Mãe Marrow chama a garota, e a segura não com muita gentileza pelo braço e a arrasta para a multidão. E ela olha de novo para Cardan. — Nós três vamos nos encontrar de novo.

— Elas todas vão querer se casar com você, sabe — diz Locke em um tom arrastado. Eu reconheço a voz antes de olhar e ver que ele ocupou o lugar que Mãe Marrow acabou de vagar.

Ele sorri para Cardan, parecendo feliz da vida com ele mesmo e com o mundo.

— É melhor ter consortes — aconselha Locke. — Muitas e muitas consortes.

— Palavras de um homem prestes a contrair os laços do matrimônio — lembra Cardan.

— Ah, deixe isso para lá. Assim como a Mãe Marrow, eu trouxe um presente. — Locke dá um passo na direção da plataforma. — Um presente com menos consequências.

Ele não olha na minha direção. É como se não me visse ou me achasse uma peça nada interessante da mobília.

Eu queria que não me incomodasse. Queria não me lembrar de ter ficado parada no alto da torre mais alta da propriedade dele, seu corpo quente encostado no meu. Queria que ele não tivesse me usado para testar o amor da minha irmã. Queria que ela não tivesse permitido isso.

Quem vê cara não vê coração, meu pai mortal dizia. Mais uma das frases que não fazem sentido até fazer.

— Como? — Cardan parece mais confuso do que intrigado.

— Eu queria *me* dar para você... como seu Mestre da Esbórnia — anuncia Locke. — Me conceda essa posição e vai ser meu dever e meu prazer impedir que o Grande Rei de Elfhame passe tédio.

Há tantos trabalhos no palácio: servos e ministros, embaixadores e generais, conselheiros e alfaiates, bobos e fazedores de charadas, cavalariços e cuidadores de aranhas e uma dezena de outras posições que esqueci. Eu nem sabia que *havia* um Mestre da Esbórnia. Talvez não houvesse até agora.

— Vou preparar prazeres que você nunca imaginou. — O sorriso de Locke é contagioso. Ele vai preparar problemas, isso é certo. Problemas para os quais não tenho tempo.

— Tenha cuidado — alerto, chamando a atenção de Locke para mim pela primeira vez. — Sei que você não gostaria de insultar a imaginação do Grande Rei.

— De fato, não gostaria — diz Cardan de uma forma que é difícil interpretar.

O sorriso de Locke nem vacila. Ele pula na plataforma e faz os cavaleiros dos dois lados se moverem para impedi-lo. Cardan sinaliza para que se afastem.

— Se você o tornar Mestre da Esbórnia... — começo a falar, rápida e desesperadamente.

— Você está me dando uma ordem? — interrompe Cardan, a sobrancelha arqueada.

Ele sabe que não posso dizer sim, não com a possibilidade de Locke ouvir.

— Claro que não — respondo.

— Que bom — diz Cardan, afastando o olhar de mim. — Estou pensando em conceder seu desejo, Locke. As coisas andam tão chatas ultimamente.

Vejo o sorrisinho de Locke e mordo o interior da bochecha para segurar as palavras de ordem. Teria sido tão satisfatório ver a expressão dele ao exibir meu poder na sua frente.

Satisfatório, mas burrice.

— Antes, Quíscalos e Cotovias e Falcões almejavam o coração da Corte — começa Locke, referindo-se às facções que preferiam festas, artes ou guerra. Facções que ganhavam ou perdiam os favores de Eldred. — Mas agora o coração da Corte é seu e só seu. Vamos quebrá-lo.

Cardan olha para Locke de um jeito estranho, como se considerando, aparentemente pela primeira vez, que ser Grande Rei pudesse ser *divertido*. Como se estivesse imaginando como seria governar sem lutar contra a minha coleira.

Do outro lado da plataforma, finalmente vejo Bomba, uma espiã da Corte das Sombras, o cabelo branco formando uma auréola em volta do rosto marrom. Ela faz um sinal para mim.

Não gosto de Locke e Cardan juntos, não gosto da ideia que eles têm de diversão, mas tento deixar isso de lado quando desço da plataforma e sigo até ela. Afinal, não dá para tramar contra Locke com ele atraído pelo que mais o diverte no momento...

Na metade do caminho até onde Bomba está, ouço a voz de Locke acima da multidão.

— Vamos comemorar a Lua do Caçador no Bosque Leitoso, e lá o Grande Rei vai oferecer uma festança sobre a qual os bardos cantarão, isso eu prometo.

O medo cresce nas minhas entranhas.

Locke está puxando alguns pixies da multidão para a plataforma, as asas iridescentes brilhando à luz das velas. Uma garota ri alto, pega o cálice de Cardan e toma até acabar a bebida. Espero que ele reaja, que a humilhe ou arranque suas asas, mas ele só sorri e pede mais vinho.

O que quer que Locke tenha em mente, Cardan parece pronto para acatar. Todas as coroações no Reino das Fadas são seguidas de um mês de festejos: bailes, bebedeiras, charadas, duelos e mais. Espera-se que os feéricos dancem até gastarem as solas dos sapatos, do pôr do sol ao amanhecer. Mas cinco meses depois de Cardan se tornar Grande Rei, o grande salão continua sempre cheio, os cálices transbordando hidromel e vinho de trevo. As festanças nem ficaram mais lentas.

Faz muito tempo que Elfhame não tem um Grande Rei tão jovem, e um ar selvagem e inconsequente contagia os cortesãos. A Lua do Caçador está próxima, mais próxima até do que o casamento de Taryn. Se Locke pretende atiçar as chamas das festanças ainda mais, quanto tempo vai levar para que isso se torne perigoso?

Com uma certa dificuldade, eu me viro de costas para Cardan. Afinal, qual seria o propósito de chamar sua atenção? O ódio dele é tanto que Cardan vai fazer o que puder, dentro das minhas ordens, para me desafiar. E ele é muito bom em desafio.

Eu gostaria de dizer que ele sempre me odiou, mas, por um momento breve e estranho, pareceu que nos entendíamos, talvez até que gostávamos um do outro. Uma aliança totalmente improvável, nascida com minha lâmina em sua garganta, resultou em Cardan confiando em mim o suficiente para se colocar sob meu poder.

Uma confiança que eu traí.

Houve uma época em que ele me atormentava porque era jovem e estava entediado e vivia cheio de raiva e era cruel. Agora, ele tem motivos melhores para os tormentos que vai infligir em mim depois que um ano e um dia se passarem. Vai ser bem difícil mantê-lo sempre sob o meu controle.

Chego a Bomba, e ela coloca um pedaço de papel na minha mão.

— Outro bilhete para Cardan, de Balekin — diz ela. — Este chegou ao palácio antes de o interceptarmos.

— É igual aos dois primeiros?

Ela assente.

— Praticamente. Balekin tenta lisonjear nosso Grande Rei para que vá à prisão. Quer propor algum tipo de barganha.

— Tenho certeza de que quer — digo, mais uma vez feliz por ter sido levada para a Corte das Sombras e por ainda tê-los cuidando de mim.

— O que você vai fazer? — pergunta ela.

— Vou ver o príncipe Balekin. Se ele quiser fazer uma proposta ao Grande Rei, vai ter que convencer sua senescal primeiro.

Um canto da boca de Bomba se levanta.

— Vou com você.

Olho para o trono novamente e faço um gesto vago.

— Não. Fique aqui. Tente impedir que Cardan se meta em confusão.

— Ele *é* confusão — lembra ela, mas não parece muito preocupada pela declaração.

Quando sigo para as passagens que levam ao palácio, vejo Madoc do outro lado do salão, parcialmente nas sombras, me observando com seus olhos de gato. Ele não está perto o suficiente para falar comigo, mas, se estivesse, não tenho dúvida do que diria.

O poder é bem mais fácil de adquirir do que de manter.

CAPÍTULO 2

Balekin está preso na Torre do Esquecimento, na parte norte de Insweal, a Ilha do Sofrimento. Insweal é uma das três ilhas de Elfhame, ligada a Insmire e Insmoor por pedras grandes e bancos de terra, ocupada por alguns abetos, cervos prateados e ocasionais membros do povo das árvores. É possível atravessar de Insmire para Insweal a pé se você não se importar de pular de pedra em pedra, de andar pelo Bosque Leitoso sem companhia e provavelmente se molhar pelo menos um pouco.

Eu me incomodo com todas essas coisas, por isso decido cavalgar.

Sendo senescal do Grande Rei, posso escolher à vontade no estábulo. Como nunca fui grande amazona, escolho uma égua que parece dócil, o pelo de um preto suave, a crina em nós complicados e provavelmente mágicos.

Eu a retiro do estábulo enquanto um cavalariço goblin traz o arreio.

Pulo nas costas da égua e a direciono para a Torre do Esquecimento. Ondas batem nas pedras abaixo de mim. Os borrifos de água salgada deixam o ar enevoado. Insweal é uma ilha sinistra, com grandes áreas da paisagem desprovidas de verde, só rochas pretas, poças formadas pela maré e uma torre entremeada de ferro frio.

Amarro o animal em um dos aros de metal preto enfiados na parede de pedra da torre. Ele relincha com nervosismo, o rabo apertado contra o corpo. Toco em seu focinho de uma forma que espero ser tranquilizadora.

— Não vou demorar, logo vamos poder sair daqui — digo para ela, desejando ter perguntado seu nome ao cavalariço.

Não me sinto muito diferente da égua quando bato na porta pesada de madeira.

Uma criatura grande e peluda a abre. Está usando uma armadura lindamente forjada, com pelo loiro saindo de todas as aberturas. É um soldado, obviamente, o que costumava significar que me trataria bem por causa do Madoc, mas agora pode acontecer o oposto.

— Sou Jude Duarte, senescal do Grande Rei — anuncio. — Vim em missão da Coroa. Me deixe entrar.

Ele se afasta e abre a porta. Entro na antecâmara escura da Torre do Esquecimento. Meus olhos mortais custam a se adaptar à falta de luz. Não tenho a capacidade dos feéricos de enxergar na quase escuridão. Há pelo menos três outros guardas presentes, mas os percebo mais como formas do que qualquer outra coisa.

— Você veio ver o príncipe Balekin, imaginamos — diz uma voz vinda do fundo.

É estranho não conseguir ver com clareza quem fala, mas finjo que não me sinto desconfortável e assinto.

— Me levem até ele.

— Vulciber — diz a voz. — Você a leva.

A Torre do Esquecimento tem esse nome porque existe como um lugar para colocar feéricos quando um monarca os quer apagados da memória da Corte. A maioria dos criminosos é punida com maldições mais inteligentes, missões ou alguma outra forma de julgamento feérico excêntrico. Para ir parar ali, é preciso ter irritado de verdade uma pessoa importante.

Os guardas são soldados cujo temperamento se adequa a locais ermos e solitários... ou aqueles cujos comandantes querem que aprendam a ter humildade com a posição. Quando olho para as figuras escuras, tenho dificuldade de adivinhar de que tipo são.

Vulciber se aproxima de mim, e reconheço o soldado peludo que abriu a porta. Ele parece ser ao menos em parte troll, com sobrancelhas grossas e membros compridos.

— Vá na frente — ordeno.

Ele me olha com expressão dura. Não sei bem do que, exatamente, ele não gosta em mim: minha mortalidade, minha posição, minha invasão na noite dele. Não pergunto. Só o sigo pela escada de pedra para uma escuridão úmida com odor mineral. O cheiro de terra pesa no ar e tem um odor podre de fungo que não consigo identificar.

Paro quando fica tão escuro que tenho medo de tropeçar.

— Acenda as lamparinas — peço.

Vulciber se aproxima, o bafo na minha cara, carregando junto o aroma de folhas molhadas.

— E se eu não acender?

Uma faca fina surge com facilidade na minha mão, tirada de uma bainha na manga. Aperto a ponta na lateral do corpo dele, embaixo das costelas.

— É melhor você não descobrir.

— Mas você não enxerga — insiste ele, como se eu tivesse pregado uma peça desonesta por não ficar tão intimidada quanto ele esperava.

— Talvez eu só prefira um pouco mais de luz — retruco, tentando manter a voz regular, embora meu coração esteja batendo como louco e a palma das mãos tenha começado a suar. Se tivermos que brigar na escada, é melhor que eu dê um ataque rápido e certeiro, porque é provável que eu só tenha uma chance.

Vulciber se afasta de mim e da minha faca. Ouço os passos pesados na escada e começo a contar, para o caso de ter que ir atrás sem enxergar. Mas uma tocha ganha vida, emitindo fogo verde.

— E então? — pergunta ele. — Você vem?

A escada passa por várias celas, algumas vazias e algumas com ocupantes sentados tão longe das grades que a luz da tocha não os ilumina. Não reconheço nenhum, até o último.

O cabelo preto do príncipe Balekin está preso por um aro, um lembrete de sua realeza. Apesar de estar confinado, ele nem parece incomodado. Tem três tapetes cobrindo o piso úmido de pedra. Ele está sentado em uma poltrona entalhada, me observando com olhos de pálpebras pesadas, alertas como os de uma coruja. Tem um bule dourado em uma mesinha elegante. Balekin vira o bule, e um chá fumegante e cheiroso cai na porcelana frágil. O aroma me faz pensar em alga.

Mas, por mais elegante que esteja, ele continua na Torre do Esquecimento, com algumas mariposas avermelhadas pousadas na parede acima dele. Quando derramou o sangue do Velho Rei, as gotas viraram mariposas que bateram as asas pelo ar por alguns momentos impressionantes antes de darem a impressão de estarem mortas. Achei que todas tinham desaparecido, mas parece que algumas foram atrás de Balekin, um lembrete dos pecados cometidos.

— Nossa Dama Jude da Corte das Sombras — diz ele, como se acreditasse poder me encantar. — Posso oferecer uma xícara?

Algo se movimenta em uma das outras celas. Penso em como são os chás quando não estou por perto.

Não estou feliz de Balekin estar ciente da Corte das Sombras nem da minha associação com ela, mas também não posso ficar totalmente surpresa; o príncipe Dain, nosso mestre espião e empregador, era irmão de Balekin. E se Balekin sabia da Corte das Sombras, deve ter reconhecido quando um de seus membros roubou a Coroa de Sangue e botou nas mãos do meu irmão para que ele pudesse colocá-la na cabeça de Cardan.

Balekin tem um bom motivo para não estar totalmente satisfeito de me ver.

— Lamento, mas preciso recusar o chá. Não vou demorar. Você enviou correspondência para o Grande Rei. Falava de um acordo? Barganha? Estou aqui em nome dele para ouvir o que você deseja dizer.

O sorriso dele parece se retorcer, ficar feio.

— Você me acha menor — diz Balekin. — Mas ainda sou um príncipe, mesmo aqui. Vulciber, você não pode dar um tapa na carinha bonita da senescal do meu irmão?

O tapa vem com a mão aberta, mais rápido do que eu poderia adivinhar, e o som é impressionantemente alto quando a palma atinge minha bochecha. Deixa minha pele ardendo, e eu fico furiosa.

Minha faca aparece na minha mão direita, com a gêmea na esquerda.

Vulciber está com a expressão ansiosa.

Meu orgulho me manda lutar, mas o guarda é maior do que eu e o espaço é familiar para ele. Não seria uma simples competição de luta. Ainda assim, a vontade de superá-lo, a vontade de apagar a expressão de seu rosto arrogante é insuportável.

Quase insuportável. *Orgulho é para cavaleiros*, digo para mim mesma, *não para espiões*.

— Minha *carinha bonita* — murmuro para Balekin, guardando as facas lentamente. Estico os dedos para tocar minha bochecha. Vulciber me bateu com tanta força que meus dentes cortaram o interior da minha boca. Cuspo sangue no piso de pedra. — Que elogio. Eu roubei sua coroa, então acho que posso aceitar seu ressentimento. Principalmente vindo com um elogio. Mas não me teste de novo.

Vulciber parece inseguro de repente.

Balekin toma um gole de chá.

— Você fala muito livremente, garota mortal.

— E por que não deveria? Eu falo com a voz do Grande Rei. Você acha que ele está interessado em vir até aqui, longe do palácio e dos prazeres de lá, para lidar com o irmão mais velho, nas mãos de quem sofreu?

O príncipe Balekin se inclina para a frente na cadeira.

— Gostaria de saber o que você acha que quer dizer.

— E eu desejaria saber que mensagem você gostaria que eu levasse para o Grande Rei.

Balekin me olha; sem dúvida uma das minhas bochechas deve estar vermelha. Ele toma outro gole de chá.

— Ouvi que, para os mortais, a sensação de se apaixonar é bem parecida com a de medo. Seu coração bate mais rápido. Seus sentidos ficam apurados. Você fica desnorteada, talvez até tonta. — Ele me olha. — É assim mesmo? Explicaria muita coisa sobre sua espécie se forem capazes de confundir as duas coisas.

— Eu nunca me apaixonei — digo a ele, me recusando a me abalar.

— E, claro, você é capaz de mentir. Vejo bem por que Cardan acharia isso útil. E Dain também. Ele foi inteligente de incluir você na pequena gangue de desajustados dele. De ver que Madoc a dispensaria. Você pode dizer qualquer coisa sobre meu irmão, mas ele foi maravilhosamente pouco sentimental.

"Da minha parte, eu quase não pensei em você, e, quando pensei, foi só para provocar Cardan com suas conquistas. Mas você tem o que Cardan nunca teve: *ambição*. Se eu tivesse percebido isso, teria a coroa agora. Mas acho que você também me julgou mal."

— Como? — Sei que não vou gostar disso.

— Não vou lhe dar a mensagem que é para Cardan. Vai chegar a ele de outra forma, e vai ser em breve.

— Então você está desperdiçando o seu tempo e o meu — digo, irritada. Fui até lá, levei um tapa e senti medo por nada.

— Ah, tempo. Só é curto para você, mortal. — Ele assente para Vulciber. — Pode levá-la.

— Vamos — diz o guarda, me dando um empurrão nada delicado na direção da escada. Enquanto subo o primeiro degrau, olho para o rosto de Balekin, severo na tocha verde. Ele se parece demais com Cardan para o meu gosto.

Estou na metade do caminho quando a mão de alguém, dedos longos, surge entre grades e segura meu tornozelo. Levo um susto, escorrego, arranho a palma das mãos e bato os joelhos quando caio na escada. O velho ferimento da facada no meio da minha mão esquerda lateja de repente. Mal consigo me equilibrar para não escorregar até o pé da escada.

Ao meu lado está o rosto magro de uma feérica. Sua cauda envolve uma das arestas da grade. Chifres curtos se projetam para trás, acima da testa.

— Eu conheci sua Eva — diz ela, os olhos cintilando na penumbra. — Conheci sua mãe. Conheci muitos dos segredinhos dela.

Eu me levanto e subo a escada o mais depressa que consigo, meu coração mais disparado do que quando achei que fosse ter que lutar contra Vulciber na escuridão. Minha respiração está curta, ofegos rápidos que fazem doer meus pulmões.

No alto da escada, paro para secar no gibão as palmas que ardem e para tentar me controlar.

— Ah — digo para Vulciber quando minha respiração está um pouco mais calma. — Eu quase esqueci. O Grande Rei me deu um pergaminho de ordens. Há algumas mudanças em como ele deseja que o irmão seja tratado. Está lá fora, nos meus alforjes. Se você puder me seguir...

Vulciber olha com expressão de dúvida para o guarda que o mandou me guiar até Balekin.

— Vá rapidamente — diz a figura escura.

E, assim, Vulciber me acompanha pela porta grande da Torre do Esquecimento. Iluminadas pela lua, as rochas pretas brilham com um borrifo de sal, uma cobertura cintilante, como de frutas cristalizadas. Tento me concentrar no guarda e não no som do nome da minha mãe, que não escuto há tantos anos que, por um momento, eu não soube por que era importante para mim.

Eva.

— Aquele cavalo só tem um arreio — percebe Vulciber, franzindo a testa para a égua preta amarrada à parede. — Mas você disse...

Eu perfuro o braço dele com um alfinete que deixo escondido no forro do gibão.

— Eu menti.

Dá um certo trabalho erguê-lo e colocá-lo nas costas da égua. Ela foi treinada com comandos militares familiares, inclusive para se ajoelhar, o que ajuda. Eu me mexo o mais depressa que consigo, por medo de um dos guardas vir dar uma olhada na gente, mas tenho sorte. Ninguém aparece antes de estarmos em movimento.

Outro motivo para ir de cavalo para Insweal: você nunca sabe o que pode querer levar embora.

CAPÍTULO 3

— Você está se moldando enquanto mestra espiã — diz Barata, olhando para mim e para o meu prisioneiro. — Isso precisa incluir ser astuta. Contar só com você mesma é uma boa forma de ser pega. Na próxima vez, leve um membro da guarda real. Leve um de nós. Leve um grupo de fadinhas ou um spriggan bêbado. Mas leve alguém.

— Ficar me vigiando é a oportunidade perfeita de enfiar uma faca nas minhas costas — eu lembro a ele.

— Palavras que poderiam ser do próprio Madoc — retruca Barata com uma fungada irritada do nariz longo e torto. Ele se senta à mesa de madeira da Corte das Sombras, o lar dos espiões dentro dos túneis debaixo do Palácio de Elfhame. Está queimando as pontas de flechas de bestas e as cobrindo com alcatrão grudento. — Se você não confia em nós, é só dizer. Nós fizemos um acordo, podemos fazer outro.

— Não foi isso que eu quis dizer — digo, apoiando a cabeça nas mãos por um longo momento. Eu confio neles. Não falaria tão abertamente se não confiasse, mas estou deixando minha irritação transparecer.

Estou sentada na frente do Barata, comendo queijo e pão com manteiga e maçãs. É a primeira coisa que como no dia, e minha barriga está fazendo ruídos famintos, outro lembrete da forma como meu corpo é diferente do deles. O estômago dos feéricos não gorgoleja.

Talvez a fome seja o motivo de eu estar sendo ríspida. Minha bochecha está ardendo, e apesar de eu ter virado a situação, a coisa foi mais por pouco do que eu gostaria de admitir. Além do mais, ainda não sei o que Balekin queria dizer a Cardan.

Quanto mais exausta me permito ficar, mais escorrego. Os corpos humanos nos traem. Ficam famintos e cansados. Eu sei disso, mas sempre tem tanta coisa para fazer.

Ao nosso lado, Vulciber está sentado, amarrado numa cadeira e vendado.

— Quer queijo? — pergunto a ele.

O guarda grunhe com indiferença, mas puxa as amarras ao receber atenção. Ele está acordado há vários minutos, visivelmente preocupado quanto mais tempo passamos sem falar com ele.

— O que estou fazendo aqui? — grita, balançando a cadeira para a frente e para trás. — Me soltem!

A cadeira cai e o joga no chão, onde ele permance de lado. Ele começa a tentar lutar de verdade contra as cordas.

Barata dá de ombros, se levanta e puxa a venda do Vulciber.

— Saudações.

Bomba está do outro lado da sala, limpando as unhas com a faca longa de meia-lua. Fantasma está sentado em um canto, tão calado que, às vezes, parece não estar lá. Alguns outros recrutas novos estão olhando, interessados nos procedimentos: um garoto com asas de pardal, três spriggans e uma garota espectro. Não estou acostumada com plateia.

Vulciber encara Barata, a pele verde de goblin e os olhos com reflexo alaranjado, o nariz comprido e o único tufo de cabelo na cabeça. Ele observa o local.

— O Grande Rei não vai permitir isso — afirma.

Abro um sorriso triste.

— O Grande Rei não te conhece e há pouca chance de você contar para ele depois que eu cortar sua língua.

Ver o medo do soldado me enche de uma satisfação quase voluptuosa. Eu, que tive pouca autoridade na vida, preciso estar alerta contra esse sentimento. O poder sobe à minha cabeça muito rapidamente, como vinho feérico.

— Me deixe adivinhar — digo, me virando de costas na cadeira para olhar para ele com frieza calculada. — Você achou que poderia me bater e que não haveria consequências.

Ele se encolhe um pouco ao ouvir minhas palavras.

— O que você quer?

— Quem disse que eu quero uma coisa específica? — retruco. — Talvez só uma vingancinha...

Como se ensaiado, Barata puxa uma lâmina bem impressionante do cinto e a segura acima de Vulciber. Ele sorri para o guarda.

Bomba ergue o olhar das unhas, e um sorrisinho nos lábios se forma enquanto olha para Barata.

— Acho que o show vai começar.

Vulciber luta contra as amarras, a cabeça balançando de um lado para o outro. Ouço a madeira da cadeira rachar, mas ele não se solta. Depois de várias respirações pesadas, ele para.

— Por favor — sussurra.

Toco no queixo como se um pensamento tivesse acabado de me ocorrer.

— Ou você pode nos ajudar. Balekin queria fazer um acordo com Cardan. Você pode me contar sobre isso.

— Eu não sei de nada — diz ele com desespero.

— Que pena. — Dou de ombros, pego outro pedaço de queijo e enfio na boca.

Ele olha para Barata e a faca feia.

— Mas sei um segredo. Um que vale mais do que a minha vida e mais do que o que Balekin queria com Cardan. Se eu contar, você faz um juramento de que vou sair daqui ileso hoje?

Barata me olha e dou de ombros.

— Pode ser — diz. — Se o segredo for o que você alega e se você jurar nunca revelar que visitou a Corte das Sombras, nos conte e vamos libertá-lo.

— A Rainha Submarina — solta Vulciber, ansioso para falar agora. — O povo dela sobe pelas pedras à noite e sussurra para Balekin. Eles entram na Torre, apesar de não sabermos como, e deixam conchas e dentes de tubarão para ele. Mensagens estão sendo trocadas, mas não conseguimos decifrá-las. Há boatos de que Orlagh pretende romper o tratado com a terra e usar as informações que Balekin está fornecendo para arruinar Cardan.

De todas as ameaças ao reinado de Cardan, o Mundo Submarino não era uma que eu estivesse esperando. A Rainha Submarina tem uma única filha: Nicasia, criada em terra e uma das amigas horríveis do Grande Rei. Assim como com Locke, Nicasia e eu temos história. Assim como com Locke, não é boa.

Mas achei que a amizade de Cardan com Nicasia significasse que Orlagh ficaria feliz por ele estar no trono.

— Na próxima vez que um contato desses acontecer — digo —, venha diretamente a mim. E se você ouvir qualquer outra coisa que possa me interessar, venha me contar.

— Não foi isso que combinamos — protesta Vulciber.

— Verdade — respondo. — Você nos contou uma história, uma história boa. Vamos deixar que vá embora hoje. Mas posso recompensá-lo melhor do que um príncipe assassino que não tem e nunca vai ter o favor do Grande Rei. Há posições melhores do que guarda da Torre do Esquecimento que podem ser suas. Há ouro. Há todas as recompensas que Balekin pode prometer, mas tem poucas chances de dar.

Ele me olha de um jeito estranho, provavelmente tentando avaliar se, considerando que ele me bateu e eu o envenenei, ainda é possível que sejamos aliados.

— Você é capaz de mentir — diz por fim.

— Eu garanto as recompensas — afirma Barata. Ele se estica e corta as amarras de Vulciber com a faca assustadora.

— Me prometa um posto de trabalho que não seja na Torre — pede Vulciber, esfregando os pulsos e se levantando — e obedecerei como se você fosse o próprio Grande Rei.

Bomba ri ao ouvir isso e dá uma piscadela na minha direção. Eles não sabem explicitamente que eu tenho o poder de dar ordens a Cardan, mas sabem que temos uma barganha que envolve que eu faça a maior parte do trabalho e que a Corte das Sombras aja diretamente para a Coroa, recebendo seu pagamento diretamente dela.

Estou fazendo o papel de Grande Rei no espetaculozinho dela, disse Cardan uma vez ao alcance dos meus ouvidos. Barata e Bomba riram; Fantasma, não.

Depois que Vulciber troca promessas conosco e Barata o leva vendado pelas passagens para fora do ninho, Fantasma se senta ao meu lado.

— Vamos lutar — propõe ele, pegando um pedaço de maçã do meu prato. — Queimar um pouco dessa raiva fervente.

Dou uma risadinha.

— Não seja debochado. Não é fácil manter a temperatura tão consistente.

— Nem tão alta — retruca ele, me observando com atenção com os olhos cor de mel. Sei que tem humanos na linhagem dele, vejo no formato das orelhas e no cabelo louro-acinzentado, incomum no Reino das Fadas. Mas Fantasma não me contou sua história, e ali, naquele lugar de segredos, não me sinto à vontade para perguntar.

Apesar de a Corte das Sombras não me seguir, nós quatro fizemos um juramento. Prometemos proteger a pessoa e a função do Grande Rei, para garantir a segurança e a prosperidade de Elfhame — por esperança de menos derramamento de sangue e mais ouro. Foi isso que juramos. Foi isso que eles me permitiram jurar, apesar de minhas palavras não me comprometerem como as deles, por magia. Estou comprometida pela honra e pela fé do grupo de que eu tenha honra.

— O próprio rei se reuniu com Barata três vezes na última quinzena. Ele está aprendendo a furtar sem as pessoas perceberem. Se não tomar cuidado, ele vai se tornar mais sorrateiro do que você. — Fantasma foi incluído na guarda pessoal do Grande Rei, o que permite que ele proteja Cardan ao mesmo tempo que conhece seus hábitos.

Eu suspiro. Está completamente escuro, e tenho muito a fazer antes do amanhecer. Mas é difícil ignorar o convite dele, que cutuca meu orgulho.

Principalmente agora, com os novos espiões ouvindo minha resposta. Nós recrutamos mais membros, que tinham perdido suas posições depois dos assassinatos reais. Cada príncipe e princesa tinha alguns espiões, e agora ficamos com todos. Os spriggans são desconfiados como gatos, mas excelentes em procurar escândalos. O garoto pardal é tão inexperiente quanto eu já fui. Eu gostaria que a Corte das Sombras em expansão acreditasse que não recuso um desafio.

— A dificuldade virá quando alguém tentar ensinar nosso rei a usar uma espada — digo, pensando nas frustrações de Balekin nessa área, na declaração de Cardan de que sua única virtude era a de não ser assassino.

Uma virtude que não compartilho.

— Ah? — comenta Fantasma. — Acho que você vai ter que ensinar a ele.

— Vem — digo, me levantando. — Vamos ver se consigo ensinar a *você*.

Ao ouvir isso, Fantasma ri abertamente. Madoc me criou com a espada, mas até entrar para a Corte das Sombras, eu só conhecia um jeito de lutar. Fantasma estudou por mais tempo e conhece bem mais.

Eu o sigo até o Bosque Leitoso, onde abelhas de ferrão preto zumbem nas colmeias no alto de árvores de casca branca. Os homens-raízes estão dormindo. O mar bate nas margens rochosas da ilha. O mundo parece silencioso quando nos encaramos. Por mais cansada que eu esteja, meus músculos lembram melhor do que eu.

Puxo Cair da Noite. Fantasma vem para cima de mim rapidamente, a ponta da espada na direção do meu coração. Eu a afasto com um golpe, passando a lâmina pela lateral dele.

— Não tão sem prática quanto eu temia — diz Fantasma enquanto trocamos golpes, um testando o outro.

Não conto para ele dos treinamentos que faço na frente do espelho, assim como não conto todas as outras táticas que uso para tentar corrigir meus defeitos.

Como senescal do Grande Rei e verdadeira governante, tenho muito a aprender. Compromissos militares, mensagens de vassalos, demandas de todos os cantos de Elfhame escritas em várias línguas. Há apenas alguns meses eu ainda estava estudando, fazendo dever de casa para professores corrigirem. A ideia de que posso resolver qualquer coisa parece tão impossível quanto trançar palha para que vire ouro, mas todas as noites eu fico acordada até o sol estar alto no céu, me esforçando para fazer exatamente isso.

Esse é o problema de um governo marionete: não vai acontecer sozinho.

A adrenalina pode acabar não sendo uma boa substituta para a experiência.

Depois de me testar nos pontos básicos, Fantasma começa a luta real. Ele dança na grama com leveza, de forma que mal se ouve seus passos. Golpeia e golpeia de novo, com uma ofensiva vertiginosa. Reajo com desespero, todos os pensamentos voltados para aquilo, para a luta. Minhas preocupações somem ao fundo conforme minha atenção se apura. Até a exaustão some, como pétalas sopradas de um dente-de-leão.

É glorioso.

Nós trocamos golpes, para a frente e para trás, avançando e recuando.

— Você sente falta do mundo mortal? — pergunta Fantasma. Fico aliviada de descobrir que sua respiração não está saindo com tanta facilidade.

— Não. Eu mal fiquei lá.

Ele ataca de novo, a espada um peixe prateado cortando o mar da noite.

Observe a lâmina, não o soldado, disse Madoc muitas vezes. *O aço não engana.*

Nossas armas se chocam repetidamente enquanto andamos em círculo, um de frente para o outro.

— Você deve se lembrar de alguma coisa.

Penso no nome da minha mãe sussurrado pelas grades na Torre.

Ele finta para um lado e, distraída, percebo tarde demais o que está fazendo. A parte achatada de sua espada acerta meu ombro. Ele poderia ter cortado minha pele se não tivesse virado o golpe no último momento, mas ainda vai deixar um hematoma.

— Nada importante — digo, tentando ignorar a dor. Nada me impede de fazer o mesmo jogo de distrair. — Talvez suas lembranças sejam melhores do que as minhas. De que você se lembra?

Ele dá de ombros.

— Como você, eu nasci lá. — Ele golpeia e eu bloqueio a espada. — Mas as coisas eram diferentes cem anos atrás, acho.

Levanto as sobrancelhas e dou outro golpe, dançando para fora do alcance dele.

— Você foi uma criança feliz?

— Eu era mágico. Como poderia não ser feliz?

— *Mágico* — digo, e com uma virada da lâmina, um golpe do Madoc, faço a espada voar da mão do Fantasma.

Ele pisca para mim. Olhos cor de mel. Boca torta se abrindo em surpresa.

— Você...

— Melhorei? — digo, satisfeita o suficiente para não me importar com o ombro dolorido.

Parece uma vitória, mas, se estivéssemos lutando de verdade, o ferimento no ombro provavelmente teria tornado meu golpe final impossível. Ainda assim, a surpresa dele me anima quase tanto quanto a minha vitória.

— É bom que Oak vá ter uma infância diferente da nossa — digo depois de um momento. — Longe da Corte. Longe de tudo isso.

Na última vez que vi meu irmãozinho, ele estava sentado à mesa no apartamento de Vivi, aprendendo multiplicação como se fosse uma brincadeira de charadas. Estava comendo queijo trançado. Rindo.

— *Quando o rei retornar* — diz Fantasma, citando uma balada —, *pétalas de rosas serão espalhadas no caminho dele e seus passos porão fim à ira.* Mas como seu Oak vai governar se ele tiver tão poucas lembranças do Reino das Fadas quanto temos do mundo mortal?

A euforia da vitória passa. Fantasma me dá um sorrisinho, como se para acabar com a dor provocada pelas palavras.

Vou até o riacho próximo e enfio as mãos na água, apreciando a corrente fria. Levo-a aos lábios e bebo com gratidão, sentindo gosto de agulhas de pinheiro e silte.

Penso em Oak. Uma criança feérica normal, nem particularmente atraída pela crueldade nem livre dela. Acostumado a ser mimado, acostumado a ser afastado das consternações por uma Oriana nervosa. Agora se acostumando a cereal açucarado e desenhos animados e uma vida sem traição. Penso na onda de prazer que senti pelo meu triunfo temporário sobre Fantasma, na emoção de ser o poder por trás do trono, na satisfação preocupante que senti ao deixar Vulciber nervoso. É melhor que Oak não desenvolva esses impulsos ou é impossível que ele governe sem os ter?

E agora que percebi em mim um gosto pelo poder, será que relutarei em abrir mão dele?

Passo as mãos molhadas pelo rosto e afasto esses pensamentos.

Só existe o agora. Só existe o amanhã e esta noite e agora e em breve e nunca.

Começamos a voltar, caminhando conforme o amanhecer vai deixando o céu dourado. Ao longe, ouço o grito de um cervo e o que parece um tambor.

Na metade do caminho, Fantasma inclina a cabeça em uma reverência parcial.

— Você me venceu hoje. Não vou deixar que aconteça novamente.

— Se você diz — respondo com um sorriso.

Quando retorno ao palácio, o sol está alto e só quero dormir. Mas, quando chego aos meus aposentos, encontro uma pessoa parada na porta.

Minha irmã gêmea, Taryn.

— Tem um hematoma surgindo na sua bochecha — avisa ela, as primeiras palavras que me diz em cinco meses.

CAPÍTULO 4

O cabelo de Taryn está decorado com um aro de louro e o vestido que está usando é marrom-claro, com fios dourados e verdes entremeados. Ela se vestiu para acentuar as curvas dos quadris e do peito, ambos incomuns no Reino das Fadas, onde os corpos são magros a ponto de serem esqueléticos. As roupas têm um bom caimento e há algo de novo na postura de Taryn que também cai bem.

Ela é um espelho, refletindo alguém que eu poderia ter sido, mas não sou.

— Está tarde — digo meio desajeitada, destrancando a porta dos meus aposentos. — Eu não esperava que tivesse alguém acordado.

Já passa do alvorecer. O palácio todo está silencioso e deve ficar assim até a tarde, quando pajens começam a correr pelos corredores, e cozinheiros, a acender os fogos. Cortesãos só se levantam bem depois, quando está completamente escuro.

Por mais que eu quisesse vê-la, fico nervosa agora que Taryn está na minha frente. Ela deve querer alguma coisa para ter feito esse esforço de repente.

— Já estive aqui duas vezes — diz ela, me seguindo para dentro. — Você não estava. Desta vez, decidi esperar, mesmo que tivesse que ficar o dia inteiro na sua porta.

Acendo os abajures; apesar de estar claro do lado de fora, estou em um local profundo demais do palácio para ter janelas nos meus aposentos.

— Você está com a aparência ótima.

Ela descarta meu elogio rígido.

— Nós vamos brigar para sempre? Quero que você use uma coroa de flores e dance no meu casamento. Vivienne vem do mundo mortal. Vai trazer Oak. Madoc promete que não vai brigar com você. Por favor, diga que vai.

Vivi vai trazer Oak? Resmungo em pensamento e me pergunto se há alguma chance de convencê-la a não fazer isso. Talvez seja porque ela é minha irmã mais velha, mas às vezes é difícil fazer com que me leve a sério.

Eu afundo no sofá e Taryn faz o mesmo.

Penso novamente no enigma que é sua presença. Se devo exigir um pedido de desculpas ou se devo deixar isso tudo para trás, como ela obviamente deseja.

— Tudo bem — digo, cedendo. Senti demais sua falta para correr o risco de perdê-la de novo. Por sermos irmãs, vou tentar esquecer como foi beijar Locke. Por mim, vou tentar esquecer que ela sabia dos jogos que ele fez comigo quando já estavam envolvidos um com o outro.

Vou dançar no casamento da minha irmã, apesar de ter medo de parecer dançar sobre facas.

Ela enfia a mão na sacola que tem aos pés e tira meu gato e minha cobra de pelúcia.

— Aqui. Achei que você não fosse deixar isso para trás.

São relíquias da nossa antiga vida mortal, talismãs. Pego os dois e os aperto contra o peito, como poderia fazer com um travesseiro. Agora, ambos parecem lembretes de todas as minhas vulnerabilidades. Eles me fazem sentir uma criança brincando num jogo de adultos.

Eu a odeio um pouco por trazê-los.

Esses objetos são um lembrete do nosso passado compartilhado; um lembrete deliberado, como se ela não confiasse em mim para lembrar sozinha. Fazem com que eu sinta que todo o meu nervosismo foi exposto, mesmo quando estou me esforçando tanto para não sentir nada.

Como não falo por muito tempo, ela continua.

— Madoc também sente sua falta. Você sempre foi a favorita dele.

Dou uma risada debochada.

— Vivi é a herdeira dele. É a primogênita. A que ele foi procurar no mundo mortal. *Ela* é a favorita. E tem você, que mora na casa dele e não o traiu.

— Não estou dizendo que você *ainda* seja a favorita dele — diz Taryn com uma risada. — Se bem que ele sentiu um pouco de orgulho quando você o superou para botar Cardan no trono. Mesmo sendo burrice. Achei que você odiasse Cardan. Achei que nós duas o odiássemos.

— Eu odiava — digo, sem fazer muito sentido. — Odeio.

Ela me olha de um jeito estranho.

— Achei que você quisesse punir Cardan por tudo que ele fez.

Penso no horror que ele sentiu ao perceber o próprio desejo quando levei minha boca à dele, minha adaga na mão, o fio da lâmina em sua pele. No prazer profundo e corrosivo daquele beijo. Parecia que eu o *estava* punindo; a ele e a mim ao mesmo tempo.

Eu o odiei tanto.

Taryn está trazendo à tona todos os sentimentos que quero ignorar, tudo que quero fingir que não existe.

— Nós fizemos um acordo — falo, o que chega bem perto da verdade. — Cardan me deixa ser sua conselheira. Eu tenho uma posição e poder, e Oak está fora de perigo. — Quero contar o restante, mas não ouso. Ela poderia contar a Madoc, poderia até contar a Locke. Não posso compartilhar meus segredos com ela, nem para me gabar.

E admito que quero desesperadamente me gabar.

— E em troca você deu a ele a coroa do Reino... — Taryn está me olhando como se estivesse impressionada com a minha presunção. Afinal, quem era eu, uma garota mortal, para decidir quem ia se sentar no trono de Elfhame?

Nós conseguimos poder tomando-o.

Ela nem imagina como fui mais presunçosa que isso. *Eu roubei a Coroa do Reino das Fadas*, quero contar para ela. *O Grande Rei, Cardan, nosso antigo inimigo, está sob as minhas ordens.* Mas é claro que não posso dizer essas palavras. Às vezes, parece perigoso o simples ato de pensar nelas.

— Mais ou menos isso — digo.

— Deve ser um trabalho difícil ser conselheira de Cardan.

Ela olha para o quarto, me obrigando a enxergá-lo como ela enxerga. Eu fiquei com aqueles aposentos, mas não tenho criados além dos que servem ao palácio, que raramente permito que entrem. Tem xícaras de chá nas estantes, pires no chão junto com pratos sujos de cascas de frutas e pão. Tem roupas espalhadas por onde as largo quando as tiro. Tem livros e papéis em todas as superfícies.

— Você está se desenrolando como se fosse um carretel. O que vai acontecer quando o fio acabar?

— Eu vou tecer mais — afirmo, me apropriando da metáfora.

— Me deixe ajudar — pede ela, se animando.

Eu levanto a sobrancelha.

— Você quer fiar?

Ela revira os olhos para mim.

— Ah, pare com isso. Posso fazer as coisas que você não tem tempo de fazer. Eu te observo na Corte. Você tem umas duas jaquetas boas. Posso trazer alguns vestidos e joias antigos... Madoc não repararia e, mesmo que reparasse, não se importaria.

Feéricos funcionam na base da dívida, promessas e obrigações. Por ter crescido nesse ambiente, entendo o que ela está oferecendo: um presente, uma recompensa em vez de um pedido de desculpas.

— Eu tenho *três* jaquetas.

Ela levanta as duas sobrancelhas.

— Bom, acho que está tudo resolvido então.

Não consigo deixar de imaginar por que ela veio agora, logo depois que Locke se tornou Mestre da Esbórnia. E com ela ainda na casa de Madoc, fico pensando onde estão as suas lealdades políticas.

Tenho vergonha desses pensamentos. Não quero pensar em Taryn da mesma forma que tenho que pensar em todo mundo. Ela é minha irmã gêmea; senti falta dela e torci para que viesse. Agora, ela veio.

— Tudo bem. Se quiser trazer minhas coisas antigas, seria ótimo.

— Que bom! — Taryn se levanta. — E você devia reconhecer o ato enorme de tolerância que foi para mim não perguntar de onde você veio hoje nem como se machucou.

Ao ouvir isso, meu sorriso é imediato e real.

Ela estica um dedo para fazer carinho no corpo macio da minha cobra de pelúcia.

— Eu te amo, sabe. Assim como sua cobra, a sra. Sibila. E nenhum de nós quer ficar para trás.

— Boa noite — falo, e quando Taryn beija minha bochecha machucada, dou um abraço breve e forte nela.

Quando ela vai embora, aconchego meus bichos de pelúcia ao meu lado no tapete. Eles já foram um lembrete de que havia uma época antes do Reino das Fadas, quando as coisas eram normais. Eles já foram um consolo para mim. Dou uma última olhada neles e, um a um, os jogo no fogo.

Não sou mais criança e não preciso de consolo.

Quando termino, enfileiro frascos cintilantes de vidro na minha frente.

Mitridatismo é como se chama o processo no qual se toma um pouquinho de veneno para se imunizar caso eventualmente tome uma dose completa. Comecei um ano atrás, outra forma de corrigir meus defeitos.

Ainda há efeitos colaterais. Meus olhos brilham demais. As meias-luas nas minhas unhas estão azuladas, como se meu sangue não recebesse oxigênio suficiente. Meu sono é estranho, cheio de sonhos vívidos demais.

Uma gota do líquido vermelho-sangue do cogumelo amanita, que causa paralisia potencialmente letal. Uma pétala de docemorte, que pode provocar um sono que dura cem anos. Uma fatia de baga-fantasma, que faz o sangue acelerar e induz uma espécie de loucura antes de fazer o coração parar. E uma semente de maçã-eterna, *fruta de fada*, que confunde a mente dos mortais.

Fico tonta e meio enjoada quando o veneno chega ao meu sangue, mas ficaria ainda mais enjoada se pulasse uma dose. Meu corpo se acostumou e agora deseja o que deveria repudiar.

Uma boa metáfora para outras coisas.

Engatinho até o sofá e me deito lá. Quando faço isso, as palavras de Balekin voltam com tudo: *Ouvi que, para os mortais, a sensação de se apaixonar é bem parecida com a de medo. Seu coração bate mais rápido. Seus sentidos ficam apurados. Você fica desnorteada, talvez até tonta. É assim mesmo?*

Não tenho certeza se durmo, mas sei que sonho.

CAPÍTULO 5

Estou agitada, enrolada em cobertores e papéis e pergaminhos no tapete na frente da lareira, quando Fantasma me acorda. Meus dedos estão manchados de tinta e cera. Olho ao redor, tentando lembrar quando acordei, o que estava escrevendo e para quem.

Barata está parado na abertura da passagem secreta que leva aos meus aposentos, me observando com os olhos reflexivos e nada humanos.

Minha pele está suada e fria. Meu coração está disparado.

Ainda sinto gosto de veneno, amargo e enjoativo, na língua.

— Ele está aprontando de novo — diz Fantasma.

Não preciso perguntar de quem ele está falando. Posso ter enganado Cardan para usar a coroa, mas ainda não aprendi o truque de fazê-lo se comportar como um rei.

Enquanto eu estava fora, coletando informações, ele estava com Locke. Eu sabia que teria problemas.

Esfrego o rosto com a base calejada da mão.

— Estou acordada.

Ainda com a roupa da noite anterior, visto a jaqueta e torço pelo melhor. Entro no quarto, penteio o cabelo, prendo com um pedaço de couro e cubro tudo com um boné de veludo.

Barata franze a testa para mim.

— Você está amassada. Sua Majestade não deve andar por aí com uma senescal que parece que acabou de cair da cama.

— Val Moren passou uma década com gravetos no cabelo — lembro a ele, pegando algumas folhas de menta parcialmente desidratadas do armário e mastigando para tirar o gosto ruim da boca. O senescal do último Grande Rei era mortal, como eu, gostava de profecias não muito confiáveis e era considerado louco. — Provavelmente os *mesmos* gravetos.

Barata limpa a garganta.

— Val Moren é poeta. As regras são diferentes para poetas.

Eu o ignoro e sigo Fantasma pela passagem secreta que leva ao coração do palácio, parando apenas para verificar se minhas facas ainda estão guardadas nas dobras da roupa. Os passos de Fantasma são tão silenciosos que, quando não há luz suficiente para meus olhos humanos enxergarem, é como se eu estivesse completamente sozinha.

Barata não nos segue. Vai na direção oposta com um grunhido.

— Aonde estamos indo? — pergunto à escuridão.

— Para os aposentos *dele* — diz Fantasma quando saímos em um corredor, com uma escada embaixo de onde Cardan dorme. — Houve algum tipo de confusão.

Tenho dificuldade de imaginar que confusão o Grande Rei pode ter arrumado dentro dos próprios aposentos, mas não demoro a descobrir. Quando chegamos, vejo Cardan deitado no meio dos destroços dos móveis. Cortinas arrancadas dos trilhos, molduras de quadros rachadas, as telas chutadas. Tem uma pequena fogueira em um canto e tudo fede a fumaça e vinho derramado.

E ele não está sozinho. Em um sofá próximo vejo Locke e dois feéricos lindos, um garoto e uma garota, um com chifres de carneiro e a outra com orelhas compridas com pontas peludas, como as de uma coruja. Todos estão em estado avançado de nudez e embriaguez. Eles veem o quarto pegar fogo com uma espécie de fascinação sombria.

Os criados estão no corredor, sem saber se devem correr o risco de arrumar tudo e gerar fúria no rei. Até os guardas parecem intimidados. Ficam parados com constrangimento no corredor, do lado de fora das portas enormes, uma se soltando das dobradiças, prontos para proteger o Grande Rei de qualquer ameaça que não seja ele mesmo.

— Card... — Percebo o que vou dizer e faço uma reverência. — Sua Majestade *Infernal*.

Ele se vira e, por um momento, parece olhar através de mim, como se não tivesse ideia de quem sou. Sua boca está dourada e as pupilas estão dilatadas pela intoxicação. Mas seus lábios se curvam numa expressão familiar de desprezo.

— Você.

— Sim — digo. — Eu.

Ele faz sinal com um odre.

— Tome alguma coisa.

A camisa de caça de linho com mangas amplas está aberta. Os pés estão descalços. Acho que eu devia estar feliz por ele estar de calça.

— Não tenho cabeça para bebida, meu senhor — digo com sinceridade total, apertando os olhos num aviso.

— Não sou seu rei? — pergunta ele, me desafiando a contrariá-lo. A recusar. Obedientemente, porque estamos diante outras pessoas, pego o odre e o encosto nos lábios fechados para fingir dar um longo gole.

Percebo que ele não se deixa enganar, mas não fala nada.

— Todas as outras pessoas podem nos deixar. — Indico os feéricos no sofá, inclusive Locke. — Vocês. Fora. Agora.

Os dois que não conheço se viram para Cardan com expressão de súplica, mas ele mal parece notá-los e não contraria minha ordem. Depois de um momento, eles se soltam do abraço e saem pela porta quebrada.

Locke demora mais para se levantar. Ele sorri para mim quando passa, um sorriso insinuante que não consigo acreditar que já achei encantador.

Ele me olha como se tivéssemos segredos, apesar de não termos. Nós não temos nada.

Penso em Taryn esperando nos meus aposentos quando esse festejo estava começando. Queria saber se ela ouviu. Queria saber se está acostumada a ficar acordada até tarde com Locke, vendo as coisas pegarem fogo.

Fantasma balança a cabeça de cabelos claros para mim, os olhos brilhando e achando graça. Ele está usando o uniforme do palácio. Para os cavaleiros no corredor e para qualquer pessoa que possa estar olhando, ele é só mais um integrante da guarda pessoal do Grande Rei.

— Vou cuidar para que todo mundo fique onde deve estar — diz Fantasma, saindo pela porta e dando o que parecem ser ordens para os outros cavaleiros.

— E então? — digo, olhando ao redor.

Cardan dá de ombros e se senta no sofá agora desocupado. Pega um tufo de enchimento de pelo de cavalo que está saindo do tecido rasgado. Todos os movimentos são lânguidos. Parece perigoso deixar o olhar nele por muito tempo, como se Cardan fosse tão pervertido a ponto de ser contagioso.

— Tive mais convidados — diz ele, como se fosse uma explicação. — Foram embora.

— Nem imagino o porquê — respondo com a voz mais seca que consigo.

— Eles me contaram uma história — continua Cardan. — Quer ouvir? Era uma vez uma garota humana que foi roubada por feéricos, e, por causa disso, ela jurou destruí-los.

— Uau. Isso é mesmo testemunho do rei péssimo que você é, se acredita que seu reinado é capaz de destruir o Reino das Fadas.

Mesmo assim, as palavras me irritam. Não quero que meus motivos sejam questionados. Eu não devia ser vista como influente. Ninguém devia pensar em mim.

Fantasma volta do corredor e empurra a porta contra a moldura, fechando-a tanto quanto possível. Seus olhos cor de mel estão sombrios.

Eu me viro para Cardan.

— Não foi por causa dessa historinha que fui chamada. O que houve?

— Isto — aponta ele, e cambaleia para o quarto com a cama dentro. Lá, enfiadas profundamente na madeira lascada da cabeceira, há duas flechas pretas.

— Você está com raiva por um dos seus convidados ter disparado na sua cama? — palpito.

Cardan ri.

— Não estavam mirando na cama. — Ele abre a camisa e vejo o buraco no tecido e um arranhão em carne viva na lateral do corpo.

Minha respiração para.

— Quem fez isso? — pergunta Fantasma. E, ao olhar com mais atenção para Cardan: — E por que os guardas lá fora não estão mais agitados? Eles não estão se comportando como se tivessem falhado na hora de impedir uma tentativa de assassinato.

Cardan dá de ombros.

— Acho que os guardas pensam que eu estava disparando nos meus convidados.

Dou um passo mais para perto e reparo em algumas gotas de sangue em uma das almofadas. Há algumas flores brancas espalhadas, e parecem sair do tecido.

— Mais alguém foi alvejado?

Ele assente.

— A flecha acertou a perna dela, e ela gritou, mas não falou nada que fizesse muito sentido. Por isso podem ter concluído que disparei quando não tinha ninguém por perto. Quem realmente disparou voltou pelas paredes. — Ele aperta os olhos para Fantasma e para mim e inclina a cabeça, uma acusação ardendo no olhar. — Parece haver algum tipo de passagem secreta.

O Palácio de Elfhame foi construído dentro de um morro, com os antigos aposentos do Grande Rei Eldred no centro, as paredes cobertas de raízes e trepadeiras em flor. Toda Corte supôs que Cardan iria para lá, mas ele foi para o lugar mais distante possível deles, para o pico do morro, com painéis de cristal na terra como janelas. Antes da coroação, os aposentos pertenciam aos menos favorecidos do lar real. Agora, os residentes do palácio tentam se reorganizar para ficarem mais perto do novo Grande Rei. E os aposentos de Eldred, abandonados e grandiosos demais para qualquer outra pessoa querer ocupar por direito, permanecem vazios.

Só sei de umas poucas entradas nos aposentos de Cardan: uma janela grande e única de vidro grosso enfeitiçada para nunca quebrar, um par de portas duplas e, aparentemente, uma passagem secreta.

— Não está no mapa de túneis que tenho — digo.

— Ah.

Não sei se ele acredita em mim.

— Você viu quem disparou em você? E por que não contou aos seus próprios guardas o que realmente aconteceu? — pergunto.

Ele me olha com exasperação.

— Vi uma mancha preta. E quanto ao motivo de eu não ter explicado para os guardas: eu estava protegendo você e a Corte das Sombras. Achei que vocês não iam querer a guarda real nas suas passagens secretas.

Não tenho resposta para isso. O mais perturbador sobre Cardan é como ele banca bem o bobo para disfarçar sua própria inteligência.

Em frente à cama há um armário embutido na parede, que a ocupa toda. Tem uma face de relógio pintada na frente, com constelações em vez de números. Os ponteiros do relógio estão apontados para uma configuração de estrelas, profetizando uma amante particularmente amorosa.

Dentro, parece só um armário cheio com as roupas de Cardan. Eu as jogo no chão em uma pilha de veludo, cetim e couro. Da cama, Cardan faz um som de consternação fingida.

Encosto o ouvido no fundo de madeira e procuro ouvir o assobio do vento e sentir uma corrente de ar. Fantasma faz o mesmo do outro lado. Os dedos dele encontram um trinco e uma porta fina se abre.

Apesar de saber que o palácio era cheio de passagens, eu jamais teria sonhado que havia uma no quarto de Cardan. Por outro lado... eu deveria ter revistado cada centímetro da parede. Podia ao menos ter pedido a um dos espiões para fazer isso. Mas não queria ficar sozinha com Cardan.

— Fique com o rei — digo para Fantasma, então pego uma vela e vou para a escuridão além da parede, evitando ficar sozinha com ele novamente.

A iluminação do túnel é fraca, feita por mãos douradas segurando tochas que ardem com chamas verdes sem fumaça. O piso de pedra é coberto por um tapete puído, um detalhe estranhamente decorativo para uma passagem secreta.

Depois de alguns metros, encontro a besta. Não é a arma compacta que carrego. É enorme, com mais da metade do meu tamanho, e foi arrastada até ali; vejo como o tapete está bagunçado, indicando a direção de onde veio.

Quem disparou fez isso dali.

Pulo por cima da arma e sigo em frente. Eu esperaria que uma passagem daquelas tivesse várias ramificações, mas não tem nenhuma. Inclina-se para baixo às vezes, como uma rampa, e faz curvas, mas só tem uma direção: em frente. Ando cada vez mais rápido, a mão protegendo a chama da vela para que não apague.

Chego a uma placa de madeira pesada com o brasão real entalhado, o mesmo que tem no anel de Cardan.

Dou um empurrão e a placa se move sobre um trilho. Tem uma estante de livros do outro lado.

Até o momento, só ouvi histórias sobre a imponência dos aposentos do Grande Rei Eldred no coração do palácio, no alto de tudo, os grandes galhos do próprio trono atravessando as paredes. Apesar de nunca ter visto o quarto antes, as descrições tornam impossível pensar que estou em qualquer outro lugar.

Ando pelos aposentos enormes de Eldred, a vela na mão e uma faca na outra.

Sentada na cama do Grande Rei, o rosto coberto de lágrimas, está Nicasia.

A filha de Orlagh, a Princesa Submarina, criada na Corte do Grande Rei como parte de um tratado de paz de décadas entre Orlagh e Eldred. Nicasia já foi integrante do grupinho formado por Cardan e seus amigos mais próximos e mais horríveis. Ela também era o amor dele, até traí-lo com Locke. Eu não a vejo ao lado de Cardan com tanta frequência desde que ele ascendeu ao trono, mas ignorá-la não parece uma ofensa digna de morte.

Foi sobre isso que Balekin cochichou com o Reino Submarino? É assim que Cardan seria destruído?

— *Você*?! — grito. — *Você* disparou contra Cardan?

— Não conta para ele! — Ela me olha, furiosa, e seca os olhos. — E guarda essa faca.

Nicasia está usando um roupão bordado com uma fênix amarrado em volta do corpo. Três brincos cintilam nas orelhas, subindo até as pontas azuladas com membranas. O cabelo está mais escuro desde a última vez que a vi. Sempre era das muitas cores do mar, mas agora está o mar em uma tempestade, um preto-esverdeado profundo.

— Você está louca? — continuo. — Tentou assassinar o Grande Rei.

— Não tentei — diz ela. — Eu juro. Só queria matar a garota que estava com ele.

Por um momento, fico perplexa demais pela crueldade e indiferença com que ela confessa uma coisa dessas.

Dou outra olhada em Nicasia, no roupão que ela está segurando bem fechado. Com as palavras ecoando na mente, tenho uma ideia repentina e clara do que aconteceu.

— Você pensou em surpreendê-lo no quarto.

— Sim.

— Mas ele não estava sozinho... — digo, torcendo para ela terminar a história.

— Quando vi a besta na parede, não pareceu que seria tão difícil mirar — explica, esquecendo a parte sobre arrastar a arma pela passagem, apesar de ser pesada e desajeitada e a tarefa não ser fácil. Fico imaginando a raiva que ela estava sentindo, sem pensar em meio a tanta fúria.

Claro que talvez Nicasia estivesse pensando bem claramente.

— É traição, sabia? — digo em voz alta. Percebo que estou tremendo. São os efeitos de acreditar que alguém tentou assassinar Cardan, de perceber que ele podia ter morrido. — Você será executada. Vão fazer você dançar até a morte com sapatos de ferro aquecidos como atiçadores. Você vai ter sorte se for mandada para a Torre do Esquecimento.

— Eu sou a Princesa Submarina — diz ela com arrogância, mas vejo o choque em seu rosto quando minhas palavras são registradas. — Estou isenta das leis da terra. Além do mais, eu já falei que não estava mirando nele.

Agora eu entendo os piores comportamentos dela na escola: Nicasia achava que não podia ser punida.

— Você já usou uma besta alguma vez na vida? — pergunto. — Você colocou a vida dele em risco. Ele podia ter morrido. Sua idiota, *ele podia ter morrido.*

— Já falei... — ela começa a se repetir.

— Sim, sim, o pacto entre o mar e a terra — digo, interrompendo-a, ainda furiosa. — Mas acontece que sei que sua mãe tem a intenção de violar o tratado. Ela vai dizer que foi entre a Rainha Orlagh e o Grande Rei Eldred, não entre a Rainha Orlagh e o Grande Rei Cardan. Não está mais valendo. O que quer dizer que não vai proteger você.

Ao ouvir isso, Nicasia me olha, boquiaberta. Com medo pela primeira vez.

— Como você sabia disso?

Eu não tinha certeza, penso. *Agora tenho.*

— Vamos supor que eu saiba de tudo — digo. — Tudo. Sempre. Mas estou disposta a fazer um acordo com você. Vou dizer a Cardan e aos guardas e a todo mundo que o atirador escapou, mas só se você fizer uma coisa para mim.

— Sim — aceita ela, antes que eu explique as condições e deixando bem claro o tamanho do desespero. Por um momento, um desejo de vingança surge em mim. Houve uma época em que ela ria da minha humilhação. Agora, eu poderia me gabar da sua.

Poder é assim, o poder puro e irrestrito. É *ótimo.*

— Me conte o que Orlagh está planejando — digo, afastando esses pensamentos.

— Achei que você já soubesse — responde ela com mau humor, se movendo para se levantar da cama, uma das mãos ainda segurando o roupão. Imagino que ela esteja usando bem pouco por baixo, isso se estiver vestindo alguma coisa.

Você devia só ter entrado, tenho uma vontade repentina de dizer para ela. *Devia ter dito para ele esquecer a outra garota. Talvez ele tivesse feito isso.*

— Você quer comprar meu silêncio ou não? — pergunto, me sentando na beirada das almofadas. — Nós temos pouco tempo até que alguém venha me procurar. Se você for vista, vai ser tarde demais para negar qualquer coisa.

Nicasia dá um suspiro longo e sofrido.

— Minha mãe diz que ele é um rei jovem e fraco, que deixa que outros o influenciem demais. — Com isso, ela me olha com uma expressão dura. — Ela acredita que ele vá ceder às exigências dela. Se ele ceder, nada vai mudar.

— E se não ceder...?

Ela levanta o queixo.

— A trégua entre terra e mar vai acabar e quem vai sofrer é a terra. As Ilhas de Elfhame vão afundar nas ondas.

— E depois? — pergunto. — É improvável que Cardan fique com você se sua mãe inundar tudo aqui.

— Você não entendeu. Ela quer que ele se case comigo. Quer que eu seja rainha.

Fico tão surpresa que, por um momento, só fico olhando para Nicasia, sufocando uma espécie de gargalhada louca e apavorada.

— Você *disparou* contra ele.

O olhar que ela lança para mim vai além do ódio.

— Bom, você assassinou Valerian, não foi? Eu o vi na noite em que ele desapareceu, e ele estava falando sobre você, falando sobre se vingar porque você o esfaqueou. As pessoas disseram que ele morreu na coroação, mas acho que não foi bem assim.

O corpo de Valerian está enterrado na propriedade de Madoc, ao lado do estábulo, e se tivesse sido descoberto, eu já teria ouvido falar. Ela está conjecturando.

E se eu matei? Sou a mão direita do Grande Rei do Reino das Fadas. Ele pode perdoar todos os meus crimes.

Ainda assim, a lembrança traz de volta o pavor de lutar pela minha vida. E me lembra como ela teria sentido prazer com a minha morte, da mesma forma que sentia prazer com tudo que Valerian fazia ou tentava fazer comigo. Assim como sentia prazer no ódio de Cardan.

— Da próxima vez que você *me* pegar cometendo traição, pode me obrigar a te contar os *meus* segredos — digo. — Mas agora eu quero ouvir o que sua mãe pretende fazer com Balekin.

— Nada — responde Nicasia.

— E eu achando que os feéricos não podiam mentir.

Nicasia anda pelo quarto. Ela está calçando chinelos com pontas curvadas para cima, como brotos de samambaia.

— Não estou mentindo! Minha mãe acredita que Cardan vai concordar com os termos dela. Só está bajulando Balekin. Ela deixa que ele acredite que é importante, mas ele não vai ser. Não vai.

Tento montar a história.

— Porque ele é o plano alternativo dela se Cardan se recusar a casar com você.

Minha mente está girando com a certeza de que, antes de qualquer coisa, não posso permitir que Cardan se case com Nicasia. Se ele fizer isso, vai ser impossível tirar os dois do trono. Oak jamais governaria.

Eu perderia tudo.

Ela aperta os olhos.

— Já contei o suficiente.

— Você acha que ainda estamos fazendo algum tipo de jogo — sugiro.

— Tudo é um jogo, Jude — declara ela. — Você sabe disso. E agora é sua vez. — Com essas palavras, ela vai na direção das portas enormes e abre uma. — Vá contar se quiser, mas saiba disto: alguém em quem você confia já te traiu. — Ouço a batida dos chinelos dela na pedra e a batida pesada da madeira na moldura.

Meus pensamentos estão confusos quando volto pela passagem. Cardan está me esperando na sala principal dos aposentos dele, reclinado em um sofá e com uma expressão astuta no rosto. Sua camisa ainda está aberta, mas tem um curativo cobrindo o ferimento. Uma moeda dança em seus dedos; reconheço o truque como sendo um dos de Barata.

Alguém em quem você confia já te traiu.

Parado ao lado da guarda pessoal do Grande Rei, junto à porta destruída, Fantasma me olha. Ele chama minha atenção.

— E então? — pergunta Cardan. — Descobriu algo sobre meu quase assassino?

Balanço a cabeça, sem conseguir transformar a mentira em palavras. Olho para os aposentos destruídos. Não tem como aquele lugar ser seguro, além de estar fedendo a fumaça.

— Venha — digo, segurando o braço de Cardan e o puxando para que se levante. — Você não pode dormir aqui.

— O que aconteceu com a sua bochecha? — pergunta ele, o olhar meio embaçado focando em mim. Ele está tão perto que vejo os cílios compridos, o aro dourado em volta da íris preta.

— Nada.

Ele me deixa escoltá-lo até o corredor. Quando chegamos lá, Fantasma e os outros guardas ficam imediatamente em posição de sentido.

— Descansar — diz Cardan com um movimento da mão. — Minha senescal vai me levar a algum lugar. Não se preocupem. Sei que ela tem algum tipo de plano.

Os guardas formam fila atrás de nós, alguns de cenho franzido, enquanto o levo, meio que à força, para os meus aposentos. Odeio levá-lo para lá, mas não vou confiar na segurança de Cardan em nenhum outro lugar.

Ele olha ao redor, impressionado, observando a bagunça.

— Onde... Você dorme mesmo aqui? Acho que você devia pensar em atear fogo no seu quarto também.

— Talvez — digo, guiando-o até minha cama. É estranho colocar a mão em suas costas. Sinto o calor da pele de Cardan pelo linho fino da camisa, sinto a contração dos músculos.

Parece errado tocá-lo como se ele fosse uma pessoa comum, como se não fosse o Grande Rei e também meu inimigo.

Ele não precisa de encorajamento para se esparramar no meu colchão, a cabeça no travesseiro, o cabelo preto se espalhando como penas de corvo. Cardan me olha com os olhos da cor da noite, lindos e terríveis ao mesmo tempo.

— Por um momento, me perguntei se não era você disparando flechas em mim.

Faço uma careta.

— E o que fez você decidir que não era?

Ele sorri.

— A pessoa errou.

Eu já falei que ele tem o poder de fazer um elogio que magoa. Ele também consegue dizer uma coisa que deveria ser insultante de uma forma que parece que estou sendo vista de verdade.

Nossos olhares se encontram e algo perigoso faísca.

Ele te odeia, lembro a mim mesma.

— Me beija de novo — pede ele, bêbado e tolo. — Me beija até eu ficar cansado do seu beijo.

Sinto as palavras dele, sinto-as como um chute na barriga. Ele vê minha expressão e ri, uma risada cheia de deboche. Não sei de quem ele está rindo.

Ele te odeia. Mesmo te querendo, ele te odeia.

Pode ser que ele te odeie ainda mais por isso.

Depois de um momento, Cardan fecha os olhos. A voz vira um sussurro, como se estivesse falando sozinho.

— Se você é a doença, acho que não pode ser a cura também.

Ele pega no sono, mas eu estou bem acordada.

CAPÍTULO 6

Durante toda a manhã, fico sentada em uma cadeira inclinada, encostada em uma parede do meu quarto. A espada do meu pai está no meu colo. Minha mente fica repassando as palavras de Nicasia.

Você não entendeu. Ela quer que ele se case comigo. Quer que eu seja rainha.

Apesar de eu estar do outro lado do quarto, meu olhar fica se desviando para a cama e para o garoto dormindo lá.

Os olhos pretos fechados, o cabelo escuro espalhado no meu travesseiro. No começo, ele pareceu não conseguir relaxar, ficava enrolando os pés no lençol, mas a respiração acabou ficando mais leve e os movimentos também. Ele continua tão ridiculamente lindo quanto sempre foi, a boca macia, os lábios meio abertos, os cílios tão compridos que tocam a face quando os olhos estão fechados.

Estou acostumada com a beleza de Cardan, mas não com sua vulnerabilidade. É inquietante vê-lo sem as roupas extravagantes, sem a língua ácida e o olhar malicioso como armadura.

Durante os cinco meses que se passaram do nosso acordo, tentei prever o pior. Dei ordens para impedi-lo de me evitar, me ignorar ou se livrar de mim. Pensei em regras para impedir que mortais fossem enganados para oferecerem anos de servidão e o fiz proclamá-las.

Mas nunca parece suficiente.

Lembro-me de andar com ele pelos jardins do palácio ao anoitecer. As mãos de Cardan estavam unidas nas costas e ele parou para cheirar o núcleo enorme de uma rosa branca com bordas escarlate, pouco antes de ela se fechar no ar. Ele sorriu e ergueu uma sobrancelha para mim, mas fiquei nervosa demais para sorrir.

Atrás dele, na extremidade do jardim, havia seis cavaleiros, sua guarda pessoal, à qual Fantasma já tinha sido designado.

Apesar de eu ter repassado várias vezes o que estava prestes a dizer, ainda me senti a tola que acredita que pode transformar um desejo em doze se usar as palavras certas.

— Vou te dar ordens.

— Ah, vai — falou ele. Na testa, a coroa dourada de Elfhame captou a luz do crepúsculo.

Respirei fundo e comecei:

— Você nunca vai me negar uma audiência nem vai dar ordens que me mantenham longe de você.

— Por que eu ia querer que você saísse do meu lado? — perguntou Cardan, a voz seca.

— E você nunca pode mandar me prender, aprisionar ou matar — continuei, ignorando-o. — Nem ferir. Nem mesmo deter.

— Que tal mandar um criado botar uma pedrinha bem afiada na sua bota? — A expressão de Cardan estava irritantemente séria.

Dei a ele o que esperava que fosse um olhar fulminante.

— Você também não pode erguer a mão para mim.

Ele fez um gesto no ar, como se tudo aquilo fosse ridiculamente óbvio, como se dar a ele as ordens em voz alta fosse um ato de má-fé.

Eu prossegui com obstinação.

— Todas as noites você vai me receber nos seus aposentos antes do jantar e vamos discutir política. E se souber de algum mal arquitetado contra mim, você tem que me avisar. Você deve tentar impedir que qualquer pessoa adivinhe como controlo você. E por mais que odeie ser o Grande Rei, você tem que fingir o contrário.

— Eu não odeio — respondeu, olhando para o céu.

Eu me virei para ele, surpresa.

— Como assim?

— Eu não odeio ser o Grande Rei — repetiu ele. — Nem sempre. Achei que odiaria, mas não odeio. Entenda isso como quiser.

Fiquei nervosa, porque era bem mais fácil quando eu sabia que ele não era só inadequado, mas também desinteressado em governar. Sempre que olhava para a Coroa de Sangue na cabeça de Cardan, eu tinha que fingir que ela não estava lá.

A rapidez com que ele convenceu os nobres de seu direito de governá-los não ajudou em nada. Sua reputação de crueldade os deixava com medo de irritá-lo. Sua posição fazia com que eles acreditassem que todos os prazeres eram possíveis.

— Então você gosta de ser meu peão? — provoquei.

Ele deu um sorriso preguiçoso, como se não se incomodasse com a isca.

— Por enquanto.

Apertei o olhar.

— Por bem mais do que isso.

— Você ganhou um ano e um dia — disse ele. — Mas muita coisa pode acontecer em um ano e um dia. Me dê todas as ordens que quiser, mas você nunca vai pensar em tudo.

Houve uma época em que eu o deixava abalado, despertava sua raiva e destruía seu autocontrole, mas de alguma forma o jogo virou. Todos os dias depois disso eu senti o terreno escorregadio.

Enquanto olho para ele agora, deitado na minha cama, me sinto mais abalada do que nunca.

Barata entra no quarto no fim da tarde. No ombro dele está a coruja com cara de duende, antes mensageira de Dain, agora mensageira da Corte das Sombras. É chamada de Boca-de-Leão, mas não sei se é codinome.

— O Conselho Vivo quer ver você — diz Barata. Boca-de-Leão pisca seus olhos pretos e sonolentos para mim.

Solto um gemido.

— Na verdade — diz ele, indicando a cama —, quem eles querem ver é *ele*, mas é você que eles podem mandar chamar.

Eu me levanto e me espreguiço. Prendo a bainha e vou para a antecâmara, para não acordar Cardan.

— Como está Fantasma?

— Descansando — diz Barata. — Há muitos boatos correndo sobre a noite de ontem, até mesmo entre a guarda do palácio. As fofocas começam a tecer suas teias.

Vou para o banheiro me lavar. Gargarejo com água salgada e esfrego o rosto e as axilas com um pano besuntado de sabonete de verbena e limão. Desembaraço os nós dos cabelos, exausta demais para conseguir fazer qualquer coisa mais complicada do que isso.

— Acho que você já verificou a passagem — grito.

— Verifiquei — afirma Barata. — E entendo por que não estava em nenhum dos seus mapas. Não tem ligação com as outras passagens em nenhum ponto. Nem sei se foi construída na mesma época.

Penso na pintura do relógio e das constelações. Nas estrelas profetizando uma amante amorosa.

— Quem dormia lá antes de Cardan? — pergunto.

Barata dá de ombros.

— Vários feéricos. Ninguém que chamasse atenção. Convidados da Coroa.

— Amantes — digo, finalmente juntando as peças. — As amantes do Grande Rei que não eram consortes.

— Ah. — Barata indica Cardan com um movimento de queixo na direção do meu quarto. — E aquele foi o lugar que o *nosso* Grande Rei escolheu para dormir? — Barata me lança um olhar significativo, como se eu devesse saber a resposta para esse enigma, quando eu nem tinha percebido que era um enigma.

— Não sei — digo.

Ele balança a cabeça.

— É melhor você ir logo para a reunião do Conselho.

Não posso dizer que não é um alívio saber que, quando Cardan acordar, eu não estarei presente.

CAPÍTULO 7

O Conselho Vivo foi criado durante a época de Eldred, principalmente para ajudar o Grande Rei a tomar decisões, e acabou virando um grupo difícil de se opor. Não é que os ministros tenham poder individual, embora muitos sejam formidáveis por si só, mas, como grupo, eles têm a autoridade de tomar muitas decisões menores em relação à administração do reino. O tipo de decisões menores que, se reunidas, poderiam até limitar um rei.

Depois da coroação interrompida e do assassinato da família real, depois da irregularidade com a Coroa, o Conselho está com dúvidas em relação à juventude de Cardan e confuso com minha ascensão ao poder.

Boca-de-Leão me leva até a reunião, que acontece em volta de uma mesa de madeira fossilizada, sob um domo retorcido de salgueiros. Os ministros me veem caminhar pela grama e olho para um de cada vez: o Ministro Unseelie, um troll com uma cabeleira desgrenhada com pedaços de metal trançados no meio; a Ministra Seelie, uma mulher verde que parece um louva-a-deus; o Grande General, Madoc; o Astrólogo Real, um homem muito alto de pele escura com barba esculpida e ornamentos celestiais na cascata longa de cabelo azul-marinho; o Ministro das Chaves, um duende encarquilhado com chifres de carneiro e olhos de bode; e o Grande Bobo, que usa rosas lilás pálidas na cabeça para combinar com seus tons de roxo.

Por toda mesa há jarras de água e vinho, pratos de frutas secas.

Eu me inclino na direção de um dos criados e peço que traga um bule do chá mais forte que puder encontrar. Vou precisar.

Randalin, o Ministro das Chaves, está sentado na cadeira do Grande Rei; o encosto de madeira do móvel, que se parece com um trono, tem queimado o brasão real. Reparo no gesto... e na suposição inerente a ele. Nos cinco meses desde que assumiu a posição de Grande Rei, Cardan não foi ao Conselho. Só tem uma cadeira vazia, entre Madoc e Fala, o Grande Bobo. Fico de pé.

— Jude Duarte — diz Randalin, fixando os olhos de bode em mim. — Onde está o Grande Rei?

Estar na frente deles é sempre intimidante, e a presença de Madoc só piora tudo. Ele faz eu me sentir uma criança, ansiosa demais para dizer ou fazer qualquer coisa inteligente. Uma parte de mim só quer provar que sou mais do que eles acham que sou: a nomeada fraca e tola de um rei fraco e tolo.

Provar que há outro motivo para Cardan ter escolhido uma senescal mortal além de eu ser capaz de mentir por ele.

— Eu vim em seu lugar — digo. — Para falar por ele.

O olhar de Randalin é fulminante.

— Há um boato de que ele disparou em uma das amantes na noite de ontem. É verdade?

Um criado coloca o bule de chá que pedi perto do meu cotovelo, e fico grata pelo reforço e pela desculpa para não responder imediatamente.

— Cortesãos me contaram que hoje a garota estava usando uma tornozeleira de rubis enviada para ela como pedido de desculpas, mas não conseguia ficar de pé sozinha — diz Nihuar, a representante Seelie. Ela repuxa os pequenos lábios verdes. — Acho tudo isso de péssimo gosto.

Fala, o Bobo, ri, deixando óbvio que satisfaz o gosto *dele*.

— Rubis por derramar o sangue vermelho-rubi dela.

Não pode ser verdade. Cardan teria que ter providenciado isso no tempo que levei para sair dos meus aposentos e chegar ao Conselho. Mas isso não significa que outra pessoa não tenha agido em seu nome. Todos estão ansiosos para ajudar o rei.

— Você preferia que ele a tivesse matado direto? — Minhas habilidades em diplomacia não são tão afiadas quanto as de contrariedade. Além do mais, estou cansada.

— Eu não me importaria — diz o representante Unseelie, Mikkel, com uma risadinha. — Nosso novo Grande Rei parece Unseelie até o osso, e acho que vai nos favorecer. Agora que sabemos do que ele gosta, poderíamos dar a ele um festejo melhor do que o Mestre da Esbórnia se gaba de poder fazer.

— Há outras histórias — continua Randalin. — Uma que diz que os guardas dispararam no Grande Rei Cardan para salvar a vida da cortesã. Que ela está carregando o herdeiro real. Você precisa dizer ao Grande Rei que o Conselho está pronto para aconselhá-lo para que seu reinado não seja contaminado por esse tipo de história.

— Farei isso — digo.

O Astrólogo Real, Baphen, me olha com atenção, como se percebendo corretamente minha intenção de não falar com Cardan sobre nada disso.

— O Grande Rei está preso à terra e aos seus súditos. Um rei é um símbolo vivo, um coração que bate, uma estrela na qual o futuro de Elfhame é escrito. — Ele fala baixo, mas, de alguma forma, sua voz se espalha. — Você deve ter reparado que, desde que o reinado dele começou, as ilhas estão diferentes. As tempestades chegam mais rápido. As cores estão um pouco mais vívidas, os aromas estão mais pungentes.

Ele continua:

— Coisas foram vistas nas florestas. Coisas antigas, que achávamos que tinham sumido fazia tempo do mundo, vieram dar uma olhada nele.

"Quando ele fica bêbado, seus súditos ficam embriagados sem saber o porquê. Quando o sangue dele cai, coisas crescem. Ora, a Grande Rainha Mab conjurou Insmire, Insmoor e Insweal do mar. Todas as ilhas de Elfhame, formadas em uma única hora."

Meu coração dispara mais e mais conforme Baphen vai falando. Meus pulmões parecem não conseguir ar suficiente. Porque nada disso pode estar descrevendo Cardan. Ele não pode estar tão profundamente conectado à terra, não pode ser capaz de fazer isso tudo e ainda assim estar sob meu controle.

Penso no sangue na colcha dele... e, ao lado, as flores brancas espalhadas.

Quando o sangue dele cai, coisas crescem.

— E assim, você vê — diz Randalin, sem perceber que estou surtando —, todas as decisões do Grande Rei mudam Elfhame e influenciam os habitantes. Durante o reinado de Eldred, quando crianças nasciam, elas eram levadas forçosamente a ele para se jurarem ao reino. Mas, nas cortes inferiores, alguns herdeiros foram criados no mundo mortal, fora do alcance de Eldred. Essas crianças voltaram a comandar sem fazer promessas à Coroa de Sangue. Pelo menos uma das cortes tornou uma dessas crianças rainha. E quem sabe quantos feéricos selvagens conseguiram evitar as promessas. E a general da Corte dos Dentes, Grima Mog, parece ter abandonado o posto. Ninguém sabe bem o que ela pretende fazer. Nós não podemos nos dar ao luxo do descuido por parte do Grande Rei.

Ouvi falar de Grima Mog. Ela é apavorante, mas não tão apavorante quanto Orlagh.

— Nós temos que vigiar a Rainha Submarina também — compartilho. — Ela tem um plano e vai agir contra nós.

— Como é? — pergunta Madoc, interessado na conversa pela primeira vez.

— Impossível — responde Randalin. — Como você poderia saber de uma coisa dessas?

— Balekin andou se encontrando com representantes dela — digo.

Randalin ri com deboche.

— E devo acreditar que você ouviu isso dos lábios do próprio príncipe?

Se eu mordesse a língua com mais força, acabaria cortando um pedaço.

— Ouvi de mais de uma fonte. Se a aliança era com Eldred, acabou.

— Os sereianos têm coração frio — diz Mikkel, e, a princípio, parece que ele está concordando comigo, mas o tom aprovador de sua voz estraga tudo.

— Por que Baphen não consulta o mapa astral? — sugere Randalin de forma apaziguadora. — Se encontrar uma ameaça profetizada lá, vamos discutir mais.

— Estou dizendo... — insisto, frustrada.

É esse o momento em que Fala pula na mesa e começa a dançar... de forma interpretativa, acho. Madoc grunhe e solta uma gargalhada. Um pássaro pousa no ombro de Nihuar e eles começam a conversar em sussurros e trinados baixos.

Está claro que nenhum deles quer acreditar em mim. Como eu poderia saber de uma coisa que eles não sabem, afinal? Sou jovem demais, inexperiente demais, mortal demais.

— Nicasia... — começo a dizer.

Madoc sorri.

— Sua amiguinha da escola.

Eu queria poder dizer a Madoc que o único motivo para ele ainda estar sentado no Conselho sou eu. Apesar de ter matado Dain com as próprias mãos, ele ainda é o general. Eu poderia dizer que quero mantê-lo ocupado, que ele é uma arma mais bem usada por nós do que contra nós, que é mais fácil meus espiões ficarem de olho nele quando eu sei onde ele está, mas tem uma parte de mim que sabe que ele ainda é general só porque eu não puxei a autoridade do meu pai.

— Ainda tem Grimsen — diz Mikkel, seguindo em frente como se eu não tivesse falado. — O Grande Rei acolheu o ferreiro de Alderking, o criador da Coroa de Sangue. Agora, ele anda entre nós, mas ainda não trabalha para nós.

— Devemos dar boas-vindas a ele — sugere Nihuar em um raro momento de concordância entre as facções Unseelie e Seelie. — O Mestre da Esbórnia fez planos para a Lua do Caçador. Talvez possa acrescentar algum entretenimento para o ferreiro.

— Depende do que Grimsen gosta, acho — pondero, desistindo de convencê-los de que Orlagh vai agir contra nós. Estou por conta própria.

— Remexer na terra, talvez — propõe Fala. — Procurar tralhas.

— Trufas — corrige Randalin automaticamente.

— Ah, não — diz Fala, franzindo o nariz. — Isso não.

— Tratarei de descobrir suas diversões favoritas. — Randalin faz uma pequena anotação no papel. — Também me disseram que um representante da Corte dos Cupins vai à festa da Lua do Caçador.

Tento não demonstrar minha surpresa. A Corte dos Cupins, liderada por Lorde Roiben, ajudou a colocar Cardan no trono. E pelos esforços dele, prometi que quando Lorde Roiben me pedisse um favor, eu o atenderia. Mas não faço ideia do que ele pode querer, e agora não é uma boa hora para mais uma complicação.

Randalin limpa a garganta e se vira, me olhando diretamente.

— Transmita nossos lamentos para o Grande Rei por não podermos aconselhá-lo diretamente e diga que estamos prontos para ajudá-lo. Se você não passar essa mensagem para ele, encontraremos outras formas de fazer isso.

Faço uma reverência curta e não respondo ao que é uma ameaça clara.

Quando estou saindo, Madoc surge andando ao meu lado.

— Soube que você falou com sua irmã — diz ele, as sobrancelhas grossas baixadas em uma imitação de preocupação.

Dou de ombros, lembrando a mim mesma de que ele não falou uma palavra a meu favor hoje.

Ele me olha com impaciência.

— Não me diga o quanto você está ocupada com aquele rei garoto, apesar de eu imaginar que ele precise de cuidados.

De alguma forma, com poucas palavras, ele me transformou em uma filha mal-humorada e a si mesmo, no pai sofredor.

Dou um suspiro, derrotada.

— Eu falei com Taryn.

— Que bom. Você está sozinha demais.

— Não finja ser solidário — digo. — É um insulto para nós dois.

— Você não acredita que posso me preocupar com você, mesmo depois de me trair? — Ele me observa com os olhos de gato. — Ainda sou seu pai.

— Você é o assassino do meu pai — respondo de ímpeto.

— Posso ser as duas coisas — diz Madoc, sorrindo e mostrando os dentes.

Tentei abalá-lo, mas só consegui ficar abalada. Apesar do tempo que passou, a lembrança do ataque final que não aconteceu quando ele se deu conta de que tinha sido envenenado está fresca na minha mente. Eu me lembro da expressão dele, de quem gostaria de me partir ao meio.

— E é por isso que nenhum de nós deveria fingir que você não está furioso comigo.

— Ah, estou com raiva, filha, mas também estou curioso. — Ele faz um gesto de condescendência na direção do Palácio de Elfhame. — É isso mesmo que você queria? *Ele?*

Assim como com Taryn, engasgo com a explicação que não posso dar.

Como não falo nada, ele tira as próprias conclusões.

— É como pensei. Eu não apreciei você da forma adequada. Desprezei seu desejo de ser cavaleira. Desprezei sua capacidade de estratégia, de força... e de crueldade. Esse foi meu erro, um erro que não vou voltar a cometer.

Não sei bem se isso é uma ameaça ou um pedido de desculpas.

— Cardan é o Grande Rei agora e jurei servi-lo enquanto ele usar a Coroa de Sangue — diz. — Mas não há juramento que prenda você. Se estiver arrependida do que fez, faça outra coisa. Ainda há jogos a serem jogados.

— Eu já ganhei — lembro a ele.

Ele sorri.

— Nós vamos voltar a conversar.

Quando Madoc começa a se afastar, não consigo deixar de pensar que talvez eu estivesse melhor quando ele estava me ignorando.

CAPÍTULO 8

Encontro Bomba nos antigos aposentos do Grande Rei Eldred. Desta vez, estou determinada a examinar cada centímetro do cômodo antes de Cardan ser levado para lá... e estou determinada a fazer com que ele permaneça no quarto, na parte mais segura do palácio, apesar de suas preferências.

Quando chego, Bomba está acendendo a última vela grossa acima de uma lareira, os filetes de cera escorrida tão firmes que formam uma espécie de escultura. É estranho estar aqui agora, sem Nicasia para interrogar nem nada para me distrair de explorar o local. As paredes cintilam com micas e o teto é todo de galhos e vinhas verdes. Na antecâmara, a concha de uma lesma enorme brilha, um lampião do tamanho de uma mesinha.

Bomba abre um sorrisinho rápido. O cabelo branco está preso em tranças com algumas contas prateadas brilhantes no meio.

Alguém em quem você confia já te traiu.

Tento tirar as palavras de Nicasia da cabeça. Afinal, poderiam significar qualquer coisa. É a típica baboseira feérica, ameaçadora, mas aplicável de forma tão ampla que poderia ser dica de uma armadilha prestes a me pegar ou referência a uma coisa que aconteceu quando fazíamos aulas juntas. Talvez ela esteja me avisando que tenho na minha rede de confiança um espião, ou talvez esteja fazendo uma alusão a Taryn ter ficado com Locke.

Mas não consigo parar de pensar nisso.

— Então o assassino fugiu por aqui? — pergunta Bomba. — Fantasma disse que você veio atrás dele.

Eu balanço a cabeça.

— Não havia assassino. Foi um mal-entendido romântico.

Ela ergue as sobrancelhas.

— O Grande Rei é muito ruim em romance — tento explicar.

— Posso imaginar — diz ela. — Você revista a sala e eu revisto o quarto?

— Tudo bem — concordo, indo em direção à sala.

A passagem secreta fica ao lado de uma lareira entalhada como a boca sorridente de um goblin. A estante ainda está puxada para o lado, deixando visíveis os degraus em espiral na parede. Eu a fecho.

— Você acha mesmo que pode convencer Cardan a vir para cá? — pergunta Bomba do outro aposento. — É um desperdício tão grande deixar este espaço glorioso sem uso.

Eu me inclino para começar a tirar livros das prateleiras, para abri-los e sacudi-los um pouco e ver se tem alguma coisa dentro.

Alguns pedaços de papel amarelados e puídos caem, junto com uma pena e um abridor de cartas feito de osso entalhado. Alguém deixou um dos livros oco, mas não tem nada no compartimento. Um outro tomo foi comido por insetos. Jogo esse no lixo.

— O último quarto que Cardan ocupou pegou fogo — respondo a Bomba. — Ou melhor, vamos elaborar isso direito. Pegou fogo porque *ele colocou fogo lá*.

Ela ri.

— Ele levaria dias para queimar tudo isto.

Olho para os livros e não tenho tanta certeza. Estão tão secos que explodiriam em chamas só de encará-los por muito tempo. Com um suspiro, eu os empilho e vou até as almofadas, depois puxo os tapetes. Debaixo, só encontro poeira.

Esvazio todas as gavetas da enorme escrivaninha: pontas de metal de penas, pedras com rostos entalhados, três anéis com sinetes, um dente comprido de uma criatura que não consigo identificar e três frascos com líquido ressecado, preto e sólido.

Em outra gaveta, encontro joias. Um colar de âmbar-negro, uma pulseira de contas com fecho, anéis de ouro pesados.

Na última, encontro dardos e cristais de quartzo cortados em globos lisos e polidos. Quando levanto um contra a luz, alguma coisa se move em seu interior.

— Bomba? — chamo, a voz um pouco aguda.

Ela entra na sala carregando um casaco de pedras preciosas tão pesado que fico surpresa de alguém querer usar.

— O que houve?

— Você já viu alguma coisa assim? — Eu levanto a bola de cristal.

Ela dá uma espiada.

— Olha, ali está o Dain.

Aproximo a bola do meu rosto e olho lá dentro. Um jovem príncipe Dain está sentado em um cavalo, segurando um arco em uma das mãos e maçãs na outra. Elowyn está sentada em um pônei ao lado dele, Rhyia está do outro lado. Ele joga três maçãs no ar e todos puxam seus arcos e disparam.

— Isso aconteceu mesmo? — pergunto.

— Provavelmente — responde ela. — Alguém deve ter encantado essas esferas para Eldred.

Penso nas espadas lendárias de Grimsen, na bolota dourada que revelou as últimas palavras de Liriope, no tecido da Mãe Marrow, capaz de bloquear até a mais afiada lâmina, e em toda a magia louca que os Grandes Reis recebem. Eram coisas tão comuns que estavam guardadas numa gaveta.

Pego cada uma para ver o que tem dentro. Vejo Balekin recém-nascido, os espinhos já crescendo na pele. Ele grita nos braços de uma ama mortal, o olhar dela vidrado de glamour.

— Olha esta — diz Bomba com uma expressão estranha.

É Cardan bem pequeno. Ele está usando uma camisa grande demais para seu corpinho. É comprida como um vestido. Está descalço, os pés e a camisa sujos de lama, mas está usando argolas nas orelhas, como se um adulto tivesse lhe dado os brincos. Uma feérica de chifres está parada perto dele, e quando Cardan corre até ela, a feérica segura seus punhos antes que ele possa botar as mãos sujas em sua saia.

Ela diz alguma coisa severa e o empurra para longe. Quando ele cai, ela mal repara, ocupada demais em uma conversa com outros cortesãos. Espero que Cardan chore, mas ele não chora. Sai andando até uma árvore em que um garoto mais velho está subindo. O garoto diz alguma coisa e Cardan segura o tornozelo dele. Um momento depois, o garoto está no chão, e a mão pequena e suja de Cardan está fechada em punho. Ao ouvir a briga, a mulher feérica se vira e ri, achando divertida a brincadeira.

Quando Cardan olha para ela, também está sorrindo.

Enfio o cristal de volta na gaveta. Quem apreciaria isso? É horrível.

Mas não é *perigoso*. Não há motivo para fazer alguma coisa com aqueles objetos além de deixar onde estavam. Bomba e eu continuamos revistando a sala juntas. Quando julgamos estar seguras, passamos por uma porta entalhada com uma coruja e voltamos para o quarto do rei.

Tem uma cama enorme com dossel no centro, com cortinas verdes, o símbolo da linhagem Greenbriar bordado em dourado. Cobertores densos de seda de aranha estão esticados sobre um colchão que, pelo cheiro, parece ter sido estofado com flores.

— Venha — diz Bomba, se sentando na cama e rolando para olhar para o teto. — Vamos ver se é segura para nosso novo Grande Rei, só por garantia.

Inspiro com surpresa, mas vou atrás. Meu peso no colchão o faz afundar, e o aroma forte de rosas domina meus sentidos.

Deitar-me sobre o cobertor do rei de Elfhame, inspirar o ar que perfumava as noites dele, provoca uma sensação quase hipnótica. Bomba apoia a cabeça nos braços como se não fosse nada de mais, mas me lembro da mão do Grande Rei Eldred na minha cabeça e o nervosismo e o orgulho que eu sentia cada vez que ele reparava em mim. Deitar-me em sua cama é como se eu estivesse limpando meus pés sujos de camponesa no trono.

Mas como poderia não fazer isso?

— Nosso rei é um sujeito de sorte — diz Bomba. — Eu gostaria de uma cama assim, grande o bastante para receber um ou dois convidados.

— Ah, é? — pergunto, provocando-a como já fiz com as minhas irmãs. — Alguém específico?

Ela afasta o olhar, constrangida, o que me faz prestar atenção. Eu me apoio em um cotovelo.

— Espera! É alguém que eu conheço?

Por um momento, ela não responde, e é tempo mais do que suficiente para eu saber a resposta.

— É, sim! É Fantasma?

— Jude! Não.

Eu franzo a testa.

— Barata?

Bomba se senta, os dedos longos puxando a colcha. Como não pode mentir, ela só suspira.

— Você não entende.

Bomba é linda, tem feições delicadas e pele marrom quente, cabelo branco desgrenhado e olhos luminosos. Penso nela como alguém que tem uma combinação de charme e habilidade que poderia conquistar quem desejasse.

A língua preta de Barata, o nariz torto e o tufo de cabelo que parece pelo no alto da cabeça só o deixam mais impressionante e apavorante. Mesmo de acordo com a estética do Reino das Fadas, mesmo em um lugar onde a beleza sobrenatural é celebrada junto com a feiura quase opulenta, não sei se ele imaginaria que Bomba o deseja.

Eu jamais adivinharia.

Mas não sei como dizer isso para ela sem parecer que o estou insultando.

— Acho que não entendo mesmo — concordo.

Ela puxa uma almofada para o colo.

— Meu povo morreu em uma guerra brutal um século atrás e me deixou sozinha. Fui para o mundo humano e me tornei uma golpista de atos pequenos. Não era muito boa no que fazia. Em geral, eu só usava o glamour para esconder meus erros. Foi quando Barata me encontrou. Ele observou que, embora não fosse uma grande ladra, eu era boa em preparar poções e bombas. Nós andamos juntos por décadas. Ele era tão legal, gentil e encantador que enganava as pessoas na cara delas, sem precisar de magia.

Abro um sorriso ao pensar nele de chapéu-coco e colete com relógio de bolso, achando graça do mundo e de tudo nele.

— Então ele teve a ideia de roubar da Corte dos Dentes, no norte. O golpe deu errado. A Corte nos cortou todos e nos encheu de maldições e geases. Nos modificou. Nos forçou a servi-los. — Ela estala os dedos e fagulhas voam. — Divertido, né?

— Tenho certeza de que não foi.

Ela se deita novamente e continua falando.

— Barata... Van, não consigo chamá-lo de Barata falando desse jeito. Foi Van que me fez aguentar permanecer ali. Ele contava histórias, da rainha Mab prendendo um gigante de gelo, controlando todos os grandes monstros de antigamente, ganhando a Grande Coroa. Histórias do impossível. Sem Van, não sei se eu teria conseguido sobreviver.

"Um dia, deu tudo errado em um trabalho nosso, e Dain botou as mãos em nós. Ele tinha um plano para trairmos a Corte dos Dentes e nos juntarmos a ele. Foi o que fizemos. Fantasma já estava ao lado dele, e nós três formamos uma equipe formidável. Eu com os explosivos. Barata roubando qualquer coisa ou pessoa. E Fantasma, um atirador preciso com passo leve. E aqui estamos, nem sei bem como, seguros na Corte de Elfhame, trabalhando para o próprio Grande Rei. Olha só para mim, deitada na cama real até. Mas aqui não há motivo para Van segurar a minha mão ou cantar para mim quando estou sofrendo. Não há motivo para ele se importar assim comigo."

Ela fica em silêncio. Nós duas olhamos para o teto.

— Você devia falar para ele — sugiro. E não é um conselho ruim, eu acho. Não é um conselho que eu seguiria, mas isso não o torna ruim.

— Talvez. — Bomba se levanta da cama. — Não tem truques nem armadilhas. Você acha seguro deixar nosso rei aqui?

Penso no garoto do cristal, no sorriso orgulhoso e nos punhos fechados. Penso na feérica com chifres, que devia ser a mãe dele, empurrando-o para longe. Penso no pai dele, o Grande Rei, que não se deu ao trabalho de intervir, nem de verificar se ele estava vestido e com o rosto limpo. Penso em como Cardan evitou aqueles aposentos.

Solto um suspiro.

— Eu queria poder pensar em um lugar onde ele ficaria mais seguro.

À meia-noite, sou esperada para um banquete. Sento-me a várias cadeiras do trono e escolho um prato de enguias crocantes. Um trio de pixies canta *a cappella* para nós, enquanto cortesãos tentam impressionar uns aos outros com seu humor. Acima, cera escorre em fios longos nos candelabros.

O Grande Rei Cardan sorri para todos na mesa com indulgência e boceja como um gato. O cabelo está desgrenhado, como se ele só tivesse passado os dedos depois que saiu da minha cama. Nossos olhares se encontram e sou eu quem afasta os olhos, meu rosto quente.

Me beija até eu ficar cansado do seu beijo.

O vinho é trazido em jarras coloridas. Brilham em verde-marinho e safira, citrino e rubi, ametista e topázio. Um novo prato chega, com violetas açucaradas e orvalho congelado.

Em seguida, domos de vidro, debaixo dos quais há peixinhos prateados em uma nuvem de fumaça azul-pálida.

— Do Reino Submarino — diz uma das cozinheiras, vestida para a ocasião. Ela se curva.

Olho por cima da mesa para Randalin, Ministro das Chaves, mas ele está fazendo questão de me ignorar.

Ao meu redor, os domos são erguidos, e a fumaça, com aroma de pimenta e ervas, toma conta do salão.

Vejo que Locke se sentou ao lado de Cardan e puxou a garota que estava sentada ali para o colo. Ela levanta os pés com cascos e inclina a cabeça chifruda para trás numa gargalhada.

— Ah — suspira Cardan, erguendo um anel de ouro do prato. — Estou vendo que meu peixe tem uma coisa na barriga.

— E o meu também — diz uma cortesã do outro lado, pegando uma pérola grande como uma unha. Ela ri de prazer. — Um presente do mar.

Todos os peixes prateados contêm um tesouro. Os cozinheiros são chamados, mas respondem gaguejando com negações, jurando que os peixes foram pescados recentemente e só foram temperados com ervas na cozinha. Franzo a testa para o meu prato, para as contas de vidro do mar que encontro debaixo das guelras do meu peixe.

Quando levanto o olhar, Locke está segurando uma moeda de ouro, talvez parte do tesouro de um navio mortal perdido.

— Estou vendo você olhar para ele — sussurra Nicasia, se sentando ao meu lado. Hoje ela está usando um vestido de renda dourada. O cabelo escuro de turmalina está preso com dois pentes dourados no formato de um maxilar de tubarão, com direito a dentes de ouro e tudo.

— Talvez eu só esteja olhando as bugigangas e o ouro com os quais sua mãe pensa que pode comprar o favor desta corte.

Ela pega uma das violetas do meu prato e a coloca delicadamente na língua.

— Perdi o amor de Cardan pelas palavras e beijos fáceis do Locke, açucarados como essas flores — diz ela. — Sua irmã perdeu o *seu* amor para conseguir o de Locke, não foi? Mas nós todos sabemos o que você perdeu.

— Locke? — Dou uma risada. — Já foi tarde.

Ela franze as sobrancelhas.

— Certamente não era para o Grande Rei que você estava olhando.

— Claro que não — respondo, mas não me viro para ela.

— Sabe por que você não contou meu segredo para ninguém? — provoca. — Pode ser que você ache que gosta de ter um segredo sobre mim. Mas, na verdade, acho que você sabia que ninguém ia acreditar. Meu lugar é neste mundo. O seu, não. E você sabe disso.

— Seu lugar não é nem na *terra*, princesa do mar — eu lembro a ela. Mas não consigo deixar de pensar em como o Conselho Vivo duvidou de mim. Não consigo evitar que as palavras dela me incomodem.

Alguém em quem você confia já te traiu.

— Este mundo nunca vai ser seu, *mortal* — diz ela.

— Isto *é* meu — retruco, a raiva me deixando descuidada. — Minha terra e o meu rei. E vou proteger ambos. Diga o mesmo, ande.

— Ele não pode amar você. — A voz de Nicasia fica áspera de repente.

Obviamente, ela não gosta da ideia de eu declarar Cardan como meu rei, já que ainda está obviamente apaixonada por ele e obviamente não tem ideia do que fazer com isso.

— O que você quer? — pergunto. — Eu só estava sentada aqui, cuidando da minha vida, jantando. Foi você que veio até mim. É você que está me acusando de... nem sei bem de quê.

— Me diga o que você fez com ele — pede Nicasia. — Como o enganou para que colocasse você como sua mão direita, logo você, que ele desprezava e insultava? Como é que você tem a atenção dele?

— Eu conto se você me contar uma coisa em troca. — Eu me viro para ela e lhe dou minha total atenção. Andei refletindo sobre a passagem secreta no palácio, sobre a mulher no cristal.

— Já contei tudo que estou disposta a... — declara Nicasia.

— Não isso. A mãe de Cardan — digo, interrompendo-a. — Quem ela era? Onde está agora?

Ela tenta transformar a surpresa em deboche.

— Se são tão bons amigos, por que você não pergunta a ele?

— Eu nunca disse que éramos amigos.

Um criado com a boca cheia de dentes afiados e asas de borboleta traz os próximos pratos. O coração de um cervo, malpassado e recheado de avelãs torradas. Nicasia pega a carne e a rasga, o sangue escorrendo pelos dedos.

Ela passa a língua pelos dentes manchados de vermelho.

— Ela não era ninguém, só uma garota das cortes inferiores. Eldred nunca a tornou consorte, nem depois de ela ter um filho dele.

Eu pisco com surpresa óbvia.

Ela parece absurdamente satisfeita, como se o fato de eu não saber provasse novamente o quanto sou inadequada.

— Agora é sua vez.

— Quer saber o que fiz para ele me botar onde estou? — pergunto, me inclinando em sua direção, chegando perto o bastante para que ela sinta o calor do meu hálito. — Eu o beijei na boca e depois ameacei beijar mais se ele não fizesse exatamente o que eu queria.

— Mentirosa — sussurra ela.

— Se são tão bons amigos — digo, usando as palavras contra ela com uma satisfação maliciosa —, por que você não pergunta a ele?

Ela desvia o olhar para Cardan, que está com a boca suja de vermelho devido ao sangue do coração, a coroa na testa. Eles parecem farinha do mesmo saco, um par perfeito de monstros. Ele não olha para nós, está ocupado ouvindo o alaúde cujo instrumentista compôs ali na hora, uma ode ao reinado dele.

Meu rei, eu penso. *Mas só por um ano e um dia, e cinco meses já se passaram.*

CAPÍTULO 9

Tatterfell está me esperando quando volto para o quarto, os olhos de besouro reprovadores enquanto ela pega a calça do Grande Rei no meu sofá.

— Então é assim que você está vivendo — resmunga a pequena diabrete. — Uma minhoca no casulo da borboleta.

Há algo de reconfortante e familiar em ser repreendida, mas isso não significa que gosto. Viro-me para que ela não veja meu constrangimento pelo quanto deixei as coisas ficarem desorganizadas. Sem mencionar o que parece que andei fazendo e com quem.

Jurada a prestar serviços para Madoc até pagar uma antiga dívida de honra, Tatterfell não poderia ter vindo até aqui sem ele saber. Ela pode ter cuidado de mim desde que eu era criança, fazendo coisas como pentear meu cabelo e consertar meus vestidos e trançar sorvas secas para que eu não fosse enfeitiçada, mas é a Madoc que ela deve lealdade. Não que eu ache que ela não gostava de mim, mas nunca confundi o que ela fazia com amor.

Dou um suspiro. Os servos do castelo teriam limpado meus aposentos se eu deixasse, mas aí eles acabariam notando meus horários estranhos e poderiam bisbilhotar meus papéis, além dos meus venenos. Não, era melhor bloquear a porta e dormir na sujeira.

Ouço a voz da minha irmã no meu quarto.

— Você voltou cedo. — Ela bota a cabeça para fora, segurando alguns trajes.

Alguém em quem você confia já te traiu.

— Como entrou? — pergunto. Minha chave girou, houve resistência. Os mecanismos se moveram. Aprendi a humilde arte de arrombar fechaduras e, apesar de não ser nenhum prodígio, sei pelo menos identificar quando uma fechadura foi arrombada.

— Ah. — Taryn ri. — Eu me passei por você e consegui uma cópia da chave.

Tenho vontade de dar um chute na parede. É claro que todo mundo sabe que tenho uma irmã gêmea. É claro que todo mundo sabe que mortais são capazes de mentir. Alguém não deveria ter feito pelo menos uma pergunta que ela teria dificuldade de responder antes de conceder acesso aos aposentos do palácio? Mas, para ser justa, eu mesma já menti várias vezes e não aconteceu nada. Não posso me ressentir de Taryn por ter feito o mesmo.

É azar meu que esta seja a noite que ela escolhe para invadir meus aposentos, justo quando as roupas de Cardan estão espalhadas pelo meu tapete e há uma pilha de ataduras ensanguentadas em uma mesa baixa.

— Eu persuadi Madoc a presentear você com o restante da dívida de Tatterfell — anuncia Taryn. — E trouxe todos os seus casacos e vestidos e joias.

Olho nos olhos escuros da diabrete.

— Você quer dizer que ela vai ficar espionando para Madoc.

Tatterfell curva os lábios e sou lembrada de como o beliscão dela dói.

— Mas que garota maliciosa e desconfiada! Devia sentir vergonha de dizer uma coisa dessas.

— Sou agradecida pelas vezes em que você foi gentil — digo. — Se Madoc deu sua dívida para mim, pode considerá-la paga há muito tempo.

Tatterfell franze a testa com infelicidade.

— Madoc poupou a vida do meu amante quando podia tê-la tirado por direito. Jurei conceder a ele cem anos dos meus serviços e esse tempo está quase acabando. Não desonre meu juramento achando que pode ser dispensado com um movimento da *sua* mão.

Fico magoada com as palavras.

— Você lamenta que ele a tenha enviado?

— Ainda não — diz ela, e volta a trabalhar.

Vou para o meu quarto e pego as ataduras ensanguentadas de Cardan antes que Tatterfell faça isso. Ao passar pela lareira, jogo-as nas chamas. O fogo aumenta.

— E então — pergunto à minha irmã —, o que você trouxe para mim?

Ela aponta para a minha cama, onde espalhou minhas coisas velhas nos lençóis desarrumados. É estranho ver as roupas e joias que não uso há meses, as coisas que Madoc comprou para mim, as coisas que Oriana aprovou. Túnicas, vestidos, trajes de luta, gibões. Taryn trouxe até o vestido de criada que eu usava nas minhas aventuras pela Mansão Hollow e as roupas que usávamos quando íamos escondidas para o mundo mortal.

Quando olho para tudo, vejo uma pessoa que, ao mesmo tempo, sou eu e não sou. Uma garota que ia para aulas e achava que as coisas que estava aprendendo não eram tão importantes. Uma garota que queria impressionar o único pai que conhecia, que queria um lugar na corte, que ainda acreditava em honra.

Não sei bem se ainda caibo nessas roupas.

Ainda assim, eu as penduro no armário, ao lado dos meus dois gibões pretos e de um par de botas de cano alto.

Abro uma caixa com minhas joias. Brincos que ganhei de aniversário, uma pulseira de ouro, três anéis... um com um rubi que Madoc me deu em uma festa de Lua Sangrenta, um com o brasão dele que não me lembro de ter ganhado e um fino de ouro que foi presente de Oriana. Colares de pedra da lua, pedaços de quartzo, osso entalhado. Enfio o anel de rubi em um dedo da mão esquerda.

— E eu trouxe uns desenhos — diz ela, pegando um bloco de papel e se sentando de pernas cruzadas na minha cama. Nenhuma de nós é excelente artista, mas os desenhos de roupas dela são fáceis de entender. — Quero levá-los para meu alfaiate.

Ela me imaginou com muitas jaquetas pretas de gola alta, as saias com aberturas laterais para facilitar o movimento. Os ombros parecem protegidos por peças de armadura e, em alguns casos, ela desenhou o que parece ser uma única manga brilhosa de metal.

— Eles podem anotar minhas medidas — sugere ela. — Você nem precisa ir experimentar.

Olho para ela por um longo tempo. Taryn não gosta de conflitos. Seu jeito de lidar com todo o terror e confusão de nossa vida foi se tornar imensamente adaptável, como um daqueles lagartos que mudam de cor de acordo com o ambiente. Ela é a pessoa que sabe o que vestir e como se comportar, porque ela estuda as pessoas com atenção e as imita.

Ela é boa em escolher roupas para passar uma certa mensagem... mesmo que a mensagem dos desenhos pareça ser "fiquem longe de mim senão eu corto a cabeça de vocês". Não acho que ela queira me ajudar, mas o esforço que dedicou a isso, principalmente com o casamento próximo, é extraordinário.

— Tudo bem — cedo. — O que você quer?

— O que você quer dizer? — pergunta ela, pura inocência.

— Você quer que a gente seja amiga de novo — falo, usando um vocabulário mais moderno. — Agradeço por isso. Você quer que eu vá ao seu casamento, o que é ótimo, porque eu quero ir. Mas isto... isto é demais.

— Eu sei ser legal — ela se defende, mas não me encara.

Eu espero. Por um momento prolongado, não falamos nada. Sei que ela viu as roupas de Cardan caídas no chão. O fato de não ter questionado isso imediatamente devia ter sido o primeiro sinal de que ela queria alguma coisa.

— Tudo bem. — Ela suspira. — Não é nada de mais, mas tem uma coisa sobre a qual eu queria falar com você.

— Não brinca — debocho, mas não consigo esconder um sorriso.

Ela me olha com irritação.

— Não quero que Locke seja Mestre da Esbórnia.

— Nem você nem eu.

— Mas você pode fazer alguma coisa! — Taryn enrola as mãos na saia. — Locke anseia por experiências dramáticas. E como Mestre da Esbórnia, ele pode criar... Nem sei como chamar. *Histórias*. Ele não pensa em uma festa como comida e bebida e música, mas sim, como uma dinâmica que pode criar conflito.

— Certo... — digo, tentando imaginar o que isso significa para a política. Nada de bom.

— Ele quer ver como vou reagir às coisas que ele faz — ela é direta.

É verdade. Ele queria saber, por exemplo, se Taryn o amava o bastante a ponto de deixar que ele me cortejasse enquanto ela ficava de lado, em silêncio e sofrendo. Acho que ele teria ficado interessado em descobrir o mesmo sobre mim, mas eu acabei me mostrando irritadiça demais.

Ela continua.

— E Cardan. E os Círculos da Corte. Ele já andou falando com as Cotovias e os Quíscalos, procurando as fraquezas deles, descobrindo quais brigas pode inflamar e como.

— Locke pode fazer bem às Cotovias — digo. — Pode dar a eles uma balada para escreverem.

Quanto aos Quíscalos, se ele puder competir com os festejos deles, acho que devia ficar com a posição, mas sou inteligente a ponto de não dizer isso em voz alta.

— Pelo jeito como ele fala, por um momento tudo parece divertido, mesmo sendo uma péssima ideia — diz Taryn. — Ele como Mestre da Esbórnia vai ser horrível. Não ligo que tenha amantes, mas odeio que Locke fique longe de mim. Jude, por favor. Faça alguma coisa. Sei que você quer dizer que me avisou, mas não ligo.

Tenho problemas maiores para resolver é o que tenho vontade de dizer.

— É quase certo que Madoc diria que você não precisa se casar com ele. Vivi também diria isso, tenho certeza. Na verdade, acho que já disseram.

— Mas você me conhece bem demais para se dar a esse trabalho. — Ela balança a cabeça. — Quando estou com ele, me sinto a heroína de uma história. Da *minha* história. É quando ele não está junto que as coisas não parecem certas.

Não sei o que responder. Eu poderia dizer que parece ser Taryn quem está fazendo a história, botando Locke no papel de protagonista e a si mesma como o interesse romântico que desaparece quando não está na página.

Mas me lembro de quando eu estava com Locke, de como me sentia especial e escolhida e linda. Agora, ao pensar em tudo aquilo, só me sinto burra.

Acho que eu *poderia* mandar Cardan tirar o título de Locke, mas ele se ressentiria de eu usar meu poder para uma coisa tão mesquinha e pessoal. Faria com que eu parecesse fraca. E Locke perceberia que a retirada do título era culpa minha, pois não escondi meu desprazer. Ele saberia que tenho mais poder sobre Cardan do que faz sentido.

E tudo sobre o que Taryn está reclamando continuaria a acontecer. Locke não precisa ser Mestre da Esbórnia do Grande Rei para se meter nesse tipo de confusão; o título só permite que ele a leve a uma escala maior.

— Vou falar com Cardan — minto.

O olhar de Taryn desvia para onde as roupas dele estão, no chão, e ela sorri.

CAPÍTULO 10

Quando a Lua do Caçador vai se aproximando, o nível de celebração no palácio aumenta. O tom das festas muda; elas se tornam mais frenéticas, mais loucas. A presença de Cardan não é mais necessária para isso. Agora que os boatos o pintam como alguém que dispararia numa amante por diversão, sua reputação só cresce a partir disso.

As lembranças dos seus dias de juventude, o jeito como entrou de cavalo em uma das nossas aulas, as brigas que comprava, as crueldades que executava, são esmiuçadas. Os feéricos podem não ser capazes de mentir, mas as histórias crescem aqui como em qualquer lugar, alimentadas pela ambição, a inveja e o desejo.

De tarde, passo por corpos adormecidos nos corredores. Nem todos são de cortesãos. Criados e guardas parecem ter sido vitimados pela mesma energia louca e podem ser vistos abandonando o dever em função do prazer. Feéricos nus correm pelos jardins de Elfhame, e cubas que já tinham sido usadas para dar água a cavalos agora estão cheias de vinho.

Encontro Vulciber em busca de mais informações sobre o Reino Submarino, mas ele não tem nenhuma. Apesar de saber que Nicasia estava tentando me deixar perturbada, repasso a lista de pessoas que podem ter me traído. Fico pensando em quem e com que objetivo, na chegada do embaixador de Lorde Roiben, em como aumentar meu domínio de um ano e um dia sobre o trono. Queria ter perguntado o verdadeiro nome de Cardan quando eu estava com a besta apontada para ele. Observo meus papéis velhos e bebo meus venenos e planejo mil defesas para golpes que podem nunca acontecer.

Cardan se mudou para os antigos aposentos de Eldred, e os aposentos com o piso queimado estão bloqueados por dentro. Se ele fica incomodado de dormir onde o pai dormia, não dá sinal. Quando chego, ele está reclinado indiferentemente enquanto criados retiram tapeçarias e divãs para abrir espaço para uma nova cama, entalhada sob especificação dele.

Ele não está sozinho. Há um pequeno círculo de cortesãos ali; alguns que não conheço e Locke, Nicasia e minha irmã, atualmente rosada de tanto vinho e rindo no tapete na frente do fogo.

— Vão — ordena ele para todos quando me vê na porta.

— Mas, Vossa Majestade — diz uma garota. Ela é toda creme e ouro, e está usando um vestido azul-claro. Antenas longas e pálidas sobem das extremidades externas das sobrancelhas. — As notícias chatas que sua senescal traz vão precisar do antídoto da nossa alegria.

Já pensei detalhadamente em dar ordens a Cardan. Com ordens demais, ele se irritaria; com poucas, ele escaparia com facilidade. Mas fico feliz de ter cuidado para que ele nunca negue minha entrada. Fico particularmente feliz por ele nunca poder anular minhas ordens.

— Tenho certeza de que vou chamar vocês de volta rapidamente — diz Cardan, e os cortesãos saem com alegria. Um deles está carregando uma caneca, obviamente roubada do mundo mortal e cheia até a borda de vinho. *EU ARRASO*, está escrito. Locke me olha com curiosidade. Minha irmã segura minha mão ao passar e dá um aperto esperançoso.

Vou até uma cadeira e me sento sem esperar convite. Quero lembrar Cardan de que ele não tem autoridade sobre mim.

— A festa da Lua do Caçador é amanhã à noite — alerto.

Ele está esparramado na cadeira em frente à minha, me observando com os olhos pretos como se fosse comigo que ele precisasse ter cautela.

— Se você quer saber os detalhes, devia ter mandado Locke ficar. Não sei quase nada. Vai ser outra das minhas performances. Vou cabriolar enquanto você planeja.

— Orlagh do Reino Submarino está de olho em você...

— Todo mundo está de olho em mim — salienta Cardan, os dedos mexendo com inquietação no anel, girando-o sem parar.

— Você não parece se importar — observo. — Você mesmo disse que não odeia ser rei. Talvez até esteja gostando.

Ele me olha com desconfiança.

Tento abrir um sorriso genuíno em resposta. Espero conseguir ser convincente. Preciso ser convincente.

— Nós dois podemos ter o que queremos. Você pode reinar por bem mais de um ano. Só precisa prolongar seu juramento. Me deixe comandá-lo por uma década, por vinte anos, e juntos...

— Acho que não — interrompe ele. — Afinal, você sabe como seria perigoso colocar Oak no meu lugar. Ele só está um ano mais velho do que estava. Não está pronto. Ainda assim, em poucos meses você vai ter que me mandar abdicar em favor dele ou fazer um arranjo que exija que confiemos um no outro... em vez de eu confiar em você sem esperança de ter sua confiança em troca.

Estou furiosa comigo mesma por achar que ele poderia concordar em manter as coisas como estão.

Cardan abre o sorriso mais doce do mundo.

— Talvez aí você possa ser minha senescal de verdade.

Eu trinco os dentes. Houve uma época em que uma posição grandiosa como a de senescal estaria além dos meus mais loucos sonhos. Agora, parece uma humilhação. O poder é contagioso. O poder é ambicioso.

— Tome cuidado — alerto. — Posso fazer os meses que faltam passarem muito devagar.

O sorriso dele não se altera.

— Alguma outra ordem? — pergunta.

Eu devia contar mais sobre Orlagh, mas a ideia de Cardan se vangloriar com a proposta da Rainha Submarina é mais do que sou capaz de suportar. Não posso deixar esse casamento acontecer, e agora não quero ouvir provocações sobre isso.

— Não beba até morrer amanhã. E fique de olho na minha irmã.

— Taryn parecia bem hoje — diz ele. — Com as bochechas rosadas e alegria nos lábios.

— Vamos tratar para que ela continue assim.

Ele ergue as sobrancelhas.

— Você gostaria que eu a seduzisse para que ela se afastasse de Locke? Eu poderia tentar. Não prometo nenhum resultado, mas você talvez ache a tentativa divertida.

— Não, não, de jeito nenhum, não faça isso — digo, e não penso sobre o pânico quente que as palavras dele induzem. — Eu só quis dizer para você tentar impedir Locke de ser a pior versão dele quando ela estiver por perto, só isso.

Ele aperta os olhos.

— Você não deveria encorajar o oposto disso?

Talvez *fosse* melhor para Taryn encontrar a infelicidade com Locke o mais rápido possível. Mas ela é minha irmã e nunca quero ser o motivo de sua dor. Eu balanço a cabeça.

Ele faz um gesto vago no ar.

— Como quiser. Sua irmã será embrulhada em cetim e aniagem, tão protegida dela mesma quanto eu puder deixar.

Eu me levanto.

— O Conselho quer que Locke prepare algumas diversões para agradar Grimsen. Se forem boas, talvez o ferreiro faça para você um copo que nunca fique sem vinho.

Cardan me encara com os olhos semicerrados e tenho dificuldade de interpretar o que significa. Ele também se levanta e segura minha mão.

— Não tem nada mais doce — diz ele, beijando o dorso da minha mão — do que aquilo que é escasso.

Minha pele fica vermelha, quente e pinicando.

Quando saio, o círculo de Cardan está no corredor, esperando poder voltar para os aposentos. Minha irmã parece meio nauseada, mas quando me vê, abre um sorriso largo e falso. Um dos garotos musicou um poeminha e fica tocando sem parar, cada vez mais rápido. A gargalhada deles se espalha pelo corredor e parece o grasnado de corvos.

Quando estou percorrendo o palácio, passo por uma câmara onde alguns cortesãos se reuniram. Lá, assando uma enguia nas chamas de uma lareira enorme, sentado em um tapete, está o antigo poeta e senescal da Corte do Grande Rei Eldred, Val Moren.

Há artistas e músicos feéricos em volta dele. Desde a morte da maior parte da família real, ele foi parar no centro de uma das facções da corte, o Círculo das Cotovias. Há espinheiros enrolados no cabelo dele, e ele canta baixinho. Ele é mortal, como eu. Também é provável que seja louco.

— Venha beber conosco — convida um dos Cotovias, mas recuso.

— Bela, bela Jude. — As chamas dançam nos olhos de Val Moren quando ele olha para mim. Ele começa a puxar a pele queimada e a comer a carne macia e branca da enguia. Entre as mordidas, ele fala: — Por que você ainda não me procurou para pedir conselhos?

Diziam que ele foi amante do Grande Rei Eldred em certa ocasião. Ele está na corte desde antes da época em que cheguei com minhas irmãs. Apesar disso, nunca falou sobre nossa mortalidade. Nunca tentou nos ajudar, nunca tentou nos procurar para fazer com que nos sentíssemos menos sozinhas.

— Você tem algum?

Val Moren me olha e coloca um dos olhos da enguia na boca. Fica brilhando sobre sua língua. Mas ele logo engole.

— Talvez. Mas importa muito pouco.

Estou tão cansada de charadas.

— Vou tentar adivinhar. É porque, quando eu pedir conselho, você não vai me dar?

Ele ri e é um som seco e oco. Fico imaginando quantos anos ele tem. Por baixo dos espinheiros, ele parece um homem jovem, mas os mortais não ficam velhos se não forem embora de Elfhame. Apesar de não conseguir ver idade nas linhas de seu rosto, vejo nos olhos.

— Ah, eu darei o melhor conselho da sua vida. Mas você não vai segui-lo.

— Então para que você serve? — pergunto, prestes a me virar. Não tenho tempo para decifrar conselhos inúteis.

— Sou excelente malabarista — afirma ele, limpando as mãos na calça e deixando manchas. Ele enfia a mão no bolso e pega uma pedra, três bolotas, um pedaço de cristal e o que parece ser um osso da sorte. — Fazer malabarismo é só jogar duas coisas no ar ao mesmo tempo.

Ele começa a jogar as bolotas para lá e para cá e depois acrescenta o osso. Alguns dos Cotovias se cutucam e cochicham com prazer.

— Você pode acrescentar quantas coisas quiser, mas só tem duas mãos e só pode jogar duas coisas. Só é preciso jogar cada vez mais rápido, cada vez mais alto. — Ele acrescenta a pedra e o cristal, as coisas voando entre suas mãos com tanta rapidez que é difícil ver o que ele está jogando. Eu inspiro fundo.

De repente, tudo cai no piso de pedra. O cristal se estilhaça. Uma das bolotas rola para perto da lareira.

— Meu conselho — diz Val Moren — é que você aprenda e faça malabarismo melhor do que eu, senescal.

Por um longo momento, fico com tanta raiva que não consigo me mexer. Sinto-me arder de raiva, traída pela única pessoa que devia entender como é difícil ser o que somos aqui.

Antes que eu faça alguma coisa de que vá me arrepender, dou meia-volta e saio.

— Eu avisei que você não aceitaria meu conselho — grita ele atrás de mim.

CAPÍTULO 11

Na noite da Lua do Caçador, a corte inteira vai para o Bosque Leitoso, onde colocaram nas árvores coberturas de seda que parecem, aos meus olhos mortais, casulos de mariposas, ou talvez o jantar embrulhado de uma aranha.

Locke mandou construir uma estrutura de pedras achatadas, empilhadas para formar um trono rudimentar. Um pedaço enorme serve de encosto, e uma pedra ampla é o assento. Fica colossal no meio do bosque. Cardan está sentado ali, a coroa brilhando na testa. A fogueira próxima queima sálvia e milefólio. Por um momento fugaz, Cardan parece maior, transformado em mito, o verdadeiro Grande Rei do Reino das Fadas, não a marionete de alguém.

A surpresa desacelera meus passos, o pânico morde meus calcanhares.

Um rei é um símbolo vivo, um coração que bate, uma estrela na qual o futuro de Elfhame é escrito. Você deve ter reparado que, desde que o reinado dele começou, as ilhas estão diferentes. As tempestades chegam mais rápido. As cores estão um pouco mais vívidas, os aromas estão mais pungentes... Quando ele fica bêbado, seus súditos ficam embriagados sem saber o porquê. Quando o sangue dele cai, coisas crescem.

Espero que Cardan não veja nada disso no meu rosto. Quando estou na frente dele, inclino a cabeça, grata por uma desculpa para não o encarar.

— Meu rei — digo.

Cardan se levanta do trono e solta uma capa toda feita de penas pretas reluzentes. Um novo anel cintila no dedo mindinho, a pedra vermelha refletindo as chamas da fogueira. É um anel bem familiar. O *meu* anel.

Lembro que ele segurou minha mão em seu quarto mais cedo.

Trinco os dentes e lanço um olhar para minha mão vazia. Ele roubou meu anel. Roubou e eu não reparei. Barata o ensinou a fazer isso.

Eu me pergunto se Nicasia contaria isso como traição. Porque certamente me parece uma.

— Venha comigo — ordena ele, segurando minha mão e me guiando pela multidão. Duendes e elfos, feéricos de pele verde e marrom, os com asas esfarrapadas e ainda aqueles com trajes de casca de árvore esculpida, todo o povo de Elfhame apareceu em seus melhores trajes. Passamos por um homem com um casaco bordado de folhas douradas e outro de colete de couro verde com um chapéu com a ponta curvada. Cobertores forram o chão, que está cheio de travessas de uvas do tamanho de uma mão fechada e cerejas vermelhas como rubis.

— O que estamos fazendo? — pergunto enquanto Cardan me leva para o limite da floresta.

— Acho um tédio que todas as minhas conversas sejam notadas — diz ele. — Quero que você saiba que sua irmã não veio hoje. Cuidei para que fosse assim.

— O que Locke planejou? — pergunto, sem querer parecer agradecida e me recusando a elogiar a atitude. — A reputação dele depende desta noite.

Cardan faz uma careta.

— Eu não preocupo minha linda cabecinha com esse tipo de coisa. São vocês que têm que fazer o trabalho. Como a formiga da fábula, que trabalha na terra enquanto o gafanhoto canta para passar o verão.

— E fica sem nada no inverno — lembro o restante da fábula.

— Não preciso de nada — afirma ele, balançando a cabeça com uma tristeza fingida. — Sou o Rei do Milho, afinal, esperando ser sacrificado para que o pequeno Oak possa tomar meu lugar na primavera.

Acima de nós, há esferas que brilham com luz mágica e quente pairando no ar da noite, mas as palavras de Cardan geram um arrepio de medo em mim.

Eu o encaro. Sua mão desliza até meu quadril, como se ele fosse me puxar para perto. Por um momento vertiginoso e idiota, algo parece cintilar entre nós.

Me beija até eu ficar cansado do seu beijo.

Cardan não tenta me beijar, claro. Ele não está à beira da morte, não está delirando de tanto beber, não está tomado de autodesprezo.

— Você não devia estar aqui hoje, formiguinha — diz ele, me soltando. — Volte para o palácio.

Ele sai andando pela multidão. Os cortesãos se curvam quando ele passa. Alguns, os mais ousados, seguram seu casaco, flertam, tentam puxá-lo para uma dança.

E Cardan, que já arrancou a asa de um garoto que não quis se curvar, agora permite essa familiaridade com uma gargalhada.

O que mudou? Ele está diferente porque eu o obriguei a ficar assim? É por estar longe de Balekin? Ou não está diferente e só estou vendo o que quero ver?

Continuo sentindo a pressão quente de seus dedos na minha pele. Tem algo muito errado comigo por querer o que odeio, por desejar alguém que me despreza, mesmo que ele também me deseje. Meu único consolo é que Cardan não sabe o que eu sinto.

Seja qual for a imoralidade que Locke planejou, tenho que ficar para encontrar o representante da Corte dos Cupins. Quanto mais cedo meu favor a Lorde Roiben for pago, mais cedo tenho uma dívida a menos pairando sobre minha cabeça. Além do mais, não podem me ofender mais do que já ofenderam.

Cardan volta para o trono e Nicasia chega com Grimsen, um broche de mariposa prendendo a capa.

O ferreiro começa um discurso que, sem dúvida, é lisonjeiro e tira algo de um bolso. Parece um brinco, uma única gota, que Cardan ergue contra a luz e admira. Acho que ele fez seu primeiro objeto mágico a serviço de Elfhame.

Nas árvores à esquerda, vejo a coruja com cara de duende, Boca-de-Leão, olhando e piscando. Apesar de não conseguir vê-los, sei que Fantasma e vários espiões estão por perto, observando a festa de uma distância próxima o suficiente para chegarem rápido caso tentem alguma coisa.

Um músico parecido com um centauro, mas com corpo de cervo, se adianta; ele carrega uma lira entalhada no formato de uma pixie, as asas formando a curva superior do instrumento. Tem cordas que parecem ser de muitas cores. O músico começa a tocar e o entalhe a cantar.

Nicasia vai para onde o ferreiro está sentado. Está usando um vestido roxo que fica azul-pavão quando a luz bate. O cabelo está trançado em volta da cabeça, e na testa carrega uma corrente com dezenas de contas penduradas em tons cintilantes de roxo, azul e âmbar.

Quando Grimsen se vira para ela, sua expressão se ilumina. Eu franzo a testa.

Malabaristas começam a jogar no ar uma série de objetos, de ratos vivos a espadas reluzentes. Vinho e bolos de mel são servidos.

Eu finalmente vejo Dulcamara, da Corte dos Cupins, o cabelo ruivo como papoulas preso em pequenos coques e uma espada de duas mãos presa nas costas, um vestido prateado cobrindo seu corpo. Tento não parecer intimidada enquanto ando até ela.

— Bem-vinda — digo. — A que devemos a honra da sua visita? Seu rei encontrou alguma coisa que eu possa fazer por vocês?

Ela me interrompe com um olhar na direção de Cardan.

— Lorde Roiben quer que você saiba que mesmo nas cortes inferiores nós ouvimos coisas.

Por um momento, minha mente percorre um inventário ansioso de todas as coisas que Dulcamara poderia ter ouvido, mas então lembro que andam dizendo que Cardan disparou contra uma das amantes por pura diversão. A Corte dos Cupins é uma das poucas que têm membros Seelie e Unseelie; não sei bem se eles se importariam com a cortesã ferida ou só com a possibilidade de um Grande Rei instável.

— Mesmo sem mentirosos, ainda pode haver mentiras — digo com cautela. — Seja qual for o boato que você ouviu, posso explicar o que realmente aconteceu.

— E eu deveria acreditar em você? Acho que não. — Ela sorri. — Podemos cobrar nosso favor quando quisermos, garota mortal. Lorde Roiben talvez me mande para ser sua guarda pessoal, por exemplo. — Faço uma careta. Ao dizer *guarda*, ela quer dizer *espiã*. — Ou talvez peguemos seu ferreiro emprestado. Grimsen. Ele poderia fazer para Lorde Roiben uma lâmina que corta juramentos.

— Não esqueci minha dívida. Estava com esperanças de que você me deixasse pagá-la agora — digo, me empertigando e assumindo minha autoridade. — Mas Lorde Roiben não pode esquecer...

Ela me interrompe com um rosnado.

— Trate *você* de não esquecer.

Com isso, ela sai andando e me deixa pensando em todas as coisas inteligentes que eu poderia ter dito. Ainda tenho uma dívida com a Corte dos Cupins e continuo sem ter como prolongar meu poder sobre Cardan. Continuo sem ter ideia de quem poderia me trair nem do que fazer com relação a Nicasia.

Pelo menos a festa não parece pior do que as outras, mesmo com toda fanfarronice de Locke. Reflito se seria possível realizar os desejos de Taryn e fazer com que ele seja destituído do cargo de Mestre da Esbórnia, só por ser tedioso.

Como se Locke pudesse ler meus pensamentos, ele bate palmas e silencia a multidão. A música para e, com ela, as danças e o malabarismo, até as gargalhadas.

— Tenho outra diversão para vocês — anuncia ele. — Está na hora de coroar um monarca hoje. A Rainha da Euforia.

Um dos músicos toca uma improvisação alegre no alaúde. Há gargalhadas espalhadas pela multidão.

Um arrepio percorre meu corpo. Já ouvi falar do jogo, embora nunca o tenha visto acontecer. É bem simples: sequestre uma garota mortal, embriague-a com vinho feérico e elogios feéricos e beijos feéricos, então a convença de que ela está sendo honrada com uma coroa — o tempo todo insultando a garota, que está devidamente encantada.

Se Locke tiver sequestrado uma garota mortal para se divertir à custa dela, vai ter que se ver comigo. Vou jogá-lo nas rochas pretas de Insweal para ser devorado pelas sereias.

Enquanto ainda estou pensando nisso, Locke continua:

— Mas claro que só um rei pode coroar uma rainha.

Cardan se levanta do trono e desce pelas pedras para ficar ao lado de Locke. A capa longa de penas desliza atrás do corpo.

— Onde ela está? — pergunta o Grande Rei, as sobrancelhas erguidas. Ele não parece estar se divertindo, e tenho esperanças de que termine antes mesmo de começar. Que satisfação ele poderia ter com esse jogo?

— Você não adivinhou? Só tem uma mortal entre nós — diz Locke. — Ora, nossa Rainha da Euforia é ninguém além de Jude Duarte.

Por um momento, tenho um branco. Não consigo pensar. Mas vejo o sorriso de Locke e os rostos sorridentes dos feéricos da corte e todos os meus sentimentos viram medo.

— Vamos dar um viva para ela — pede Locke.

Eles gritam com vozes desumanas e tenho que sufocar o pânico. Olho para Cardan e vejo algo perigoso cintilando em seus olhos. Não vou ter solidariedade.

Nicasia está com um sorriso exultante e, ao lado dela, o ferreiro Grimsen está se divertindo. Dulcamara, no limite da floresta, fica observando para ver o que vou fazer.

Acho que Locke finalmente fez uma coisa certa. Ele prometeu diversões para o Grande Rei, e tenho certeza absoluta de que Cardan está se divertindo.

Eu poderia mandar que ele impedisse o que vai acontecer em seguida. Ele também sabe, o que quer dizer que imagina que vou odiar o que ele está prestes a fazer, mas não o bastante para dar uma ordem e revelar tudo.

Claro que eu suportaria muita coisa antes de fazer isso.

Você vai se arrepender. Não digo as palavras, mas olho para Cardan e as penso com tanta intensidade que parece que estou gritando.

Locke dá um sinal e um grupo de diabretes se aproxima carregando um vestido feio e maltrapilho, junto com um aro feito de gravetos. Há quatro pequenos cogumelos presos na coroa improvisada, do tipo que produz um pó com odor pútrido.

Eu falo um palavrão baixinho.

— Novos trajes para nossa nova rainha — diz Locke.

Há algumas gargalhadas e ofegos de surpresa. Esse jogo é cruel, inventado para garotas mortais sob glamour para que não saibam que estão sendo vítimas de chacota. Essa supostamente é a diversão, a tolice delas. Elas ficam felizes com vestidos que parecem lindos aos seus olhos. Ficam exultantes e ávidas por coroas que parecem cintilar de joias. Ficam tontas com a promessa de amor verdadeiro.

Graças ao geas do príncipe Dain, os glamoures feéricos não funcionam em mim, mas, como não sabem disso, todos os membros da corte esperam que a senescal humana do Grande Rei esteja usando um amuleto de proteção: um cordão de frutas de sorveira, um pacotinho de gravetos de carvalho, freixo e espinheiro. Eles sabem que eu vejo a verdade do que Locke está me dando.

A corte me observa com a respiração ansiosa e controlada. Sei que eles nunca viram uma Rainha da Euforia que sabia que estavam debochando dela. Esse jogo é novo.

— Nos diga o que acha da nossa nova lady — Locke pede a Cardan em voz alta, com um sorriso estranho.

A expressão do Grande Rei se contrai, mas relaxa um momento depois, quando ele se vira para a corte.

— Sou perturbado constantemente por sonhos com Jude — diz ele, a voz se espalhando. — O rosto dela aparece com nitidez no meu pesadelo mais frequente.

Os cortesãos riem. O calor sobe ao meu rosto, porque ele está contando um segredo e usando esse segredo para debochar de mim.

Quando Eldred era Grande Rei, as festas eram serenas, mas um novo Grande Rei não é só uma revelação para a terra, mas para a corte em si. Percebo que ele diverte os convidados com seus caprichos e sua capacidade de crueldade. Fui tola de chegar a pensar que ele está diferente do que sempre foi.

— Alguns de nós não acham mortais bonitos. Na verdade, alguns podem até jurar que Jude não tem encantos.

Por um momento, me pergunto se ele *quer* que eu fique furiosa a ponto de mandá-lo parar e acabar revelando nossa barganha para a corte. Mas não, é só que, com o coração trovejando na cabeça, mal consigo pensar.

— Mas acredito que seja só porque a beleza dela é... peculiar. — Cardan faz uma pausa para mais gargalhadas da multidão, para mais escárnio. — Excruciante. Alarmante. *Perturbadora.*

— Talvez ela precise de novos trajes para que sua verdadeira beleza fique evidente — sugere Locke. — Peças finas para alguém tão requintado.

Os diabretes se aproximam para passar o vestido maltrapilho e puído por cima do meu, para o deleite dos feéricos.

Mais risadas. Meu corpo todo está quente. Parte de mim quer sair correndo, mas estou tomada pelo desejo de mostrar que não me deixo intimidar.

— Esperem — digo, erguendo a voz para que todos ouçam. Os diabretes hesitam. A expressão de Cardan é ilegível.

Estico a mão, pego a barra da saia e puxo o vestido que estou usando pela cabeça. É uma peça simples, sem espartilho e sem fechos, e sai com facilidade. Fico parada no meio da festa de roupa de baixo, desafiando-os a dizer alguma coisa. Desafiando Cardan a falar.

— *Agora* estou pronta para colocar meu vestido novo — digo. Há alguns gritinhos, como se as pessoas não entendessem que o jogo é de humilhação. Surpreendentemente, Locke parece estar feliz da vida.

Cardan chega mais perto de mim, o olhar devorador. Não sei se aguento ele me insultando de novo. Por sorte, o Grande Rei parece ter ficado sem palavras.

— Eu te odeio — sussurro antes que ele possa falar.

Ele inclina meu rosto na direção do seu.

— Fala de novo — pede ele enquanto os diabretes penteiam meu cabelo e colocam a coroa feia e fedorenta na minha cabeça. A voz dele está baixa. As palavras são só para mim.

Eu me solto, mas antes vejo a expressão no rosto de Cardan. Ele está como ficou quando foi obrigado a responder minhas perguntas, quando admitiu o desejo por mim. Ele parece estar confessando.

Um rubor se espalha por mim, me confundindo, porque estou ao mesmo tempo furiosa e com vergonha. Eu viro a cabeça.

— Rainha da Euforia, está na hora da sua primeira dança — diz Locke, me empurrando na direção da multidão.

Dedos se fecham nos meus braços. Gargalhadas não humanas ecoam nos meus ouvidos quando a música começa. Quando a dança recomeça, estou no meio. Meus pés batem na terra junto com o ritmo dos tambores, meu coração se acelera com o trinado de uma flauta. Sou girada, passada de mão em mão entre as pessoas. Empurrada e cutucada, beliscada e machucada.

Tento me segurar contra a compulsão da música, tento me libertar da dança, mas não consigo. Quando tento arrastar os pés, mãos me puxam até a música me agitar de novo. Tudo se torna uma confusão de sons e tecidos voando, de olhos brilhantes e escuros e dentes afiados demais.

Estou perdida na dança, fora de controle, como se fosse criança de novo, como se não tivesse barganhado com Dain e me envenenado e roubado o trono. Isso não é glamour. Não consigo parar de dançar, não consigo fazer meu corpo parar de se mover mesmo com meu pavor crescendo. Não vou parar. Vou dançar até gastar o couro dos sapatos, dançar até meus pés estarem ensanguentados, dançar até cair.

— Parem a música! — grito o mais alto que consigo, o pânico dando um tom quase de grito à minha voz. — Como Rainha da Euforia, como senescal do Grande Rei, vocês vão me permitir escolher a dança!

Os músicos param. Os passos dos dançarinos ficam lentos. Talvez seja só uma trégua momentânea, mas eu não sabia nem se conseguiria isso. Estou toda tremendo de fúria e medo e de estresse de lutar contra meu próprio corpo.

Eu me empertigo toda, fingindo com todos eles que estou trajada com roupas refinadas em vez de trapos.

— Vamos organizar uma dança — digo, tentando imaginar como minha madrasta, Oriana, falaria isso. Desta vez, minha voz sai como quero, carregada de uma ordem fria. — E vou dançar com meu rei, que me encheu de elogios e presentes hoje.

A corte me observa com olhos brilhantes e úmidos. São as palavras que eles poderiam esperar que a Rainha da Euforia dissesse, que tenho certeza que incontáveis mortais já falaram antes, em circunstâncias diferentes.

Espero que os deixe nervosos saber que estou mentindo.

Afinal, se o insulto a mim é deixar claro que sou mortal, esta é minha resposta: eu também moro aqui e conheço as regras. Talvez até conheça melhor do que vocês, porque vocês nasceram com elas, mas eu tive que aprender. Talvez eu as conheça melhor do que vocês porque vocês têm mais chance de quebrá-las.

— Quer dançar comigo? — pergunto a Cardan, fazendo uma reverência, a voz ácida. — Pois eu o acho tão bonito quanto você me acha.

Um sussurro se espalha pela multidão. Paguei Cardan na mesma moeda, e a corte não sabe bem como reagir. Eles gostam de coisas não familiares, como surpresas, mas talvez estejam em dúvida se vão gostar dessa.

Ainda assim, parecem hipnotizados pela minha pequena apresentação.

O sorriso de Cardan é indecifrável.

— Eu adoraria — responde ele, e os músicos começam a tocar de novo. Cardan me toma nos braços.

Nós já dançamos uma vez, na coroação do príncipe Dain. Antes dos assassinatos começarem. Antes de eu tomar Cardan como prisioneiro sob a mira da faca. Será que ele pensa nisso enquanto me gira pelo Bosque Leitoso?

Ele podia não ter muita prática com a espada, mas como garantiu à filha da bruxa, é um dançarino talentoso. Deixo que me guie por passos que eu certamente erraria sozinha. Meu coração está disparado e minha pele, coberta de suor.

Mariposas frágeis voam sobre nossa cabeça, girando como se estivessem tragicamente atraídas pela luz das estrelas.

— O que quer que você faça comigo — digo, com raiva demais para ficar em silêncio —, posso fazer pior com você.

— Ah — suspira ele, os dedos segurando os meus com firmeza. — Não pense que esqueço disso por um momento sequer.

— Então *por quê?* — pergunto.

— Você acredita que eu planejei sua humilhação? — Ele ri. — Eu? Parece dar muito trabalho.

— Não ligo se foi você ou não — afirmo, com a cabeça quente demais para entender meus sentimentos. — Só me importo com o fato de que você gostou.

— E por que eu não deveria me deleitar com seu desconforto? Você me enganou. Você me fez de tolo e agora eu sou o Rei dos Tolos.

— O *Grande* Rei dos Tolos — digo, cheia de desprezo na voz.

Nossos olhares se encontram e há um choque de compreensão mútua de que nosso corpo está próximo demais. Estou consciente da minha pele, do suor sobre meu lábio, do roçar das minhas coxas uma na outra. Estou ciente do calor do pescoço dele sob meus dedos entrelaçados, do toque do cabelo e do quanto quero enfiar as mãos ali. Inspiro o aroma de Cardan: musgo e carvalho e couro. Olho para sua boca traidora e a imagino na minha.

Tudo nisso está errado. Em volta de nós, a festa está sendo retomada. Algumas pessoas da corte olham para nós, porque uma parte dela está sempre olhando para o Grande Rei, mas o jogo de Locke está acabando.

Volte para o palácio, disse Cardan, e ignorei o aviso.

Penso na expressão de Locke quando Cardan falou, na ansiedade no rosto dele. Não era a mim que ele estava observando. Penso pela primeira vez se a minha humilhação foi casual, só uma isca no anzol dele.

Nos diga o que acha da nossa nova lady.

Para meu imenso alívio, no fim da dança os músicos fazem outra pausa e olham para o Grande Rei em busca de instruções.

Eu me afasto dele.

— Estou exausta, Vossa Majestade. Gostaria da sua permissão para me recolher.

Por um momento, penso no que vou fazer se Cardan negar a permissão. Já dei muitas ordens, mas nenhuma sobre poupar meus sentimentos.

— Você é livre para partir ou ficar, como quiser — diz Cardan, magnânimo. — A Rainha da Euforia é bem-vinda aonde quer que vá.

Eu me viro de costas para ele e saio da festa. Encosto contra uma árvore e inspiro o ar frio do mar. Minhas bochechas estão quentes, meu rosto está pegando fogo.

Na extremidade do Bosque Leitoso, vejo ondas batendo nas rochas pretas. Depois de um momento, reparo em formas na areia, como se sombras estivessem se movendo sozinhas. Pisco de novo. Não são sombras. São sereianos saindo do mar. Pelo menos uns vinte. Eles tiram as peles de foca lustrosas e erguem espadas prateadas.

O Reino Submarino veio à festa da Lua do Caçador.

CAPÍTULO 12

Volto correndo, rasgando o vestido longo nos espinhos e arbustos na pressa. Vou imediatamente até o membro mais próximo da guarda. Ele parece sobressaltado quando chego correndo, sem fôlego, ainda trajando os trapos da Rainha da Euforia.

— O Reino Submarino — digo com dificuldade. — Sereianos. Estão vindo. Protejam o rei.

Ele não hesita, não duvida de mim. Chama seus cavaleiros e vão ladear o trono. Cardan observa a movimentação primeiro sem entender, depois com um breve pânico. Sem dúvida lembrando que Madoc mandou os guardas cercarem a plataforma na cerimônia de coroação do príncipe Dain, logo antes de Balekin começar a matar gente.

Antes que eu possa explicar, os sereianos saem do Bosque Leitoso, os corpos lustrosos expostos, exceto por longas cordas de algas e pérolas em volta do pescoço. O toque dos instrumentos para. As gargalhadas morrem.

Levo a mão à coxa e pego a faca longa que carrego ali.

— O que é isso? — pergunta Cardan, se levantando.

Uma sereiana se curva e se afasta para o lado. Atrás deles estão os nobres do Reino Submarino. Andando com pernas que não sei se eles tinham uma hora atrás, eles percorrem o bosque com vestidos e gibões e calças encharcados, sem parecer incomodados. Todos parecem ferozes, mesmo em seus melhores trajes.

Procuro Nicasia na multidão, mas nem ela nem o ferreiro estão lá. Locke está sentado em um dos braços do trono, parecendo considerar que se Cardan é o Grande Rei, então ser Grande Rei não pode ser uma coisa tão especial.

— Vossa Majestade — diz um homem de pele cinzenta com um casaco que parece feito de pele de tubarão. Ele tem uma voz estranha, que parece rouca por falta de uso. — Orlagh, a Rainha Submarina, nos envia com uma mensagem para o Grande Rei. Nos dê permissão para falar.

O semicírculo de cavaleiros em volta de Cardan se fecha mais um pouco.

O Grande Rei não responde imediatamente. Ele se senta.

— O Reino Submarino é bem-vindo nesta festa da Lua do Caçador. Dancem. Bebam. Que nunca digam que não somos anfitriões generosos, mesmo se tratando de quem não foi convidado.

O homem se ajoelha, mas sua expressão não é nada humilde.

— Sua generosidade é enorme. Mas não podemos aproveitá-la enquanto a mensagem da nossa rainha não for transmitida. Você precisa nos ouvir.

— Preciso? Muito bem — diz o Grande Rei depois de um momento. Ele faz um gesto casual. — O que ela tem a dizer?

O homem de pele cinzenta chama uma garota de vestido azul, o cabelo preso em tranças. Quando ela abre a boca, vejo que seus dentes são finos, muito pontudos e bizarramente transparentes. Ela recita as palavras em forma de música:

O Mar precisa de um noivo,
A Terra, de uma noiva, sem falta.
Os dois unidos para que
Vocês não encarem a maré alta.

Se rejeitar o Mar uma vez,
Seu sangue exigiremos.
Se rejeitar o Mar duas vezes,
Seu corpo tomaremos.
Se rejeitar o Mar três vezes,
É da sua coroa que nos apossaremos.

Os feéricos da terra reunidos, cortesãos e suplicantes, criados e nobres, ficam com olhos arregalados com as palavras.

— Isso é uma proposta? — pergunta Locke. Acho que ele pretende falar de forma que só Cardan escute, mas, no silêncio, sua voz sai alta demais.

— Uma ameaça, acredito — responde Cardan. Ele olha de cara feia para a garota, para o homem de pele cinzenta, para todo mundo. — Você entregou sua mensagem. Não tenho resposta em forma de verso, culpa minha por ter uma senescal que não passa também por poeta da corte, mas vou rabiscar alguma coisa num papel e jogar na água.

Por um momento, todos ficam onde estão, ninguém se mexe.

Cardan bate palmas, sobressaltando o povo do mar.

— E aí? — grita ele. — Dancem! Comemorem! Não foi para isso que vieram?

Sua voz ecoa com autoridade. Ele não mais só *parece* o Grande Rei de Elfhame; ele *fala* como o Grande Rei.

Um tremor de premonição percorre meu corpo.

Os cortesãos do Reino Submarino, com os trajes encharcados e pérolas cintilantes, o observam com olhos pálidos e frios. O rosto deles está tão inexpressivo que não sei se a gritaria os incomoda. Mas quando a música recomeça, eles seguram as mãos membranosas uns dos outros e entram na festa, pulando e saltitando como se fosse algo que eles fazem por prazer debaixo das ondas.

Meus espiões permaneceram escondidos durante o encontro. Locke se afasta do trono para rodopiar com duas sereianas seminuas. Nicasia não está visível em lugar nenhum, e quando procuro Dulcamara, também não a vejo. Vestida como estou, não suporto falar com ninguém em posição oficial. Tiro a coroa fedorenta da cabeça e a jogo na grama.

Penso em tirar o vestido esfarrapado, mas antes que eu decida efetivamente fazer isso, Cardan me chama até o trono.

Eu não me curvo. Esta noite, afinal, sou uma governante por direito próprio. A Rainha da Euforia, que não está rindo.

— Pensei que você tivesse indo embora. — Sua voz está ríspida.

— E eu pensei que a Rainha da Euforia fosse bem-vinda aonde quer que fosse — respondo num sussurro.

— Reúna o Conselho Vivo nos meus aposentos no palácio — diz ele, a voz fria e distante e real. — Me juntarei a vocês assim que conseguir fugir daqui.

Faço que sim e já estou em meio à multidão quando me dou conta de duas coisas: a primeira, que ele me deu uma ordem. A segunda, que eu obedeci.

Quando chego ao palácio, envio pajens para convocarem o Conselho. Mando Boca-de-Leão com uma mensagem para meus espiões descobrirem para onde Nicasia foi. Eu achava que ela ficaria por perto para ouvir a resposta de Cardan, mas considerando que estava tão insegura a ponto de atirar em uma amante rival, talvez esteja relutante em ouvir.

Mesmo que ela acredite que ele escolheria ficar com ela em vez de uma guerra, isso não quer dizer muito.

Nos meus aposentos, tiro o vestido rapidamente e me lavo. Quero me livrar do odor dos cogumelos, do fedor do fogo e da humilhação. É uma bênção ter minhas antigas roupas de volta. Coloco um vestido marrom sem graça, simples demais para minha posição atual, mas bem confortável. Prendo o cabelo com uma severidade implacável.

Tatterfell não está mais por perto, mas é óbvio que esteve. Meus aposentos estão arrumados, minhas roupas estão passadas e penduradas.

E, na minha escrivaninha, um bilhete endereçado a mim: *Do Grande General do Exército do Grande Rei para a Senescal de Sua Majestade.*

Abro o envelope. O bilhete é mais curto do que o que está escrito do lado de fora.

Venha ao salão de guerra imediatamente.
Não espere o Conselho.

Meu coração bate forte. Penso em fingir que não recebi a mensagem e em simplesmente não ir, mas isso seria covardia.

Se Madoc ainda tem esperanças de colocar Oak no trono, não pode deixar um casamento com o Reino Submarino acontecer. Ele não tem motivo para saber que, ao menos nisso, estou totalmente do lado dele. É uma boa oportunidade para Madoc mostrar suas intenções.

E, assim, sigo com relutância para o salão de guerra. É familiar; brinquei lá quando criança, debaixo de uma mesa grande coberta com o mapa do Reino das Fadas, com pequenas figuras entalhadas representando as cortes e os exércitos. As "bonecas" dele, como Vivi dizia.

Entro e encontro o salão mal iluminado. Tem velas queimando em uma escrivaninha, ao lado de umas cadeiras duras.

Eu me lembro de ler um livro encolhida ali enquanto, ao meu lado, planos violentos eram tramados.

Madoc ergue o olhar dessa mesma cadeira, se levanta e faz sinal para eu me sentar em frente a ele, como se fôssemos semelhantes. Ele está sendo interessantemente cuidadoso comigo.

No tabuleiro de estratégias só há algumas figuras. Orlagh e Cardan, Madoc e outra que só reconheço quando observo com mais atenção. É para mim que estou olhando, feita de madeira entalhada. Senescal. Mestre de espionagem. Fazedora do rei.

De repente sinto medo do que fiz para ir parar naquele tabuleiro.

— Recebi seu bilhete — quebro o silêncio, me sentando em uma cadeira.

— Depois desta noite, achei que você talvez estivesse finalmente reconsiderando algumas das escolhas que fez — observa ele.

Começo a falar, mas Madoc levanta a mão com garras para deter minhas palavras.

— Se eu fosse você — continua —, meu orgulho poderia me levar a fingir outra coisa. Os feéricos não conseguem mentir, como você sabe, não com nossa língua. Mas podemos enganar. E somos tão capazes de enganar a nós mesmos quanto qualquer mortal.

Fico magoada por ele saber que fui coroada Rainha da Euforia e alvo de risadas da corte.

— Você acha que não sei o que estou fazendo?

— Bem — diz ele com cuidado —, não com certeza. O que vejo é você se humilhando para o mais jovem e mais tolo dos príncipes. Ele prometeu alguma coisa a você?

Mordo a bochecha para não ser ríspida. Por mais humilhada que eu já me sinta, se ele me acha uma tola, então devo me permitir ser tola.

— Sou a senescal do Grande Rei, não sou?

Só que é difícil disfarçar com as risadas da corte ainda ecoando nos meus ouvidos. Com o pó fedorento daqueles cogumelos ainda no cabelo e a lembrança das palavras ofensivas de Cardan.

Excruciante. Alarmante. Perturbadora.

Madoc suspira e abre as mãos na frente do corpo.

— Sabe por que Eldred não tinha interesse no filho mais novo? Baphen viu azar nas estrelas assim que ele nasceu. Mas enquanto Cardan usar a Coroa de Sangue, estou jurado a ele como estive ao pai dele, como estaria a Dain ou até a Balekin. A oportunidade que se apresentou na coroação, a oportunidade de mudar o rumo do destino, está perdida para mim.

Ele faz uma pausa. Não importa como elabore a frase; o significado é o mesmo. A oportunidade se perdeu porque eu roubei dele. Sou o motivo de Oak não ser Grande Rei e Madoc não estar usando sua influência para transformar Elfhame em sua imagem.

— Mas então tem você — prossegue Madoc —, que não está jurada pelas palavras. Cujas promessas podem ser descumpridas...

Penso no que ele me disse depois da última reunião do Conselho Vivo: *Não há juramento que prenda você. Se estiver arrependida do que fez, faça outra coisa. Ainda há jogos a serem jogados.* Vejo que ele escolheu esse momento para elaborar o tema.

— Você quer que eu traia Cardan — digo, só para deixar as coisas claras.

Ele se levanta e me chama até a mesa de estratégias.

— Não sei que conhecimento você tem da Rainha Submarina, mas houve uma época em que o Reino Submarino era um lugar bem parecido com a terra. Tinha muitos feudos, com muitos governantes entre os sereianos e outros seres submarinos.

"Quando Orlagh assumiu o poder, caçou cada pequeno governante e os assassinou, para que todo Reino Submarino só respondesse a ela. Ainda há alguns que ela não controla, aqueles poderosos demais e outros distantes demais. Mas se Orlagh casar a filha com Cardan, pode ter certeza de que vai forçar Nicasia a fazer o mesmo aqui."

— Assassinar os chefes das cortes menores? — pergunto.

Ele sorri.

— De todas as cortes. Talvez primeiro pareça uma série de acidentes... ou algumas ordens tolas. Ou talvez seja outro banho de sangue.

Eu o observo com atenção. Afinal, o último banho de sangue foi, ao menos em parte, feito dele.

— E você discorda da filosofia de Orlagh? Faria o mesmo se fosse o poder por trás do trono?

— Eu não teria feito em nome do mar — diz. — Ela quer a terra como sua vassala. — Madoc estica a mão para a mesa e pega uma figura pequena, entalhada como representação da rainha Orlagh. — Ela acredita na paz forçada do reinado absoluto.

Eu olho para o tabuleiro.

— Você queria me impressionar — continua ele. — Supôs corretamente que eu não veria seu verdadeiro potencial enquanto não me superasse. Considere-me impressionado, Jude. Mas seria melhor para nós dois pararmos de brigar e nos concentrarmos em nosso interesse comum: poder.

A afirmação paira no ar de forma ameaçadora. Um elogio entregue em forma de ameaça. Ele prossegue.

— Mas agora volte para o meu lado. Volte antes que eu realmente aja contra você.

— E o que seria necessário para voltar? — pergunto.

Ele me olha com expressão de avaliação, como se questionando o quanto pode dizer em voz alta.

— Eu tenho um plano. Quando a hora chegar, você pode me ajudar a implementá-lo.

— Um plano que não ajudei a elaborar e que você não vai me contar? — falo. — E se eu estiver mais interessada em mais poder do que já tenho?

Ele sorri e mostra os dentes.

— Então acho que não conheço minha filha muito bem. Porque a Jude que eu conheci arrancaria o coração daquele garoto pelo que ele fez a você hoje.

Com a vergonha de ter a humilhação da festa jogada na minha cara, eu surto.

— Você me deixou ser humilhada desde que eu era pequena. Deixou feéricos me machucarem e rirem de mim e me mutilarem. — Mostro a mão com a ponta do dedo faltando, a ponta que um dos guardas de Madoc arrancou com uma mordida. Tem outra cicatriz no meio da mão, onde Dain me obrigou a enfiar uma faca. — Fui enfeitiçada e levada para uma festa, chorando e sozinha. Até onde sei, a única diferença entre esta noite e todas as outras em que aguentei indignidades sem reclamar é que as outras beneficiaram você e, por eu ter aguentado a de hoje, eu seria a beneficiada.

Madoc parece abalado.

— Eu não sabia.

— Você não queria saber — retruco.

Ele volta o olhar para o tabuleiro, para as peças, para a figura que me representa.

— Esse argumento é um belo golpe bem no meu fígado, mas não sei se funciona muito bem como defesa. O garoto é indigno...

Ele teria continuado, mas a porta se abre e Randalin aparece, espiando dentro da sala, a veste com cara de que foi colocada apressadamente.

— Ah, vocês dois. Que bom. A reunião já vai começar. Venham logo.

Quando me levanto, Madoc segura meu braço. A voz dele está baixa.

— Você tentou nos dizer que isso ia acontecer. Tudo que peço hoje é que use seu poder como senescal para impedir qualquer aliança com o Reino Submarino.

— Sim — concordo, pensando em Nicasia e Oak e em todos os meus planos. — Isso eu posso garantir.

CAPÍTULO 13

O Conselho Vivo se reúne nos aposentos enormes do Grande Rei, em volta de uma mesa com o símbolo da linhagem Greenbriar, flores e espinhos com raízes em espiral.

Nihuar, Randalin, Baphen e Mikkel estão sentados enquanto Fala está de pé no meio do aposento, cantando:

Peixinhos. Peixinhos. Botando seus pezinhos.
Se case com um peixe e a vida será um docinho.
Frite-o numa frigideira e tire suas espinhas.
Sangue de peixe no trono é uma coisa geladinha.

Cardan se joga em um sofá próximo de forma dramática, desdenhando completamente da mesa.

— Isso é ridículo. Onde está Nicasia?

— Temos que discutir a proposta — diz Randalin.

— *Proposta?* — Madoc repete com deboche, se sentando. — Pela forma como foi feita, não sei bem como o Grande Rei poderia se casar com a garota sem parecer que a terra sentiu medo do mar e cedeu às suas exigências.

— Talvez tenha sido meio exagerado — pondera Nihuar.

— É hora de nos prepararmos — fala Madoc. — Se é guerra que ela quer, é guerra que lhe daremos. Vamos tirar sal do mar, mas não vou permitir que Elfhame trema sob a fúria de Orlagh.

Guerra, exatamente o que eu temia que Madoc criasse, mas que agora chega sem que ele instigue.

— Bem — diz Cardan, fechando os olhos como se fosse cochilar bem ali. — Então não preciso fazer nada.

Madoc curva os lábios. Randalin parece meio incomodado. Por tanto tempo ele quis Cardan nas reuniões do Conselho Vivo, mas agora não sabe bem o que fazer com a presença do Grande Rei.

— Você poderia tomar Nicasia como consorte em vez de noiva — sugere Randalin. — Colocar nela um herdeiro que possa governar a terra e o mar.

— Agora não preciso me casar sob ordens de Orlagh, só me reproduzir? — questiona Cardan.

— Quero ouvir o que Jude tem a dizer — fala Madoc, para minha enorme surpresa.

O restante do conselho se vira para mim. Todos parecem perplexos com as palavras. Nas reuniões, meu único valor é de condutora entre eles e o Grande Rei. Agora, com o próprio Grande Rei se representando, eles esperam que eu fale tanto quanto uma das figuras de madeira do tabuleiro de estratégia.

— Para quê? — quer saber Randalin.

— Porque não a ouvimos antes. Ela tentou nos avisar que a Rainha Submarina ia agir contra a terra. Se tivéssemos ouvido, talvez não estivéssemos perdidos atrás de uma estratégia agora.

Randalin faz uma careta.

— Isso é verdade — concorda Nihuar, como se estivesse tentando pensar em uma forma de explicar esse sinal perturbador de incompetência.

— Talvez ela nos conte o que mais sabe — diz Madoc.

Mikkel ergue as sobrancelhas.

— Tem mais? — pergunta Baphen.

— Jude? — chama Madoc.

Eu peso as palavras que digo a seguir.

— Como falei, Orlagh anda se comunicando com Balekin. Não sei que informações ele passou para ela, mas o mar envia gente para a terra com presentes e mensagens para ele.

Cardan parece surpreso e infeliz. Percebo que não contei a ele sobre Balekin e o Reino Submarino, apesar de ter informado ao conselho.

— Você também sabia sobre Nicasia? — pergunta ele.

— Eu, hã... — começo a falar, perdida.

— Ela não gosta de compartilhar muitas informações no conselho — diz Baphen com expressão astuta.

Como se fosse minha culpa o fato de nenhum deles me ouvir.

Randalin faz cara de irritação.

— Você nunca explicou como descobriu essas coisas, aliás.

— Se você está perguntando se tenho segredos, posso facilmente perguntar o mesmo a você — lembro a ele. — Da última vez, você não estava interessado em ouvir nenhum dos meus.

— Príncipe da terra, príncipe debaixo das ondas — começa Fala. — Príncipe das prisões, príncipe dos patifes.

— Balekin não é estrategista — diz Madoc, que é o mais perto que já chegou de admitir que *ele* estava por trás da execução de Eldred. — Mas é ambicioso. E orgulhoso.

— *Se rejeitar o Mar uma vez, seu sangue exigiremos* — recita Cardan. — É Oak, imagino.

Madoc e eu trocamos um olhar rápido. A única coisa sobre a qual concordamos é que Oak ficará em segurança. Estou feliz de ele estar longe daqui, no continente, com espiões e cavaleiros cuidando dele. Mas se Cardan estiver certo sobre o que aqueles versos significam, me pergunto se ele vai precisar de mais proteção do que isso.

— Se o Reino Submarino estiver planejando roubar Oak, talvez tenham prometido a coroa a Balekin — conclui Mikkel. — Só é importante manter dois na linhagem de sangue quando um é necessário para coroar o outro. Três é demais. Três é perigoso.

Isso é só outra forma de dizer que alguém devia matar Balekin antes que ele tente assassinar Cardan.

Eu também não me importaria de ver Balekin morto, mas Cardan é irredutivelmente contra a execução do irmão. Penso nas palavras que ele me disse na Corte das Sombras: *Posso ser podre, mas minha única virtude é que não sou assassino.*

— Vou refletir sobre isso, conselheiros — promete Cardan. — Agora, quero falar com Nicasia.

— Mas nós ainda não decidimos... — começa Randalin, parando de falar quando percebe o olhar fulminante que Cardan lança para ele.

— Jude, vá buscá-la — exige o Grande Rei de Elfhame. Outra ordem.

Eu me levanto, trinco os dentes e vou até a porta. Fantasma está me esperando.

— Onde está Nicasia? — pergunto.

Ela foi colocada nos meus aposentos, Barata de vigia. O vestido cinza-pomba está no meu divã, como se Nicasia estivesse posando para uma pintura. Fico me perguntando se o motivo para ter saído correndo foi trocar de roupa para essa plateia.

— Olhem o que o vento trouxe — zomba ela quando me vê.

— O Grande Rei exige sua presença — informo.

Ela sorri de um jeito estranho e se levanta.

— Se ao menos isso fosse verdade.

Seguimos pelo corredor, os cavaleiros observando-a passar. Nicasia está majestosa e infeliz ao mesmo tempo, mas quando as portas enormes dos aposentos de Cardan se abrem, ela entra com a cabeça erguida.

Enquanto eu estava fora, um criado levou chá. Está em infusão em um bule no meio de uma mesa baixa. Uma xícara solta fumaça entre os dedos finos e compridos do Grande Rei.

— Nicasia — começa ele. — Sua mãe mandou uma mensagem para nós dois.

Ela franze a testa e observa os outros conselheiros, a falta de convite para se sentar e a falta de oferta de chá.

— Esse plano foi dela, não meu.

Ele se inclina para a frente, não mais sonolento nem entediado, mas a encarnação perfeita do lorde feérico apavorante, de olhos vazios e incalculavelmente poderoso.

— Talvez, mas você sabia que ela faria isso, aposto. Não brinque comigo. Nós nos conhecemos bem demais para truques.

Nicasia olha para baixo, e seus cílios tocam sua face.

— Ela deseja um tipo diferente de aliança. — Talvez o Conselho a veja como dócil e humilde, mas não sou tão tola assim.

Cardan se levanta e joga a xícara contra a parede, e ela se estilhaça.

— Diga para a Rainha Submarina que se ela me ameaçar de novo, a filha dela vai se tornar minha prisioneira, não noiva.

Nicasia parece abalada.

Randalin finalmente encontra a voz.

— Não é adequado jogar coisas na filha do Reino Submarino.

— Peixinho — diz Fala —, tire suas pernas e saia nadando.

Mikkel solta uma gargalhada.

— Não devemos nos precipitar — declara Randalin sem firmeza. — Princesa, deixe o Grande Rei ter mais tempo para refletir.

Eu estava com medo de Cardan achar graça, ficar lisonjeado ou tentado. Mas ele está claramente furioso.

— Me deixe falar com minha mãe. — Nicasia olha ao redor, para os conselheiros, para mim, antes de parecer decidir que não vai tentar convencer Cardan a nos mandar sair. Ela faz o melhor que consegue, volta o olhar só para ele e fala como se não estivéssemos presentes. — O mar é severo, assim como os métodos da rainha Orlagh. Ela exige quando deveria pedir, mas isso não quer dizer que não há sabedoria no que quer.

— Você se casaria comigo, então? Uniria o mar à terra e um ao outro na infelicidade? — Cardan a encara com todo o escárnio que antes reservava para mim. Parece que o mundo foi virado de cabeça para baixo.

Mas Nicasia não recua. Ela dá um passo para mais perto.

— Nós seríamos uma lenda — afirma ela. — Lendas não precisam se preocupar com algo tão pequeno quanto felicidade.

E então, sem esperar ser dispensada, ela se vira e sai. Sem receber ordens, os guardas abrem caminho para que passe.

— Ah — suspira Madoc. — Ela se comporta como se já fosse rainha.

— Fora — brada Cardan, e, como ninguém reage, ele faz um gesto amplo no ar. — Fora! Fora. Tenho certeza de que vocês desejam debater mais como se eu não estivesse presente, então vão fazer isso em um lugar onde eu realmente não esteja presente. Saiam e não me perturbem mais.

— Perdão — balbucia Randalin. — Nós só queríamos...

— Fora! — repete o Grande Rei, e nesse ponto até Fala vai na direção da porta. — Menos Jude. Você, espere um momento.

Você. Eu me viro para ele, a humilhação da noite ainda quente na pele. Penso em todos os meus segredos e planos, no que vai acontecer se entrarmos em guerra com o Reino Submarino, no que arrisquei e no que já está eternamente perdido.

Espero até que o último integrante do Conselho Vivo esteja fora dos aposentos de Cardan.

— Se você me der outra ordem — ameaço —, vou lhe mostrar a verdadeira vergonha. Os jogos de Locke não vão ser nada comparados ao que vou obrigar você a fazer.

Com isso, sigo os outros para o corredor.

Na Corte das Sombras, penso nas possíveis jogadas.

Matar Balekin. Mikkel não se enganou quando insinuou que sem ele seria mais difícil o Reino Submarino arrancar a coroa da cabeça do Grande Rei.

Casar Cardan com outra pessoa. Penso na Mãe Marrow e quase me arrependo de ter interferido. Se a filha da bruxa tivesse se tornado noiva de Cardan, talvez Orlagh não iniciasse essa tentativa casamenteira.

Mas é claro que eu teria outros problemas.

Sinto uma dor de cabeça começando por trás dos olhos. Passo os dedos no alto do nariz.

Com o casamento de Taryn tão próximo, Oak chegará ao Reino das Fadas em poucos dias. Não gosto da ideia do meu irmão aqui com a ameaça de Orlagh pairando sobre Elfhame. Ele é uma peça valiosa demais no tabuleiro de estratégias, necessário demais para Balekin, perigoso demais para Cardan.

Lembro a última vez que vi Balekin, penso na influência que ele tinha sobre a guarda, na forma como se comportou, como se fosse um rei em exílio. E todos os relatos que ouvi de Vulciber sugerem que pouca coisa mudou. Ele exige luxos, recebe visitantes do mar que deixam poças e pérolas para trás. Tento imaginar o que disseram para ele, as promessas que fizeram. Apesar da crença de Nicasia de que Balekin não será necessário, ele deve estar torcendo pelo oposto.

Lembro-me também de outra coisa: da mulher que falou sobre minha mãe. Ela está lá esse tempo todo, e se está disposta a vender um tipo de informação em troca de liberdade, talvez esteja disposta a vender outro.

Enquanto penso no que gostaria de saber, me dou conta do quanto seria mais útil enviar informações *para* Balekin, em vez de ficar tentando descobrir o que ele está tramando.

Se eu fizer aquela prisioneira acreditar que a estou libertando temporariamente para me contar sobre minha mãe, posso também soltar alguma informação para ela ouvir. Algo sobre Oak, sobre o paradeiro dele ou sua vulnerabilidade. Ela não estaria mentindo ao reproduzir a informação; acreditaria que ouviu e falou a verdade.

Penso mais um pouco e decido que não, é cedo demais para isso. O que preciso agora é dar à prisioneira uma informação simples que ela possa passar adiante, uma informação que eu possa controlar e verificar, para ter certeza de que ela é uma boa fonte.

Balekin queria enviar um recado a Cardan. Vou arrumar um jeito de permitir.

Há algum tempo, a Corte das Sombras começou a formalizar o registro de documentos sobre os cidadãos de Elfhame, mas nenhum dos pergaminhos tem informações sobre os prisioneiros da Torre, apenas sobre Balekin. Enquanto ando pelo corredor, vou até o novo escritório de Bomba.

Ela está lá, jogando adagas em um quadro de pôr do sol.

— Não gostou? — pergunto, apontando para a tela.

— Gostei muito — afirma ela. — Agora, gosto mais.

— Preciso de uma prisioneira da Torre do Esquecimento. Temos uniformes suficientes para alguns dos nossos novos recrutas? Os cavaleiros de lá já viram meu rosto. Vulciber pode ajudar, mas prefiro não arriscar. É melhor falsificar papéis e tirá-la de lá com poucas perguntas.

Ela franze o cenho em concentração.

— Quem você quer?

— Tem uma mulher. — Pego um pedaço de papel e desenho o piso inferior da melhor maneira que consigo. — Ela estava na escada. Aqui. Sozinha.

Bomba franze ainda mais o cenho.

— Você é capaz de descrevê-la?

Dou de ombros.

— Rosto fino, chifres. Bonita, acho. Vocês são todos bonitos.

— Que tipo de chifre? — pergunta Bomba, inclinando a cabeça para o lado como se estivesse pensando em alguma coisa. — Retos? Curvos?

Mostro a posição que lembro na minha cabeça.

— Pequenos. Tipo de bode. E ela tinha cauda.

— Não tem muitos feéricos na Torre — explica Bomba. — A mulher que você está descrevendo...

— Você a conhece?

— Nunca troquei uma palavra com ela — informa Bomba. — Mas sei quem é... ou melhor, quem era: uma das amantes de Eldred, e ela lhe deu um filho. A prisioneira é a mãe de Cardan.

CAPÍTULO 14

Bato com as unhas na antiga escrivaninha de Dain enquanto Barata traz a prisioneira.

— O nome dela é Asha — anuncia ele. — *Lady* Asha.

Asha está magra e tão pálida que parece meio cinzenta. Não se parece muito com a mulher sorridente que vi no globo de cristal.

Ela está olhando ao redor em êxtase. É claro que pareço satisfeita de estar fora da Torre do Esquecimento. Seus olhos famintos absorvem cada detalhe da sala sem graça.

— Qual é o crime dela? — pergunto, fingindo saber menos do que realmente sei. Espero que, assim, ela entre no jogo e se mostre mais.

Barata grunhe e me acompanha.

— Ela foi consorte de Eldred e, quando ele se cansou dela, foi jogada na Torre.

Sem dúvida havia mais, mas só descobri que teve a ver com a morte de outra amante do Grande Rei e, de alguma forma, com o envolvimento de Cardan.

— Que azar — lamento, indicando a cadeira na frente da minha mesa. A mesma na qual, há cinco longos meses, Cardan foi amarrado. — Sente-se.

Vejo as feições do Grande Rei nas dela. Eles têm as mesmas maçãs do rosto absurdas, a boca macia.

Ela se senta e volta o olhar intenso para mim.

— Tenho uma sede gritante.

— Tem, é? — considera Barata, lambendo o canto do lábio com a língua preta. — Talvez um copo de vinho lhe caísse bem.

— Também estou com frio — continua ela. — Gelada até os ossos. Gelada como o mar.

Barata olha para mim.

— Fique aqui com nossa Rainha das Sombras e cuidarei do resto.

Não sei o que fiz para merecer o título tão extravagante e temo que tenha sido dado a mim como se daria o apelido "Pequeno" a um troll enorme, mas ela não parece se impressionar.

Barata sai e nos deixa sozinhas. Meu olhar o segue por um momento, pensando em Bomba e no segredo dela. Eu me viro para lady Asha.

— Você disse que conheceu minha mãe — lembro a ela, torcendo para fazê-la falar até eu conseguir descobrir como seguir em frente e chegar ao que realmente preciso saber.

A expressão é de leve surpresa, como se estivesse tão distraída pelo ambiente que tivesse esquecido o motivo de estar lá.

— Vocês se parecem muito.

— Os segredos dela — especifico. — Você disse que sabia segredos sobre ela.

Por fim, Asha sorri.

— Eva achava tedioso ter que ficar sem *tudo* da vida antiga. Ah, foi divertido no começo estar no Reino das Fadas... sempre é, mas eles acabam ficando com saudades de casa. Nós atravessávamos o mar escondidas para estar entre mortais e pegar coisinhas de que ela sentia falta. Barras de chocolate gordurosas. Perfume. Meia-calça. Isso foi antes do Justin, claro.

Justin e Eva. Eva e Justin. Minha mãe e meu pai. Meu estômago dá um nó ao pensar neles como duas pessoas que Asha conheceu melhor do que eu.

— Claro — ecoo mesmo assim.

Ela se inclina para a frente, por cima da mesa.

— Você se parece com ela. Você se parece com os dois.

E você se parece com ele, penso.

— Você ouviu a história, imagino — prossegue Asha. — Que um deles, ou os dois, mataram uma mulher e queimaram o corpo para esconder de Madoc o desaparecimento da sua mãe. Eu poderia contar sobre isso. Poderia contar como aconteceu.

— Eu trouxe você aqui justamente para isso — admito. — Para você poder me contar tudo que sabe.

— E depois me jogar de volta na Torre? Não. Minhas informações têm preço.

Antes que eu possa responder, a porta se abre, e Barata entra carregando uma bandeja com queijo, um pão escuro e uma xícara fumegante de vinho com especiarias. Ele está com uma capa sobre os ombros e, depois de botar a comida na mesa, a coloca sobre ela como um cobertor.

— Algum outro pedido? — pergunta ele.

— Ela estava chegando nessa parte — declaro.

— Liberdade — anuncia ela. — Quero ficar longe da Torre do Esquecimento e quero passagem livre para Insmoor, Insweal e Insmire. Mais do que isso, quero que você prometa que o Grande Rei de Elfhame nunca vai saber da minha libertação.

— Eldred está morto — digo. — Não precisa se preocupar.

— Eu sei quem é o Grande Rei — constata ela com rispidez. — E não quero ser descoberta por ele quando estiver livre.

Barata ergue as sobrancelhas.

No silêncio, lady Asha toma um grande gole de vinho e morde um pedaço de queijo.

Passa pela minha cabeça que Cardan provavelmente sabe para onde a mãe foi enviada. Se não fez nada para tirá-la de lá, nada para vê-la desde que virou Grande Rei, é tudo intencional. Penso no garoto no globo de cristal e na expressão de adoração que ele fez para ela e me pergunto o que mudou. Quase não me lembro da minha mãe, mas faria muita coisa para vê-la novamente, mesmo que só por um momento.

— Me conte algo de valor — declaro. — E vou pensar na questão.

— Então não receberei nada hoje? — questiona ela.

— Nós não te alimentamos e trajamos com suas próprias roupas? Mais ainda, você pode dar uma volta pelo jardim antes de voltar para a Torre. Sentir o aroma das flores e a grama sob seus pés — proponho. — Mas quero me fazer bem clara: não estou suplicando por lembranças reconfortantes nem histórias de amor. Se você tiver alguma coisa melhor para me dar, talvez eu encontre algo para lhe oferecer. Mas não pense que preciso de você.

Ela faz beicinho.

— Muito bem. Uma bruxa apareceu nas terras de Madoc quando sua mãe estava grávida de Vivienne. A bruxa era dada a profecias e adivinhava o futuro em casca de ovo. E sabe o que ela disse? Que a filha de Eva estava destinada a ser uma arma melhor do que Justin seria capaz de forjar.

— Vivi? — pergunto.

— A filha dela — repete Asha. — Ela deve ter pensado na que carregava na barriga na ocasião. Talvez tenha sido por isso que foi embora. Para proteger a filha do destino. Mas ninguém pode fugir do destino.

Estou em silêncio, a boca apertada. A mãe de Cardan toma outro gole de vinho.

Não vou mostrar nada do que sinto.

— Ainda é pouco — digo, mantendo-me concentrada na esperança de que a informação que vou soltar consiga chegar a Balekin, na esperança de ter encontrado um caminho para superá-lo. — Se pensar em algo melhor, pode me enviar uma mensagem. Nossos espiões monitoram os bilhetes que entram e saem da Torre do Esquecimento, normalmente no momento em que as mensagens são passadas para o palácio. O que você enviar, seja para quem for, se sair da mão do guarda, nós veremos. Vai ser fácil me avisar se sua memória encontrar algo mais valioso.

Com isso, me levanto e saio da sala. Barata me segue até o corredor e bota a mão no meu braço.

Por um longo momento, fico parada sem dizer nada, tentando organizar os pensamentos.

Ele balança a cabeça.

— Fiz algumas perguntas a ela no caminho para cá. Parece que lady Asha amava a vida no palácio, era apaixonada pela atenção do Grande Rei, se regozijava com as danças, cantorias e o vinho. Cardan foi largado para ser amamentado por uma gatinha preta cujos bebês nasceram mortos.

— Ele sobreviveu à base de leite de gato? — pergunto, surpresa. Barata me olha como se eu não tivesse entendido a história.

— Depois que ela foi enviada para a Torre, Cardan foi enviado para Balekin — diz ele.

Penso novamente no globo que vi no escritório de Eldred, em Cardan usando trapos, olhando, em busca de aprovação, para a mulher que está na minha sala, e a aprovação só vinha quando ele era horrível. Um príncipe abandonado, amamentado por leite de gato e crueldade, que vagava pelo palácio como um fantasminha. Penso em mim, encolhida em uma torre na Mansão Hollow, vendo Balekin enfeitiçar um mortal para bater em seu irmão mais novo por ser um péssimo espadachim.

— Leve-a de volta à Torre — ordeno a Barata.

Ele levanta as sobrancelhas.

— Não quer ouvir mais sobre seus pais?

— Ela tem satisfação demais em contar coisas que sabe. Vou conseguir as informações sem negociar tanto. — Além do mais, plantei mais de uma semente importante. Agora, só tenho que ver se vai crescer.

Ele abre um sorrisinho.

— Você gosta, não é? De fazer joguinhos conosco? De puxar suas cordinhas e nos ver dançar?

— Você quer dizer os feéricos?

— Imagino que também gostaria com os mortais, mas você tem prática com a gente. — Ele não fala com tom de reprovação, mas a sensação é de estar sendo alfinetada. — E talvez alguns de nós ofereçam um gostinho especial.

Ele me olha por cima do nariz curvado de goblin até eu responder.

— Era para ser um elogio?

Com isso, Barata abre um sorriso de verdade.

— Não é um insulto.

CAPÍTULO 15

Os vestidos que Taryn mandou fazer chegam no dia seguinte, caixas deles, junto com casacos e jaquetinhas práticas, calças de veludo e botas altas. Tudo parece pertencer a alguém feroz, alguém ao mesmo tempo melhor e pior do que eu.

Eu me visto e, antes de terminar, Tatterfell entra. Ela insiste em pentear meu cabelo e o prender com um pente novo, entalhado na forma de um sapo com uma única pedra de crisoberilo como olho.

Eu observo meu reflexo usando um casaco de veludo preto com detalhes prateados e penso no cuidado com que Taryn escolheu a peça. Quero pensar nisso e em mais nada.

Uma vez, ela disse que me odiava um pouco por ser testemunha de sua humilhação com os nobres. Eu me pergunto se esse não é o motivo para eu ter tanta dificuldade em esquecer o que aconteceu com Locke, porque ela presenciou e, sempre que a vejo, me lembro de como é ser feita de idiota.

Mas quando olho para minhas roupas novas, penso em todas as coisas boas que advém de alguém conhecer você bem o bastante para entender suas esperanças e medos. Posso não ter contado a Taryn todas as coisas horríveis que fiz e as habilidades terríveis que adquiri, mas ela me vestiu como se eu tivesse contado.

Com minhas roupas novas, sigo para uma reunião do Conselho convocada às pressas e os ouço debater se Nicasia levou a mensagem irritada de Cardan para Orlagh e se peixes podem voar (quem inicia essa discussão é Fala).

— Não importa se ela levou a mensagem ou não — declara Madoc. — O Grande Rei deixou sua posição bem clara. Ele não vai se casar, então temos que supor que Orlagh vai cumprir as ameaças. O que quer dizer que ela vai atrás do sangue dele.

— Você está indo muito rápido — observa Randalin. — Não devíamos considerar que o tratado talvez ainda esteja valendo?

— De que adianta considerar isso? — questiona Mikkel com um olhar de lado para Nihuar. — As Cortes Unseelie não sobrevivem de desejos.

A representante Seelie repuxa a boquinha de inseto.

— As estrelas dizem que essa é uma época de grande agitação — revela Baphen. — Vejo um novo monarca a caminho, mas se isso é sinal de Cardan deposto, de Orlagh derrubada ou de Nicasia virando rainha, não sei dizer.

— Tenho um plano — diz Madoc. — Oak estará aqui em Elfhame em breve. Quando Orlagh enviar seu pessoal atrás dele, pretendo pegá-la.

— Não — eu me manifesto, surpreendendo todo mundo, atraindo seus olhares. — Você não vai usar Oak como isca.

Madoc não parece ofendido pela minha manifestação.

— Pode parecer que é isso que estou querendo fazer...

— Porque é. — Olho para ele com raiva, lembrando todos os motivos para não querer que Oak seja Grande Rei com Madoc como regente.

— Se Orlagh planeja caçar Oak, é melhor sabermos quando ela vai atacar em vez de esperar que aja. E a melhor forma de saber é criando uma oportunidade.

— Que tal *remover* a oportunidade? — sugiro.

Madoc balança a cabeça.

— Isso não passa dos desejos contra os quais Mikkel se manifestou. Eu já escrevi para Vivienne. Eles planejam chegar em uma semana.

— Oak não pode vir para cá! — exclamo. — Já era ruim antes, mas agora é pior.

— Você acha que o mundo mortal é seguro? — Madoc dá uma risada debochada. — Acha que o Reino Submarino não é capaz de chegar a ele lá? Oak é meu filho, eu sou o Grande General de Elfhame e sei o que faço. Pode fazer o que quiser para protegê-lo, mas deixe o resto comigo. Agora não é hora para ataques de nervos.

Eu trinco os dentes.

— Nervos?

Ele me olha com firmeza.

— É fácil arriscar a própria vida, não é? Aceitar o perigo. Mas um estrategista precisa às vezes botar os outros em risco também, até quem amamos. — Ele me olha com intensidade, talvez para me lembrar que já o envenenei. — Pelo bem de Elfhame.

Mas mordo a língua de novo. Não vou chegar a lugar nenhum com essa conversa na frente do Conselho. Principalmente porque não tenho certeza de que eu esteja certa.

Preciso descobrir mais coisas sobre os planos do Reino Submarino e preciso que seja rápido. Se houver alguma alternativa além de botar Oak em risco, pretendo encontrá-la.

Randalin tem mais perguntas sobre a guarda pessoal do Grande Rei. Madoc quer que as cortes inferiores enviem mais do que a cota habitual de tropas. Nihuar e Mikkel fazem objeções. Deixo que as palavras ocupem minha mente para tentar controlar meus pensamentos.

Quando a reunião termina, recebo um papel com duas mensagens. Uma é de Vivi, enviada ao palácio, solicitando que eu vá até lá e acompanhe ela, Oak e Heather a Elfhame para o casamento de Taryn em um dia, antes mesmo do que foi sugerido por Madoc. A segunda é de Cardan, me convocando para a sala do trono.

Falo um palavrão baixinho e me preparo para sair. Randalin segura minha manga.

— Jude — diz ele. — Me permita lhe dar um conselho.

Penso se ele vai me repreender.

— O senescal não é só a voz do rei — fala. — Você também é a mão dele. Se não gosta de trabalhar com o general Madoc, encontre um novo Grande General, que não tenha cometido traição previamente.

Eu sabia que Randalin costumava se desentender com Madoc em reuniões do conselho, mas não fazia ideia de que queria eliminá-lo. Mas confio nele tanto quanto confio em Madoc.

— Um pensamento interessante — respondo de um jeito que espero que seja neutro antes de escapar dali.

Cardan está sentado reclinado de lado quando entro, uma perna descansando por cima do braço do trono.

Foliões sonolentos ainda festejam no salão, em volta de mesas ainda cheias de delícias. O cheiro de terra remexida e vinho derramado paira no ar. Quando estou indo na direção da plataforma, vejo Taryn dormindo em um tapete. Tem um garoto pixie que não conheço dormindo ao seu lado, as asas altas de libélula tremendo de vez em quando, como se sonhando com voos.

Locke está bem acordado, sentado na beirada da plataforma, gritando com os músicos.

Frustrado, Cardan se mexe e bota as pernas no chão.

— Qual é exatamente o problema aqui?

Um garoto com a parte inferior de cervo dá um passo à frente. Reconheço-o da festa da Lua do Caçador, quando ele tocou. A voz treme quando fala.

— Perdão, Vossa Majestade. É que minha lira foi roubada.

— E o que estamos debatendo? — pergunta Cardan. — Uma lira ou está aqui ou não está mais, não é? Se estiver sumida, que um flautista toque.

— Ele roubou. — O garoto aponta para um dos músicos, o que tem cabelo parecido com grama.

Cardan se vira para o ladrão com a testa franzida de impaciência.

— A *minha* lira tinha cordas feitas do cabelo de lindos mortais que morreram tragicamente jovens — diz o feérico de cabelo de grama. — Demorei décadas para montar, e não foi fácil de manter. As vozes mortais cantavam com lamento quando eu tocava. Com seu perdão, meu rei, poderia ter feito até você chorar.

Cardan faz um gesto impaciente.

— Se já acabou de se gabar, qual é a importância disso? Não perguntei sobre o *seu* instrumento, só sobre o *dele*.

O feérico de cabelo de grama parece corar, a pele ficando um tom mais escuro de verde... que suponho que não seja a cor de sua pele, mas do sangue.

— Ele pegou na véspera — se justifica, apontando para o garoto-cervo. — Depois disso, ficou obcecado e só descansou quando a destruiu. Eu peguei a lira *dele* como recompensa, pois embora seja inferior, eu tenho que tocar alguma coisa.

— Você devia punir os dois — opina Locke. — Por trazerem uma questão tão trivial para o Grande Rei.

— Bem? — Cardan se vira para o garoto que alegou primeiro que sua lira tinha sido roubada. — Devo dar meu julgamento?

— Ainda não, lhe rogo — pede o garoto-cervo, as orelhas tremendo de nervosismo. — Quando toquei a lira dele, as vozes dos que morreram, cujos cabelos formavam as cordas, falaram comigo. Eles eram os verdadeiros donos da lira. E quando a destruí, eu os estava salvando. Eles estavam presos, sabe.

Cardan se senta no trono e inclina a cabeça para trás com frustração, deixando a coroa torta.

— Basta — diz. — Vocês dois são ladrões e nenhum é muito bom.

— Mas você não entende o tormento, a gritaria... — O garoto-cervo aperta a mão sobre a boca ao lembrar que está na presença do Grande Rei.

— Você nunca ouviu falar que a virtude é uma recompensa *por si só*? — pergunta Cardan com voz agradável. — Isso é porque não tem *outra* recompensa nela.

O garoto mexe os cascos no chão.

— Você roubou uma lira e sua lira foi roubada em seguida — declara Cardan suavemente. — Há uma certa justiça nisso. — Ele se vira para o músico com cabelo de grama. — E você resolveu o problema com as próprias mãos, então só posso concluir que foi resolvido de forma satisfatória. Mas vocês dois me irritaram. Me deem esse instrumento.

Os dois parecem insatisfeitos, mas o músico com cabelo de grama se aproxima e entrega a lira a um guarda.

— Cada um de vocês vai ter a chance de tocar, e quem tocar mais docemente fica com ela. Pois a arte é mais do que virtude ou vício.

Subo os degraus devagar enquanto o garoto-cervo começa a tocar. Eu não esperava que Cardan se importasse a ponto de ouvir os músicos e não consigo decidir se a avaliação dele é brilhante ou se ele é só um babaca. Tenho medo de estar novamente interpretando o que quero que seja verdade em suas ações.

A música é poderosa e vibra na minha pele até os ossos.

— Vossa Majestade — digo. — Mandou me chamar?

— Ah, sim. — O cabelo de asa de corvo cai sobre um olho. — Então estamos em guerra?

Por um momento, acho que ele está falando sobre nós.

— Não — informo. — Pelo menos não até a próxima lua cheia.

— Não se pode lutar contra o mar — diz Locke filosoficamente.

Cardan dá uma risadinha.

— Podemos lutar contra qualquer coisa. Mas vencer é uma questão bem diferente. Não é verdade, Jude?

— Jude é uma verdadeira vencedora — responde Locke com um sorriso. Ele olha para os músicos e bate palmas. — Basta. O outro.

Como Cardan não contradiz o Mestre da Esbórnia, o garoto-cervo entrega com relutância a lira para o feérico de cabelo de grama. Uma nova música se espalha pela colina, uma melodia forte que acelera meu coração.

— Você estava de saída — digo para Locke.

Ele sorri.

— Estou muito à vontade aqui — retruca ele. — Não deve ter nada que você tenha para dizer ao rei que seja tão pessoal e particular.

— Pena que você nunca vai descobrir. Vá. Agora. — Penso no conselho de Randalin, no lembrete dele de que tenho poder. Talvez eu tenha, mas ainda não consigo me livrar de um Mestre da Esbórnia por meia hora, imagine de um Grande General que também é mais ou menos meu pai.

— Saia — Cardan ordena para Locke. — Eu não a chamei aqui para o *seu* prazer.

— Você é um ingrato. Se realmente gostasse de mim, teria chamado Jude exatamente para isso — profere Locke enquanto desce da plataforma.

— Leve Taryn para casa — digo para ele, de costas. Se não fosse por minha irmã, eu daria um soco na cara dele.

— Locke gosta de você assim, acho — diz Cardan. — De bochechas rosadas e furiosa.

— Não ligo para o que ele gosta — retruco com desprezo.

— Você parece *não* ligar para muita coisa. — A voz dele soa seca e, quando olho em sua direção, não consigo interpretar seu rosto.

— Por que estou aqui? — pergunto.

Ele descruza as pernas na lateral do trono e se levanta.

— Você. — Ele aponta para o garoto-cervo. — Hoje é seu dia de sorte. Leve a lira. Cuidem para que nenhum dos dois chame minha atenção de novo. — Quando o garoto-cervo se curva e o feérico de cabelo de grama amarra a cara, Cardan se vira para mim. — Venha.

Ignoro a postura despótica com dificuldade e o sigo para trás do trono e para fora da plataforma, até uma portinha na parede de pedra, meio escondida por hera. Nunca estive naquele lugar.

Cardan puxa a planta para o lado e entramos.

É uma salinha claramente elaborada para encontros íntimos e amorosos. As paredes são cobertas de musgo com pequenos cogumelos cintilantes, lançando uma luz pálida sobre nós. Tem um sofá baixo no qual as pessoas poderiam se sentar ou se reclinar, dependendo do que a situação pedisse.

Estamos sozinhos de uma forma que não ficamos há muito tempo, e quando ele dá um passo na minha direção, meu coração dá um pulo.

Cardan ergue as sobrancelhas.

— Meu irmão me mandou uma mensagem. — Ele tira um papel do bolso.

Se quiser salvar seu pescoço, venha me visitar.
E bote uma coleira na sua senescal.

— E então — começa ele, me entregando o papel. — O que você andou fazendo?

Solto um suspiro de alívio. Não demorou para lady Asha passar a informação que dei a ela para Balekin e também não demorou para Balekin agir. Um ponto para mim.

— Impedi que você recebesse umas mensagens — admito.

— E decidiu não mencioná-las. — Cardan me olha sem nenhum rancor particular, mas também não exatamente satisfeito. — Assim como não me contou sobre os encontros de Balekin com Orlagh nem os planos de Nicasia para mim.

— Olha, claro que Balekin quer te ver — digo, tentando redirecionar a conversa para longe da lista infelizmente incompleta de coisas que não contei para ele. — Você é irmão dele, que ele abrigava na própria casa. É a única pessoa com poder de libertá-lo e que pode realmente fazer isso. Achei que se você estivesse com humor misericordioso, poderia falar com ele quando quisesse. Não precisava de pedidos.

— E o que mudou? — pergunta Cardan, balançando o papel para mim. Agora ele parece irritado. — Por que tive permissão de receber isso?

— Eu dei a ele uma fonte de informação — confesso. — Uma que é possível que eu comprometa.

— E tenho que responder esse bilhetinho?

— Ordene que ele seja trazido até você acorrentado. — Pego o papel da mão de Cardan e enfio no bolso. — Eu fiquei interessada em saber o que ele acha que pode conseguir de você com um pouco de conversa, principalmente porque Balekin não sabe que você está ciente das conexões dele com o Reino Submarino.

Cardan aperta os olhos. A pior parte é que o estou enganando de novo agora, enganando por omissão. Escondendo que minha fonte de informação, a que posso comprometer, é a mãe dele.

Pensei que você quisesse que eu fizesse isso sozinha, tenho vontade de dizer. *Pensei que eu tinha que governar e você tinha que ser feliz e que era para ser só assim.*

— Desconfio de que ele vá tentar gritar comigo até eu dar o que ele quer — diz Cardan. — Talvez seja possível provocá-lo até que deixe alguma coisa escapar. Possível, não provável.

Faço que sim, e a parte planejadora do meu cérebro, apurada com jogos de estratégia, me oferece uma jogada.

— Nicasia sabe mais do que está dizendo. Faça com que ela diga o resto e use isso contra Balekin.

— Sim, bem, acho que não seria politicamente conveniente esmagar os polegares da princesa do mar.

Olho para ele de novo, para a boca macia e as maçãs do rosto proeminentes, para a beleza cruel de seu rosto.

— Não esmague polegares. Você. Vá até Nicasia e a encante.

Ele ergue as sobrancelhas.

— Ah, pare com isso — digo, o plano surgindo na minha mente enquanto falo, um plano que odeio tanto quanto sei que vai ser eficiente. — Você está com cortesãs penduradas no seu pescoço praticamente toda vez que te vejo.

— Eu sou o *rei*.

— Elas viviam penduradas em você bem antes disso. — Estou frustrada por ter que explicar isso. Não é possível que ele não esteja ciente da reação dos feéricos a ele.

Cardan faz um gesto de impaciência.

— Você quer dizer quando eu era um mero *príncipe*?

— Use suas artimanhas — falo, exasperada e constrangida. — Sei que você tem algumas. Ela te quer. Não deve ser tão difícil.

As sobrancelhas do Grande Rei sobem ainda mais.

— Você está mesmo sugerindo que eu faça isso.

Respiro fundo porque me dou conta de que terei que convencê-lo de que vai dar certo. E sei de uma coisa que talvez o convença.

— Foi Nicasia que atravessou a passagem e disparou na garota que você estava beijando — revelo.

— Você quer dizer que ela tentou me matar? Sinceramente, Jude. Quantos segredos você está guardando?

Penso na mãe dele de novo e mordo a língua. São muitos.

— Ela disparou na garota, não em você. Encontrou você na cama com outra pessoa, ficou com ciúmes e disparou duas vezes. Infelizmente para você, mas felizmente para todo mundo, ela tem mira péssima. Agora acredita que ela quer você?

— Não sei em que acreditar — rebate ele, claramente irritado, talvez com ela, talvez comigo, provavelmente com as duas.

— Ela pensou em surpreender você na cama. Dê o que ela quer e arranque a informação de que precisamos para evitar a guerra.

Ele anda na minha direção e chega tão perto que sinto seu hálito no meu cabelo.

— Você está me ordenando?

— Não — nego, sobressaltada e sem conseguir encará-lo. — Claro que não.

Ele leva os dedos ao meu queixo e inclina minha cabeça para que eu olhe em seus olhos pretos, a fúria neles quente como carvão.

— Você só acha que eu deveria fazer isso. Que eu posso. Que seria bom nisso. Muito bem, Jude. Me diga como se faz. Você acha que ela gostaria que eu me aproximasse assim, que olhasse no fundo dos olhos dela?

Meu corpo todo está alerta, vibrando de desejo, constrangedor em sua intensidade.

Ele sabe. Sei que ele sabe.

— Provavelmente — cedo, minha voz saindo um pouco trêmula. — Faça aquilo que costuma fazer.

— Ah, não — provoca ele, a voz cheia de fúria quase descontrolada. — Se você quer que eu banque o prostituto, ao menos me dê o benefício do seu conselho.

Os dedos cheios de anéis percorrem minha bochecha, a linha do lábio e descem pelo pescoço. Sinto-me tonta e sufocada.

— Devo tocá-la assim? — pergunta ele, os cílios baixos. As sombras cobrem o rosto e as bochechas, acentuando as feições.

— Não sei — digo, mas minha voz me trai. Sai tudo errado, agudo e sem fôlego.

Ele encosta a boca na minha orelha e dá um beijo. A mão desliza pelos meus ombros, me fazendo tremer.

— E depois assim? É assim que devo seduzi-la? — Sinto sua boca formar as palavras na minha pele. — Você acha que daria certo?

Afundo as unhas na palma da mão para não me mover para perto dele. Meu corpo todo está tremendo de tensão.

— Acho.

Ele leva a boca à minha e meus lábios se abrem. Fecho os olhos para não ver o que estou prestes a fazer. Meus dedos sobem até o emaranhado de cachos pretos. Ele não me beija como se estivesse com raiva; o beijo é suave, ardente.

Tudo fica mais lento, líquido e quente. Mal consigo pensar.

Eu queria e também temia isso, e agora que está acontecendo, não sei como vou poder querer outra coisa.

Nós cambaleamos até o sofá baixo. Ele me reclina nas almofadas e eu o puxo para cima de mim. Sua expressão está idêntica à minha, de surpresa e um pouco de horror.

— Diga de novo o que disse na festa — sussurra ele, o corpo sobre o meu.

— O quê? — Mal consigo pensar.

— Que você me odeia — responde ele, a voz rouca. — Diga que me odeia.

— Eu te odeio — repito, as palavras saindo como uma carícia. Eu falo de novo, sem parar. Uma litania. Um encantamento. Uma proteção contra o que realmente sinto. — Eu te odeio. Eu te odeio. Eu te odeio.

Ele me beija com mais intensidade.

— Eu te odeio — sussurro contra sua boca. — Te odeio tanto que às vezes não consigo pensar em outra coisa.

Ao ouvir isso, ele faz um som rouco e baixo.

Uma das mãos desliza sobre a minha barriga e acompanha o contorno da minha pele. Ele me beija de novo, como se estivesse caindo de um precipício. Como uma avalanche, criando expectativa a cada toque, até que só haja desmoronamento e destruição à frente.

Nunca senti nada parecido.

Cardan começa a desabotoar meu gibão, e tento não ficar paralisada, tento não demonstrar minha inexperiência. Não quero que ele pare.

Parece um geas. Tem todo o prazer sinistro de sair escondida de casa, toda a satisfação revoltante de roubar. Eu me lembro do momento antes de enfiar a lâmina na mão, impressionada com minha própria capacidade de autotraição.

Ele se inclina para tirar a jaqueta e tento tirar a minha. Ele me olha e pisca, como se estivesse no meio de uma neblina.

— Essa é uma ideia simplesmente péssima — observa ele com um tom de surpresa na voz.

— É — concordo, tirando as botas.

Estou de meia-calça e acho que não existe jeito elegante de tirar. Se existe, não encontro. Enrolada no tecido, me sentindo tola, percebo que posso fazer tudo parar agora. Posso pegar minhas coisas e sair. Mas não é o que faço.

Ele tira a camisa branca pela cabeça com um único gesto elegante, revelando pele e cicatrizes. Minhas mãos estão tremendo. Ele as segura e beija meus dedos com uma espécie de reverência.

— Quero te dizer tantas mentiras — admite ele.

Eu tremo e meu coração salta quando a mão de Cardan percorre minha pele, uma delas deslizando entre minhas coxas. Espelho o movimento e abro com dificuldade os botões de sua calça. Ele me ajuda a tirá-la, a cauda envolvendo a própria perna e depois se curvando para envolver as minhas também, de forma suave como um sussurro. Estico a mão e a passo pela barriga chapada. Não me permito hesitar, mas minha inexperiência é óbvia. A pele do Grande Rei está quente debaixo da minha mão, dos meus calos. Seus dedos se movem com confiança demais.

Sinto como se estivesse me afogando em sensações.

Seus olhos estão abertos, observando meu rosto corado, minha respiração entrecortada. Tento me impedir de emitir ruídos constrangedores. É mais íntimo do que a forma como ele está me tocando, ser olhada assim. Odeio o fato de ele saber o que está fazendo e eu não. Odeio estar vulnerável. Eu me agarro a ele, minhas unhas afundando em suas costas, meus pensamentos girando, e a única coisa que sobra na minha cabeça: que gosto mais dele do que já gostei de qualquer pessoa e que, de todas as coisas que Cardan já fez comigo, fazer com que eu goste tanto dele é de longe a pior.

CAPÍTULO 16

Uma das coisas mais difíceis de fazer como espiã, como estrategista ou mesmo como pessoa é esperar. Eu me lembro das aulas de Fantasma, que me fazia ficar sentada por horas com uma besta na mão sem deixar minha mente vagar, esperando a chance para o disparo perfeito.

Boa parte de vencer é esperar.

Mas a outra parte é acertar o alvo quando chega a hora. Liberar o impulso acumulado.

Quando volto a meus aposentos, lembro a mim mesma disso. Não posso me dar ao luxo de me distrair. Amanhã, preciso buscar Vivi e Oak no mundo mortal e pensar num plano melhor do que o de Madoc, ou numa forma de tornar seu plano mais seguro para Oak.

Eu me concentro no que vou dizer a Vivi em vez de pensar em Cardan. Não quero refletir sobre o que aconteceu entre nós. Não quero pensar em como os músculos dele se moveram, nem na sensação de sua pele, nem nos ruídos baixos que ele fez, nem no movimento daquela boca na minha.

E não quero pensar na força que precisei usar para morder meu próprio lábio para ficar quieta. Nem no quanto ficou óbvio que eu nunca tinha feito as coisas que nós fizemos, assim como as que não fizemos.

Cada vez que penso, afasto a lembrança com o maior vigor possível. Afasto junto a enorme vulnerabilidade que sinto, a sensação de ter sido exposta até meus mais sensíveis nervos. Não sei como vou encarar Cardan de novo sem me comportar como uma boba.

Se não posso resolver o problema do Reino Submarino nem o de Cardan, talvez eu possa resolver alguma outra coisa.

É um alívio vestir um terno de tecido escuro e botas altas de couro, prender lâminas nos meus punhos e panturrilhas. É um alívio fazer uma coisa física, ir para a floresta e andar silenciosamente até uma casa mal protegida. Quando um dos residentes entra, minha faca chega a seu pescoço mais rápido do que ele consegue falar.

— Locke — cumprimento docemente. — Está surpreso?

Ele se vira para mim, o sorriso deslumbrante hesitando.

— Minha flor. O que houve?

Depois de um momento de surpresa, percebo que ele acha que sou Taryn. Ele não consegue mesmo perceber a diferença entre nós?

O buraco negro onde meu coração deveria estar fica satisfeito com a ideia.

— Se você acha que minha irmã colocaria uma faca no seu pescoço, talvez você deva adiar a noite de núpcias — debocho, dando um passo para trás e indicando uma cadeira com a ponta da faca. — Vá. Sente-se.

Locke faz o movimento para se sentar, mas eu chuto a cadeira para trás e ele cai no chão, rola e faz uma cara feia de indignação.

— Que grosseria. — Locke só diz isso, mas tem uma coisa em seu rosto que não estava lá antes.

Medo.

Por cinco meses, tentei usar todo o controle que aprendi ao longo de uma vida mantendo a cabeça baixa. Tentei me comportar como se só tivesse um pouco de poder, o poder de uma serva importante, e ainda assim ter em mente que eu estava no comando. Um ato de equilíbrio que me faz pensar na lição de Val Moren sobre malabarismo.

Eu permiti que a situação de Locke saísse de controle.

Posiciono o pé no peito dele e pressiono levemente para lembrá-lo de que se eu usasse um pouco mais de força, poderia quebrar um osso.

— Cansei de ser educada. Não vamos fazer joguinhos de palavras nem criar charadas. Humilhar o Grande Rei é má ideia. Me humilhar é péssima ideia. Ficar enrolando minha irmã é pura burrice. Será que você achou que eu estava *ocupada* demais para me vingar? Ora, Locke, quero que você entenda que, para você, eu vou sempre *arrumar tempo*.

O rosto dele fica pálido. Ele não sabe como me interpretar agora. Sabe que já esfaqueei Valerian, mas não imagina que o matei nem que matei mais alguém depois disso. Não faz ideia de que me tornei espiã e, depois, mestre de espiões. Até a luta de espadas com Taryn foi uma coisa sobre a qual ele só ouviu falar.

— Tornar você Rainha da Euforia foi uma brincadeira — Locke tenta se justificar, olhando para mim do chão com uma espécie de carinho nos olhos de raposa, um sorrisinho no canto da boca, como se quisesse que eu sorrisse com ele. — Pare com isso, Jude, me deixe levantar. Devo mesmo acreditar que você faria mal a mim?

Minha voz ganha um tom doce claramente fingido.

— Você já me acusou de fazer um grande jogo. Como foi que você chamou? O jogo de reis e príncipes, de rainhas e coroas? Mas, para jogar bem, preciso ser impiedosa.

Ele começa a se levantar, mas coloco mais força no pé e mudo a posição da faca. Ele para de se mexer.

— Você sempre gostou de histórias — lembro. — Disse que queria criar fagulhas para tramas. Bem, o enredo de uma gêmea que mata o noivo da irmã é bom, você não acha?

Ele fecha os olhos e estica as mãos vazias.

— Calma, Jude. Talvez eu tenha exagerado. Mas não consigo acreditar que você queira me matar por isso. Sua irmã ficaria arrasada.

— Melhor que ela nem chegue a ser esposa do que acabar sendo viúva — provoco, mas tiro o pé do peito dele.

Locke se levanta devagar e bate a sujeira da roupa. Quando está de pé, olha ao redor como se não reconhecesse a própria casa agora que a viu do ângulo do chão.

— Você está certo — continuo. — Não quero fazer mal a você. Nós seremos da mesma família. Você vai ser meu irmão e eu, a sua irmã. Vamos ser amigos. Mas, para isso, preciso que você faça algumas coisas por mim.

"Primeiro, pare de tentar me deixar pouco à vontade. Pare de tentar me transformar numa personagem de um dos seus dramas. Escolha outro alvo para tecer suas histórias.

"Segundo, seja qual for seu problema com Cardan, seja lá o que for que levou você a querer se divertir tanto brincando com ele, a achar que seria divertido roubar a amante de Cardan e trocá-la por uma garota mortal, como se você quisesse que ele soubesse que a coisa mais querida dele não valia nada para você, pare. Seja lá o que for que fez você decidir que eu seria Rainha da Euforia para atormentá-lo com os sentimentos que você desconfiava que ele tinha, pare. Ele é o Grande Rei, e esse jogo é perigoso demais."

— Perigoso — repete ele —, mas *divertido*.

Eu não sorrio.

— Humilhe o rei perante a corte e os cortesãos vão espalhar boatos, e os súditos se esquecerão de sentir medo. Em pouco tempo, as cortes inferiores vão achar que podem agir contra ele.

Quando fica claro que a cadeira quebrada não vai mais ficar em pé sozinha, Locke a apoia contra a mesa.

— Ah, tudo bem, você está com raiva de mim. Mas pense. Você pode ser a senescal, e obviamente fascinou o Grande Rei com seus quadris e seus lábios e sua pele mortal quente, mas sei que no seu coração, apesar do que ele possa ter prometido, você ainda o odeia. Adoraria vê-lo rebaixado perante toda a corte. Ora, se não estivesse vestida em trapos e sido motivo de risadas, é provável que me perdoasse por tudo que já fiz contra você só por elaborar isso.

— Você está enganado — informo.

Ele sorri.

— Mentirosa.

— Mesmo que eu gostasse, precisa terminar.

Locke parece estar avaliando o quanto estou falando sério e do que sou capaz. Tenho certeza de que está vendo a garota que levou para casa, a que beijou e enganou. Ele está questionando, provavelmente não pela primeira vez, como dei a sorte de ser transformada em senescal, como consegui botar as mãos na coroa de Elfhame para orquestrar que meu irmão a colocasse na cabeça de Cardan.

— A última coisa é a seguinte: você vai ser fiel a Taryn. Depois que vocês se casarem, se você quiser ter outros amantes, é melhor que ela esteja com você quando acontecer e é melhor que esteja envolvida. Se não for divertido para todo mundo, não vai acontecer.

Ele me olha sem entender.

— Você está me acusando de não ligar para sua irmã? — pergunta ele.

— Se eu realmente acreditasse que você não liga para Taryn, nós não estaríamos tendo esta conversa.

Ele solta um longo suspiro.

— Você me mataria?

— Se você estiver de brincadeira com Taryn, Madoc vai fazer as honras. Eu nem terei a oportunidade.

Guardo a faca e vou na direção da porta.

— Sua família ridícula vai acabar se surpreendendo ao descobrir que nem tudo se resolve matando — grita Locke atrás de mim.

— Nós ficaríamos *mesmo* surpresos de descobrir isso — respondo.

CAPÍTULO 17

Nos cinco meses em que Vivi e Oak estiveram longe, só visitei o mundo mortal em dois momentos. Uma vez para ajudá-los a arrumar o apartamento e outra para um queijos e vinhos que Heather fez no aniversário de Vivi. Nesse dia, Taryn e eu ficamos sentadas, constrangidas, na ponta de um sofá, comendo queijo com azeitonas oleosas, ganhando pequenos goles de Syrah de garotas universitárias porque éramos "jovens demais para beber". Meus nervos ficaram à flor da pele a noite toda, imaginando que problemas estavam acontecendo na minha ausência.

Madoc tinha enviado um presente para Vivi, Taryn o carregou fielmente pelo mar: um prato dourado de sal que nunca ficava vazio. Era só virá-lo que ficava cheio de novo. Achei o presente irritante, mas Heather apenas riu, como se fosse um brinquedinho com fundo falso.

Ela não acreditava em magia.

Como Heather vai reagir ao casamento de Taryn, ninguém sabe. Eu só espero que Vivienne a tenha alertado sobre pelo menos uma parte do que vai acontecer. Senão, a notícia de que sereias são *reais* vai chegar junto com a notícia de que as sereias *querem nos pegar*. E eu acho que "tudo de uma vez" não é a forma ideal de se ouvir essa notícia.

Depois da meia-noite, Barata e eu atravessamos o mar em um barco feito de corredeiras de rio e hálito. Carregamos uma leva de mortais que estavam cavando aposentos novos para a Corte das Sombras. Tirados de suas camas no mundo humano logo depois do crepúsculo, serão devolvidos antes do amanhecer. Quando acordarem, vão encontrar moedas de ouro espalhadas nos lençóis e dentro dos bolsos. Não ouro feérico, que se dissipa como pétalas de dentes-de-leão, mas ouro de verdade; pagamento de um mês inteiro por uma única noite roubada.

Podem me achar cruel por permitir isso, mais ainda por ordenar que fosse feito. E talvez eu seja mesmo. Mas eles fizeram uma barganha, mesmo não entendendo com quem. E posso jurar que, além do ouro, a única coisa que fica com eles quando acordam é a exaustão. Não vão se lembrar da viagem para Elfhame e não serão trazidos para cá de novo.

Na viagem de volta, os mortais ficam sentados quietos no barco, perdidos em sonhos enquanto o movimento do mar e do vento nos leva adiante. No céu, Boca-de-Leão nos acompanha, procurando problemas. Olho para as ondas e penso em Nicasia, imagino mãos com membranas nas laterais da embarcação, imagino os sereianos subindo a bordo.

Não se pode lutar contra o mar, disse Locke. Espero que ele esteja enganado.

Perto da margem, eu saio do barco, piso na água gelada, que alcança minhas panturrilhas, pedras negras embaixo dos pés, e passo por elas, deixando o barco se desfazer quando a magia de Barata cessa. Boca-de-Leão parte para o leste para procurar futuros trabalhadores.

Barata e eu colocamos cada mortal na cama, às vezes ao lado de um amante adormecido que tomamos o cuidado de não acordar enquanto cobrimos tudo de ouro. Sinto-me como uma feérica numa história, andando pé ante pé pelas casas, podendo roubar a nata do leite ou fazer nós nos cabelos das crianças.

— Esse costuma ser um trabalho solitário — diz Barata quando terminamos. — Sua companhia foi um prazer. Ainda temos algumas horas entre o amanhecer e a hora de acordar. Vamos jantar.

É verdade que ainda está cedo para buscar Vivi, Heather e Oak. Também é verdade que estou com fome. Estou com a mania de adiar a hora de comer até estar faminta. Sinto-me um pouco como uma cobra, ou morrendo de fome ou engolindo um rato inteiro.

— Tudo bem.

Barata sugere irmos para uma lanchonete. Não conto que nunca fui a uma. Sigo atrás dele pela floresta e saímos perto de uma rodovia. Do outro lado da estrada há um prédio, iluminado e muito reluzente de tanto cromo. Há uma placa que diz que fica aberto 24 horas; o estacionamento é enorme, e vários caminhões já estão parados lá. Quase não tem trânsito nessa madrugada, e atravessamos a rodovia com facilidade.

Lá dentro, sento-me com obediência no compartimento que Barata escolhe. Ele estala os dedos e a caixinha ao lado da nossa mesa ganha vida, tocando música. Eu me encolho de surpresa e ele ri.

Uma garçonete se aproxima da mesa carregando atrás da orelha uma caneta com tampa bem mastigada, como nos filmes.

— Alguma bebida? — pergunta, as palavras emboladas, e levo um momento para entender que ela fez uma pergunta.

— Café — pede Barata. — Preto como os olhos do Grande Rei de Elfhame.

A garçonete só olha para ele por um tempo, rabisca alguma coisa no bloco que tem nas mãos e volta o olhar para mim.

— A mesma coisa — digo, sem saber o que mais poderia pedir.

Quando ela se afasta, abro o cardápio e olho as fotos. Acontece que lá tem de *tudo*. Pilhas de comida. Asas de frango brilhantes, cobertas de molho, acompanhadas de potinhos com mais molho. Uma pilha de batatas cortadas e fritas com salsichas crocantes e ovos borbulhantes. Tortas de trigo maiores do que minha mão aberta, com manteiga e xarope brilhante.

— Sabia que seu povo já achou que os feéricos vieram a este mundo e tiraram a parte saudável da comida mortal?

— E vieram? — pergunto com um sorriso.

Ele dá de ombros.

— Alguns truques ficam perdidos no tempo. Mas admito que a comida mortal tem muita substância.

A garçonete volta com canecas de café quentes e aqueço minhas mãos nelas enquanto Barata pede picles fritos e asas de frango, um hambúrguer e um milk-shake. Eu peço uma omelete com cogumelos e uma coisa chamada queijo pepper jack.

Ficamos sentados em silêncio por um tempo. Vejo Barata abrir pacotes de açúcar e virar na caneca. Não faço nada na minha. Estou acostumada com as bebidas com chantilly em cima que Vivi levava para mim, mas há algo de satisfatório em tomar café assim, quente e amargo.

Preto como os olhos do Grande Rei de Elfhame.

— E então — Barata quebra o silêncio. — Quando você vai contar ao rei sobre a mãe dele?

— Ela não quer que ele saiba.

Barata franze a testa.

— Você fez melhorias na Corte das Sombras. Você é jovem, e é ambiciosa de uma forma que talvez só os jovens possam ser. Eu te avalio por três coisas e três coisas apenas: o quanto é sincera conosco, o quanto é capaz e o que quer para o mundo.

— E onde lady Asha se encaixa nisso tudo? — pergunto enquanto a garçonete chega com a nossa comida. — Porque já estou sentindo que tem alguma coisa. Você não começou com aquela pergunta por nada.

Minha omelete é enorme, um galinheiro inteiro de ovos. Os cogumelos têm formas idênticas, como se alguém tivesse moído cogumelos de verdade e feito versões novas com cortadores de biscoitos. O gosto também é assim. Com a comida de Barata empilhada do outro lado, a mesa logo fica lotada e pesada.

Ele come um pedaço de asa de frango e lambe os lábios com a língua preta.

— Cardan faz parte da Corte das Sombras. Nós podemos fazer jogos com o mundo, mas não fazemos jogos uns com os outros. Esconder mensagens de Balekin é uma coisa. Mas a mãe dele... Ele sabe que ela não está morta?

— Você está escrevendo uma tragédia sem motivo — digo. — Não temos razão para acreditar que ele não sabe. E Cardan não é um de nós. Ele não é espião.

Barata morde o último pedaço de cartilagem do osso da galinha e o quebra entre os dentes. Já terminou o prato todo e, depois de empurrá-lo para o lado, começa a comer os picles.

— Você fez um acordo para que eu o treinasse e eu fiz isso. Prestidigitação. Furtar coisas de bolsos. Pequenas mágicas. Ele é bom.

Penso na moeda sobre os dedos longos enquanto ele se agachava nos restos queimados dos aposentos. Faço cara feia para Barata.

Ele só ri.

— Não me olhe assim. Foi você quem fez o acordo.

Mal me lembro dessa parte de tão concentrada que estava em fazer com que Cardan aceitasse um ano e um dia de serviço. Se ele jurasse a mim, eu poderia colocá-lo no trono. Eu teria prometido bem mais do que aulas de espionagem.

Mas quando penso na noite em que ele sofreu o disparo, a noite em que fez o truque com a moeda, não consigo deixar de pensar em Cardan me olhando da minha cama, embriagado e perturbadoramente embriagante.

Me beija até eu ficar cansado do seu beijo.

— E agora ele está fingindo, não está? — continua Barata. — Porque se ele for o verdadeiro Grande Rei de Elfhame, o que devemos seguir até o fim dos dias, então fomos um tanto desrespeitosos ao controlar o reino por ele. Mas se estiver fingindo, então ele é um espião de verdade e melhor do que a maioria de nós. O que o torna parte da Corte das Sombras.

Eu tomo meu café em um gole escaldante.

— Nós não podemos falar sobre isso.

— Em casa, não podemos mesmo — observa Barata com uma piscadela. — É por isso que estamos aqui.

Eu pedi que ele seduzisse Nicasia. Sim, acho que fui "um tanto desrespeitosa" com o Grande Rei de Elfhame. E Barata está certo: Cardan não se comportou como se fosse real demais para o meu pedido. Esse não foi o motivo para ele se ofender.

— Tudo bem — cedo, derrotada. — Vou pensar em um jeito de falar com ele.

Barata sorri.

— A comida aqui é boa, né? Às vezes sinto falta do mundo mortal. Mas, para o bem ou para o mal, meu trabalho em Elfhame ainda não acabou.

— Espero que seja para o bem — brinco, e dou uma mordida no bolinho frito de batata ralada que veio com minha omelete.

Barata ri. Ele está tomando o milk-shake, os pratos vazios e empilhados de um lado. Ele levanta a caneca em uma saudação.

— Ao triunfo do bem, mas não antes de termos o nosso.

— Quero perguntar uma coisa — falo, batendo com a caneca na dele. — Sobre Bomba.

— Deixe Bomba de fora disso tudo — pede ele, me observando. — E se puder, deixe-a de fora dos seus planos contra o Reino Submarino também. Sei que você está sempre se metendo em problemas, como se não tivesse medo do perigo, mas se precisar de alguém ao seu lado, escolha uma criatura menos atraente.

— Inclusive você? — pergunto.

— Seria bem melhor — concorda ele.

— Porque você a ama?

Barata franze a testa para mim.

— E se amasse? Você mentiria para mim sobre minhas chances?

— Não... — eu começo a dizer, mas ele me interrompe.

— Eu amo uma boa mentira. — Ele se levanta e deixa saquinhos de moedas prateadas na mesa. — Amo ainda mais uma boa mentirosa, o que é bom para você. Mas algumas mentiras não precisam ser contadas.

Mordo o lábio, incapaz de dizer mais nada sem revelar os segredos de Bomba.

Depois da lanchonete, nós nos separamos, os dois com erva-de-santiago no bolso. Eu observo Barata ir, pensando nas coisas que disse sobre Cardan. Estava tentando tanto não pensar nele como o Grande Rei de Elfhame que simplesmente não me perguntei se *ele* se considerava o Grande Rei. E, se não se considerava, se isso significava que ele se via como um dos meus espiões, então.

Sigo para o apartamento da minha irmã. Embora no passado eu tenha vestido roupas mortais para andar pelo shopping e tenha tentado me comportar naturalmente, descobri que chegar ao Maine de gibão e botas de montaria atrai alguns olhares, mas não causa nenhum medo de que eu tenha vindo de outro mundo.

Talvez eu esteja voltando de uma feira medieval, uma garota sugere quando passo por ela. Ela foi a uma alguns anos antes e gostou muito da justa. Comeu uma coxa grande de peru e experimentou hidromel.

— Sobe à cabeça — eu digo a ela. Ela concorda.

Um homem idoso com um jornal comenta que devo estar fazendo uma peça de Shakespeare no parque. Uns sujeitos numa escada gritam que o Halloween é em outubro.

Os feéricos sem dúvida aprenderam essa lição há muito tempo. Eles não precisam enganar os humanos. Os humanos enganam a si mesmos.

É com isso em mente que atravesso o gramado cheio de dentes-de-leão, subo a escada até a porta da minha irmã e bato.

Heather a abre. O cabelo rosa foi retocado para o casamento. Por um momento, ela parece surpresa, provavelmente pela minha roupa, mas sorri e abre a porta.

— Oi! Obrigada por aceitar dirigir. Está quase tudo pronto. Seu carro é grande?

— Sem dúvida — minto, procurando Vivi pela cozinha com uma espécie de desespero. Como minha irmã mais velha está achando que isso vai rolar se não contou *nada* a Heather? Se ela acredita que tenho um *carro* em vez de *ramos de erva-de-santiago*?

— Jude! — grita Oak, pulando da cadeira em frente à mesa. Ele me envolve em seus braços. — Podemos ir? Já estamos indo? Fiz presentes para todo mundo na escola.

— Vamos ver o que Vivi vai dizer — respondo e o aperto. Ele está maior do que eu lembrava. Até os chifres parecem um pouco mais longos, apesar de ele não poder ter crescido tanto em tão pouco tempo, não é?

Heather mexe em um botão e a cafeteira começa a funcionar. Oak sobe em uma cadeira, entorna cereal da cor de balas em uma tigela e começa a comer sem leite.

Passo direto por ele e entro na sala. Lá fica a escrivaninha de Heather, cheia de canetas e tintas. Tem trabalhos impressos pendurados na parede acima.

Além de fazer quadrinhos, Heather trabalha por meio período em uma fotocopiadora para ajudar a pagar as contas. Ela acredita que Vivi também tem um emprego, o que pode ou não ser ficção. Há empregos para feéricos no mundo mortal, só não é o tipo de emprego sobre o qual se conta para a namorada humana.

Principalmente se a pessoa convenientemente nunca mencionou que não é humana.

A mobília delas é uma coleção de coisas de bazares de garagem, de centros de donativos e de coisas achadas na rua. Na parede, há pratos velhos com animais engraçados de olhos grandes, bordados com frases ameaçadoras, a coleção de Heather de vinis, mais arte dela e desenhos de giz de cera feitos por Oak.

Em um dos desenhos, Vivi, Heather e Oak estão juntos, representados como ele os vê: a pele escura e o cabelo rosa de Heather, a pele pálida e os olhos de gato de Vivi, os próprios chifres. Tenho certeza de que Heather acha fofo o fato de Oak ter desenhado a si mesmo e Vivi como monstros. Tenho certeza de que vê como sinal de criatividade.

Isso vai ser horrível. Estou preparada para Heather gritar com a minha irmã... e Vivi bem que merece. Mas não quero que ela magoe os sentimentos de Oak.

Encontro Vivi no quarto, ainda fazendo as malas. É pequeno em comparação aos aposentos em que passamos a infância e bem menos arrumado do que o restante do apartamento. As roupas dela estão espalhadas para todo lado. Tem cachecóis jogados na cabeceira, pulseiras no pé da cama, sapatos embaixo dela.

Eu me sento no colchão.

— Para onde Heather acha que vai hoje?

Vivi abre um grande sorriso.

— Você recebeu meu recado! Parece que é mesmo possível enfeitiçar pássaros para fazerem coisas úteis.

— Você não precisa de mim — lembro a ela. — É perfeitamente capaz de fazer todos os cavalos de erva-de-santiago de que precisa... uma coisa que não consigo fazer.

— Heather acha que vamos ao casamento da minha irmã Taryn, o que é verdade, em uma ilha na costa do Maine, o que também é verdade. Está vendo? Nenhuma mentira foi contada.

Começo a entender por que fui convocada.

— E quando ela quis dirigir, você disse que sua irmã viria buscar vocês.

— Bom, ela achou que haveria uma barca, e eu não podia concordar nem discordar disso — diz Vivi com a sinceridade jovial que sempre admirei e que também sempre me espantou.

— E agora você vai ter que contar a grande verdade — ressalto. — Ou... eu tenho uma proposta: não conte. Fique adiando. Não vá ao casamento.

— Madoc avisou que você diria isso — diz ela, franzindo a testa.

— É perigoso demais... por motivos complicados com os quais você não se importa. A Rainha Submarina quer que a filha se case com Cardan e está tramando com Balekin, que tem seus próprios interesses. Ela provavelmente está manipulando ele, mas como ela é melhor em ser pior, isso não é bom.

— Você está certa — reconhece Vivi. — Eu não ligo. Política é chato.

— Oak está correndo perigo — tento. — Madoc quer usá-lo de isca.

— Sempre há perigo — diz Vivi, jogando um par de botas em cima de uns vestidos amassados. — O Reino das Fadas é uma ratoeira cheia de perigos. Mas se eu deixar que isso nos afaste, como vou poder olhar na cara do meu pai cabeça-dura?

Vivi não para por aí.

— Sem mencionar minha irmã cabeça-dura, que vai nos proteger enquanto nosso pai orquestra suas tramas. Pelo menos foi o que ele disse.

Solto um gemido. É típico dele me colocar em um papel que não posso negar, mas que serve ao propósito dele. E é bem o jeito dela me ignorar e acreditar que sabe mais.

Alguém em quem você confia já te traiu.

A pessoa em quem mais confiei na vida foi Vivi. Confiei Oak a ela, confiei a verdade, confiei meu plano. Eu sempre confiei nela porque ela é minha irmã mais velha, porque ela não liga para o Reino das Fadas. Mas passa pela minha cabeça que, se ela me traísse, eu estaria ferrada.

Eu queria que ela não ficasse me lembrando que vive falando com Madoc.

— E você confia no papai? Isso é novidade.

— Ele não serve para muita coisa, mas sabe bolar um plano — diz Vivi, o que não é tão tranquilizador. — Venha. Me conte sobre Taryn. Ela está animada?

Como posso responder?

— Locke conseguiu ser Mestre da Esbórnia. Ela não está muito feliz com esse novo título nem com o comportamento dele. Acho que grande parte da motivação de Locke para sair transando por aí é irritá-la.

— Isso não é chato — fala Vivi. — Continua.

Heather entra no quarto com duas xícaras de café. Nós paramos de falar enquanto ela entrega uma para mim e uma para Vivi.

— Eu não sei como você gosta, então fiz igual ao da Vee — diz ela.

Tomo um gole. Está muito doce. Já tomei muito café naquela manhã, mas tomo mais mesmo assim.

Preto como os olhos do Grande Rei de Elfhame.

Heather encosta na porta.

— Acabou de fazer as malas?

— Quase. — Vivi verifica a mala e acrescenta um par de galochas. Então olha ao redor, como se pensando no que mais poderia enfiar lá dentro.

Heather franze a testa.

— Você vai levar isso tudo para uma semana?

— Só a camada de cima é de roupas. Por baixo estão coisas para Taryn, que são difíceis de conseguir na... *ilha*.

— Você acha que o que estou pensando em usar está bom?

Entendo por que Heather está preocupada, pois ela não conhece minha família. Ela acredita que nosso pai é severo. Ela nem tem ideia.

— Claro — responde Vivi, então olha para mim. — É um vestido prateado lindo.

— Use o que quiser. De verdade — interfiro, pensando que vestidos e trapos e nudez... tudo é aceitável no Reino das Fadas. Ela está prestes a ter problemas bem maiores.

— Vamos logo. Não queremos ficar presas no trânsito — apressa Heather, e sai de novo. Na sala, ouço-a falando com Oak, perguntando se ele quer leite.

— Então — diz Vivi. — Você estava dizendo...

Solto um longo suspiro e indico a porta com a xícara de café, arregalando os olhos.

Vivi balança a cabeça.

— Anda logo. Você não vai conseguir me contar nada quando chegarmos lá.

— Você já sabe — digo. — Locke vai fazer Taryn infeliz. Mas ela não quer ouvir isso e, principalmente, não quer ouvir de mim.

— Vocês já lutaram com espadas por causa dele — observa Vivi.

— Exatamente. Eu não sou objetiva. Ou não pareço objetiva.

— Mas sabe o que fico pensando? — Ela fecha a mala e se senta em cima para conseguir deslizar o zíper. Olha para mim com os olhos de gato, idênticos aos de Madoc. — Você manipulou o Grande Rei do Reino das Fadas para que te obedecesse, mas não consegue arrumar um jeito de manipular um babaca para fazer nossa irmã feliz?

Não é justo, tenho vontade de gritar. A última coisa que fiz antes de ir até a casa de Vivi foi ameaçar Locke, mandar que não fizesse mal a Taryn depois que eles se casassem... senão ele se veria comigo. Mas as palavras dela me abalam mesmo assim.

— Não é tão simples.

Ela suspira.

— Acho que nada nunca é.

CAPÍTULO 18

Oak segura minha mão e carrego a malinha dele pela escada na direção do estacionamento vazio.

Olho para Heather. Ela está arrastando a mala e umas cordas que disse que podemos usar se tivermos que colocar uma das malas no teto do carro. Não contei que nem temos carro.

— E aí — falo, olhando para Vivi.

Ela sorri e estica a mão para mim. Pego os ramos de erva-de-santiago no bolso e entrego a ela.

Não consigo olhar para o rosto de Heather. Eu me viro para Oak. Ele está pegando trevos-de-quatro-folhas na grama, encontrando-os sem esforço e fazendo um buquê.

— O que você está fazendo? — pergunta Heather, intrigada.

— Não vamos de carro. Vamos voar — responde Vivi.

— A gente vai para o aeroporto?

Vivi ri.

— Você vai amar isso. Corcel, surja e nos leve aonde eu mandar.

Há um ofego engasgado atrás de mim. Heather grita. Eu me viro, apesar de todos os meus esforços.

Os cavalos de erva-de-santiago estão na frente do prédio. São pôneis amarelos com aparência de famintos, crinas finas e olhos de esmeralda, como cavalos-marinhos em terra que ganham vida resfolegando e fungando. E quem também está na frente do prédio é Heather, as mãos sobre a boca.

— Surpresa! — exclama Vivi, continuando a se comportar como se fosse uma coisa sem muita importância. Oak, que claramente ansiava pelo momento, decide remover o próprio glamour e revela os chifres.

— Está vendo, Heather?! — diz ele. — Nós somos mágicos. Está surpresa?

Ela olha para Oak, para os pôneis de erva-de-santiago monstruosos e se senta na mala.

— Tudo bem — diz ela. — Isso é algum tipo de pegadinha, mas um de vocês vai me dizer o que está acontecendo, senão vou voltar para dentro de casa e trancar todo mundo do lado de fora.

Oak fica desanimado. Ele realmente esperava que ela ficasse feliz. Passo o braço em volta dele e massageio seu ombro.

— Venha, meu docinho — chamo. — Vamos carregar as malas, elas vêm depois. Mamãe e papai estão animados para te ver.

— Estou com saudade deles — revela Oak. — De você também.

Dou um beijo em sua bochecha macia quando o coloco no cavalo. Ele olha por cima do meu ombro para Heather.

Atrás de mim, ouço Vivi começar a explicar.

— O Reino das Fadas existe. A magia existe. Está vendo? Eu não sou humana e meu irmão também não. E nós vamos levar você para uma ilha mágica para ficar conosco durante a semana toda. Não tenha medo. Nós não somos assustadores.

Consigo pegar as cordas das mãos trêmulas de Heather enquanto Vivi mostra as orelhas pontudas e os olhos de gato e tenta explicar por que nunca contou nada para ela antes.

Nós definitivamente somos assustadores.

Algumas horas depois, estamos na sala de Oriana. Heather, ainda perplexa e chateada, anda pelo ambiente observando as estranhas obras de arte na parede, as estampas sinistras de besouros e chifres no bordado dos tecidos.

Oak está sentado no colo de Oriana, deixando que ela o aninhe nos braços como se ele fosse novamente um bebê. Os dedos pálidos mexem em seu cabelo, que ela acha curto demais, e ele conta uma história longa e confusa sobre a escola e como as estrelas são diferentes no mundo mortal e como é o gosto de creme de amendoim.

Dói um pouco assistir porque Oriana não deu à luz Oak, assim como não deu Taryn e eu, mas ela é claramente mãe de Oak, enquanto se recusou firmemente a ser nossa.

Vivi tira presentes da mala. Sacos de grãos de café, brincos de vidro no formato de folhinhas, latas de doce de leite.

Heather anda até mim.

— Então é tudo real.

— Bem, bem real — confirmo.

— E é verdade que essas pessoas são elfos, que Vee é um elfo, como nas histórias? — Heather olha ao redor de novo, com cautela, como quem espera que um unicórnio da cor do arco-íris irrompa pelo gesso e pelas ripas.

— É — digo. Ela parece meio surtada, mas não com raiva de Vivi, o que já é alguma coisa. Talvez a novidade seja maior que a raiva, pelo menos.

Ou talvez Heather esteja honestamente satisfeita. Vivi estava certa sobre a forma como devia contar a ela, e o encanto só levou alguns minutos para surgir. O que eu sei sobre o amor?

— E este lugar é... — Ela para de falar. — Oak é tipo um príncipe? Ele tem chifres. E Vivi tem aqueles olhos.

— Olhos de gato, como os do pai. É muita coisa, eu sei.

— Ele é meio assustador — diz Heather. — Seu pai. Desculpe, quer dizer, o pai da Vee. Ela diz que ele não é seu pai de verdade.

Eu me encolho, embora tenha certeza de que Vivi não teve qualquer intenção de dizer aquilo. Talvez nem tenha falado com essas palavras.

— Porque você é humana — Heather continua. — Você é humana, né?

Eu assinto, e o alívio no rosto dela fica claro. Ela ri um pouco.

— Não é fácil ser humano no Reino das Fadas — digo. — Venha andar comigo. Vou te mostrar algumas coisas.

Ela tenta chamar a atenção de Vivi, mas ela ainda está sentada no tapete, remexendo na mala. Vejo mais badulaques, pacotes de alcaçuz, fitas de cabelo e um pacote grande embrulhado com um papel branco com uma fita dourada, a palavra *Parabéns* por todo o comprimento.

Sem saber o que fazer, Heather me segue. Vivi nem parece reparar.

É estranho estar de volta à casa onde passei a infância. É tentador subir a escada e abrir a porta do meu antigo quarto para ver se ainda tem algum sinal meu lá. É tentador entrar no escritório de Madoc e remexer nos papéis dele, como a espiã que sou.

Mas sigo para o gramado, na direção do estábulo. Heather respira fundo. Os olhos dela são atraídos para as torres visíveis atrás das árvores.

— Vee falou sobre regras? — pergunto enquanto andamos.

Heather balança a cabeça, claramente intrigada.

— Regras?

Vivi ficou do meu lado muitas vezes, quando mais ninguém ficou, então sei que ela se importa. Ainda assim, parece cegueira voluntária não perceber as dificuldades que Taryn e eu enfrentamos como mortais, o cuidado que tivemos que ter e o cuidado que Heather precisa ter enquanto estiver aqui.

— Ela disse que eu devia ficar junto dela — diz Heather, provavelmente vendo a frustração no meu rosto e querendo defender Vivi. — Que eu não deveria sair andando com ninguém da família.

Eu balanço a cabeça.

— Não é só isso. Escute, os feéricos podem enfeitiçar as coisas para que pareçam diferentes do que são. Podem mexer com a sua cabeça... te encantar, te persuadir a fazer coisas que você normalmente não faria. E tem a maçã-eterna, a fruta feérica. Se provar, a única coisa em que vai conseguir pensar é comer mais.

Eu pareço Oriana falando.

Heather está me olhando com horror e possivelmente descrença. Fico me perguntando se fui longe demais. Tento de novo, com um tom um pouco mais calmo.

— Estamos em desvantagem aqui. Os feéricos não envelhecem, são imortais e mágicos. E não gostam muito de humanos. Portanto, não baixe a guarda, não faça barganhas e leve algumas coisas específicas com você o tempo todo: sorvas secas e sal.

— Tudo bem.

Ao longe, vejo dois sapos mágicos de Madoc no gramado sendo cuidados por lacaios.

— Você está aceitando tudo muito bem — digo.

— Eu tenho duas perguntas. — Alguma coisa em sua voz ou na forma como se mexe me faz perceber que talvez esteja sendo mais difícil do que eu pensei. — Um: o que é sorva seca? E dois: se o Reino das Fadas é o que você diz, por que mora aqui?

Abro a boca, mas volto a fechá-la.

— É a minha casa — digo por fim.

— Não precisa ser — rebate ela. — Se Vee pode ir embora, você também pode. Como falou, você não é uma deles.

— Venha até a cozinha — peço, então mudo o caminho para a casa.

Quando entramos, Heather fica hipnotizada pelo caldeirão enorme, grande o suficiente para nós duas nos banharmos dentro. Ela olha para os corpos depenados de perdizes na bancada, ao lado da massa aberta para fazer torta.

Vou até o pote de vidro de ervas e tiro algumas sorvas secas. Pego um fio grosso usado para costurar o recheio dentro das galinhas e um pedaço de pano de embrulhar queijo para fazer uma trouxinha.

— Deixe isso no bolso ou no sutiã — oriento. — Carregue com você o tempo todo enquanto estiver aqui.

— E isso vai me deixar segura? — pergunta Heather.

— Um pouco mais segura — digo, costurando um saco de sal. — Polvilhe isto no que for comer. Não esqueça.

— Obrigada. — Ela segura meu braço e aperta de leve. — Nossa, isso não parece real. Sei que deve soar ridículo. Estou parada na sua frente, sinto o cheiro das ervas e do sangue daquelas aves esquisitas. Se você enfiasse aquela agulha em mim, provavelmente doeria. Mas mesmo assim não parece real. Apesar de agora todas as desculpas evasivas que Vivi deu para não responder coisas da vida normal, como em que escola ela fez ensino médio, fazerem sentido. Mas quer dizer que o mundo está de cabeça para baixo.

Quando eu estava lá, no shopping, no apartamento de Heather, a diferença entre eles e nós pareceu tão enorme que não imagino como Heather está digerindo tudo.

— Nada do que você disser vai parecer ridículo para mim — falo.

O olhar dela ao observar a fortaleza, ao inspirar o ar do fim da tarde, está cheio de interesse esperançoso. Tenho uma lembrança desconfortável de uma garota com pedras nos bolsos e fico desesperadamente aliviada por Heather estar disposta a aceitar o mundo dela sendo virado de cabeça para baixo.

Na sala, Vivi sorri para nós.

— Jude levou você para fazer o grande passeio?

— Eu fiz um talismã para ela — digo, meu tom deixando claro que quem deveria ter feito isso era ela.

— Que bom — responde Vivi com alegria, porque é necessário bem mais do que um tom meio irritado para incomodá-la quando as coisas estão saindo como ela quer. — Oriana me disse que você não tem aparecido muito. Sua briga com o querido papai parece bem séria.

— Você sabe o que custou a ele — digo.

— Fique para o jantar. — Oriana se levanta, pálida como um fantasma, e me encara com seus olhos de rubi. — Madoc ia gostar. E eu também.

— Não posso — respondo, mas lamento de verdade não poder. — Já fiquei mais tempo aqui do que deveria, mas vejo vocês no casamento.

— As coisas sempre são *superdramáticas* por aqui — diz Vivi para Heather. — Épicas. Todo mundo age como se tivesse saído de um filme de assassinato.

Heather olha para Vivi como se talvez ela também tivesse saído de um filme.

— Ah! — exclama Vivi, enfiando a mão na mala de novo e tirando outro pacote molengo embrulhado com uma fita preta. — Você pode levar isto para Cardan? É um presente de "parabéns por ser rei".

— Ele é o *Grande Rei de Elfhame* — repreende Oriana. — Não importa se vocês brincaram juntos, você não pode chamá-lo como chamava quando eram crianças.

Fico parada com expressão idiota por um momento, sem pegar o pacote. Eu sabia que Vivi e Cardan eram amigos. Afinal, foi Vivi quem contou a Taryn sobre a cauda, depois de tê-la visto quando eles estavam nadando juntos com uma das irmãs dele.

Eu só tinha esquecido.

— Jude? — chama Vivi.

— Acho melhor você entregar pessoalmente — digo e, com isso, fujo da minha antiga casa antes de Madoc voltar e eu ser tomada de nostalgia.

Passo pela sala do trono, onde Cardan está sentado de frente para uma das mesas baixas, a cabeça inclinada na direção da de Nicasia. Não consigo ver o rosto dele, mas vejo o dela quando inclina a cabeça para trás, rindo, exibindo o pescoço comprido. Ela parece incandescente de alegria, a atenção de Cardan sendo a luz na qual a beleza dela brilha mais.

Ela o *ama*, me dou conta com um certo incômodo. Ela o ama e o traiu com Locke e agora está morrendo de medo de ele nunca mais a amar de novo.

Cardan passa os dedos pelo braço dela e para no punho; eu me lembro vividamente do sentimento daquelas mãos em mim. Minha pele se aquece com a lembrança, um rubor que começa no meu pescoço e se espalha.

Me beija até eu ficar cansado do seu beijo, ele disse, e agora se esbaldou nos meus beijos. Agora, certamente está cansado deles.

Odeio vê-lo com Nicasia. Odeio pensar nele tocando em Nicasia. Odeio que esse plano seja meu, que eu não tenha de quem sentir raiva além de mim mesma.

Sou uma idiota.

A dor fortalece, disse Madoc uma vez, me fazendo erguer uma espada repetidas vezes. *Acostume-se com o peso.*

Eu me obrigo a não assistir mais. Vou me encontrar com Vulciber para coordenar a escolta de Balekin até o palácio para a audiência com Cardan.

Em seguida, vou para a Corte das Sombras e recebo informações sobre cortesãos, ouço boatos de que Madoc está reunindo forças como se estivesse se preparando para uma guerra que ainda espero evitar. Envio dois espiões às cortes inferiores com o maior número de jovens não jurados para ver o que conseguem descobrir. Falo com Bomba sobre Grimsen, que fez um broche com uma pedra que permite que Nicasia conjure asas finas e voe.

— O que você acha que ele quer? — pergunto.

— Elogios, lisonjas — diz Bomba. — Talvez encontrar um novo patrocinador. Talvez ele não se importasse de ganhar um beijo.

— Você acha que ele está interessado em Nicasia por causa de Orlagh ou por ela mesma?

Bomba dá de ombros.

— Ele está interessado na beleza de Nicasia e no poder de Orlagh. Grimsen foi para o exílio com o primeiro Alderking; acredito que na próxima vez que for jurar lealdade, vai estar muito seguro do monarca a quem vai se declarar.

— Ou talvez ele não queira jurar lealdade nunca mais — pondero, determinada a fazer uma visita a ele.

Grimsen escolheu morar e trabalhar na antiga forja que Cardan deu a ele, apesar de estar coberta de roseiras e não no melhor estado.

Há uma linha fina de fumaça subindo da chaminé quando me aproximo. Bato três vezes e espero.

Alguns momentos depois, ele abre a porta e deixa sair uma onda de calor forte o suficiente para me fazer dar um passo para trás.

— Eu te conheço — diz ele.

— Rainha da Euforia — admito, falando de uma vez.

Ele ri e balança a cabeça.

— Eu conheci seu pai mortal. Ele fez uma faca para mim uma vez, viajou até Fairfold para perguntar o que eu achava.

— E o que você achou? — Fico me perguntando se isso foi antes de Justin chegar a Elfhame, antes da minha mãe.

— Ele tinha talento. Falei que se ele treinasse por cinquenta anos, talvez fizesse a lâmina mais incrível já feita por um homem mortal. Falei que se treinasse por *cem* anos, talvez fizesse uma das melhores lâminas de todas. Nada disso o satisfez. Então falei que revelaria um dos meus segredos: ele poderia aprender tudo que aprenderia em cem anos em apenas um dia se fizesse uma barganha comigo. Se abrisse mão de uma coisa que ele não queria perder.

— Ele fez a barganha? — pergunto.

Grimsen parece satisfeito.

— Ah, como você gostaria de saber! Entre.

Com um suspiro, eu entro. O calor é quase insuportável e o fedor de metal domina meus sentidos. No aposento escuro, o que mais vejo é fogo. Minha mão vai até a faca na minha manga.

Felizmente, passamos pela forja e vamos para a parte habitada da casa. Está desarrumada, todas as superfícies cobertas de coisas lindas: pedras, joias, lâminas e outros ornamentos. Ele pega uma cadeirinha de madeira para mim e se senta em um banco baixo.

Grimsen tem um rosto abatido e enrugado, e o cabelo prateado está de pé, como se ele o tivesse puxado enquanto trabalhava. Hoje ele não está usando jaqueta com pedras; está usando uma túnica surrada de couro por cima de uma camisa suja de cinzas. Há sete aros dourados pesados pendurados nas orelhas pontudas grandes.

— O que a traz à minha forja? — pergunta ele.

— Eu estava com esperanças de encontrar um presente para a minha irmã. Ela vai se casar em poucos dias.

— Algo especial, então.

— Sei que você é um ferreiro lendário. Pensei que talvez não vendesse mais sua mercadoria.

— A fama não importa, eu continuo sendo mercador — diz ele, levando as mãos ao peito. Ele parece feliz em ser elogiado. — Mas é verdade que não negocio mais com moedas, só faço trocas.

Eu deveria ter pensado que haveria algum truque. Ainda assim, olho para ele e pisco, o retrato da inocência.

— O que posso lhe dar que você já não tenha?

— Vamos descobrir — diz ele. — Me conte sobre sua irmã. É um casamento por amor?

— Deve ser — respondo, pensando. — Pois não há valor prático na união.

Ele ergue a sobrancelha.

— Sim, entendi. E sua irmã se parece com você?

— Nós somos gêmeas.

— Pedras azuis, então, pela sua cor. Talvez um colar de lágrimas, para que ela não precise derramar mais nenhuma? Um broche de dentes para morder maridos irritantes? Não. — Ele continua a andar pelo espaço apertado. Ergue um anel. — Para trazer um filho? — Ao ver minha expressão, ele sugere um par de brincos, um deles em formato de lua crescente e o outro em formato de estrela. — Ah, sim. Aqui. É isto que você quer.

— O que fazem?

O ferreiro ri.

— São lindos. Isso não basta?

Olho para Grimsen com ceticismo.

— Seria suficiente apenas pela beleza deles, mas aposto que não é só isso.

Ele gosta da resposta.

— Garota inteligente. Além de serem lindos, eles aumentam a beleza. Deixam uma pessoa mais linda do que realmente é, dolorosamente linda. O marido dela não vai sair de perto por um bom tempo.

A expressão no rosto do ferreiro é um desafio. Ele acredita que sou vaidosa demais para dar um presente desses para a minha irmã.

Como ele conhece bem o coração humano egoísta! Taryn vai ser uma noiva linda. Será que eu, a irmã gêmea dela, quero me encobrir ainda mais sob sua sombra? Até que ponto posso suportar isso?

Mas que presente melhor para uma garota humana casada com a beleza de um feérico?

— O que você desejaria por eles? — pergunto.

— Ah, várias coisinhas. Um ano da sua vida. O vigor do seu cabelo. O som da sua risada.

— Minha risada não é tão doce assim.

— Não doce, mas aposto que é rara — observa ele, e me pergunto como sabe disso.

— E as minhas lágrimas? — sugiro. — Você poderia fazer outro colar.

Ele me olha, como se avaliando com que frequência eu choro.

— Aceito uma única lágrima — diz por fim. — E você vai levar uma proposta ao Grande Rei por mim.

— Que tipo de proposta? — pergunto.

— Todos sabem que o Reino Submarino ameaçou a terra. Diga para o seu rei que se ele declarar guerra, farei uma armadura de gelo que vai destruir todas as lâminas que o acertarem e que vai deixar o coração dele frio demais para que sinta pena. Diga que farei três espadas que, quando usadas na mesma batalha, lutarão com a força de trinta soldados.

Fico chocada.

— Eu direi. Mas por que você iria querer isso?

Ele faz uma careta e pega um pano para polir os brincos.

— Tenho uma reputação a reconstruir, minha senhora, e não só como fazedor de badulaques. Houve uma época em que reis e rainhas me procuravam como suplicantes. Em que eu fazia coroas e lâminas para mudar o mundo. Está a alcance do Grande Rei restaurar minha fama, e está a meu alcance aumentar o poder dele.

— E o que acontece se ele gostar do mundo como é? — pergunto. — Sem mudanças.

Ele ri baixinho.

— Então farei para você um vidrinho capaz de suspender o tempo.

A lágrima é retirada do canto do meu olho com um sifão comprido. Em seguida vou embora, levando os brincos de Taryn e mais perguntas.

Nos meus aposentos, levo os brincos às minhas orelhas. Mesmo no reflexo do espelho, percebo meus olhos líquidos e luminosos. Minha boca parece mais vermelha, minha pele cintila como se eu tivesse acabado de sair de um banho.

Eu os embrulho antes que mude de ideia.

CAPÍTULO 19

Fico pelo restante da noite na Corte das Sombras, repassando o plano para manter Oak protegido. Pensando em guardas alados que poderiam subir com ele no ar caso seja atraído pelos prazeres do mar onde antes ele brincava. Numa espiã disfarçada de babá, para segui-lo e cuidar dele e provar tudo antes que ele possa comer. Arqueiros nas árvores, as flechas apontadas para todo mundo que chegue perto demais do meu irmão.

Quando estou tentando prever o que Orlagh pode fazer e como saber assim que acontecer, ouço uma batida na porta.

— Sim? — grito, e Cardan entra.

Dou um pulo e fico de pé, surpresa. Não esperava que ele estivesse aqui, mas ele está, usando roupas elegantes e desarrumadas. Os lábios estão um pouco inchados, o cabelo desgrenhado. Parece ter saído da cama, e não da dele.

Ele joga um pergaminho na minha mesa.

— O que é isso? — pergunto, minha voz saindo tão fria quanto eu poderia desejar.

— Você estava certa — diz ele, e parece uma acusação.

— O quê?

Cardan se apoia no batente da porta.

— Nicasia revelou os segredos. Bastaram um pouco de gentileza e uns beijos.

Nossos olhares se encontram. Se eu afastar o rosto, ele vai saber que estou constrangida, mas tenho medo de que perceba mesmo assim. Minhas bochechas ficam quentes. Não sei se vou conseguir olhar para ele novamente sem lembrar de como foi tocá-lo.

— Orlagh vai atacar no casamento de Locke e sua irmã.

Eu me sento na cadeira e olho todas as anotações na minha frente.

— Tem certeza?

Ele assente.

— Nicasia disse que, com o crescimento do poder mortal, a terra e o mar deviam se unir. E que se uniriam, seja da forma que ela espera ou da forma que eu devo temer.

— Ameaçador.

— Parece que tenho um gosto singular por mulheres que me ameaçam.

Não consigo pensar no que dizer em resposta, então conto sobre a proposta de Grimsen de fazer uma armadura e espadas que o levarão à vitória.

— Desde que você esteja disposto a lutar contra o Reino Submarino.

— Grimsen quer que eu entre numa guerra para restaurar a antiga glória dele? — pergunta Cardan.

— Basicamente.

— Isso é que é ambição — ironiza Cardan. — Poderia restar só uma planície inundada e vários pinheiros ainda em chamas, mas quatro feéricos encolhidos em uma caverna úmida teriam ouvido o nome Grimsen. É preciso admirar o foco. Acho que você não disse para ele que declarar guerra era decisão sua, não minha.

Se ele for o verdadeiro Grande Rei de Elfhame, o que devemos seguir até o fim dos dias, então fomos um tanto desrespeitosos ao controlar o reino por ele.

Mas se estiver fingindo, então ele é um espião de verdade e melhor do que a maioria de nós.

— Claro que não.

Por um momento, há silêncio entre nós.

Ele dá um passo na minha direção.

— Na outra noite...

Eu o interrompo.

— Fiz pelo mesmo motivo que você. Para tirar da minha cabeça.

— E tirou? — pergunta ele. — Da cabeça?

Eu o encaro e minto.

— Tirei.

Se Cardan me tocar, se der mais um passo na minha direção, minha mentira será exposta. Acho que não consigo esconder o desejo estampado no rosto. Mas, para o meu alívio, ele assente com os lábios apertados e sai.

Na sala ao lado, ouço Barata chamar Cardan e oferecer ensinar a ele o truque de levitar uma carta de baralho. Ouço Cardan rir.

Passa pela minha cabeça que talvez desejo não seja algo que cesse quando nos entregamos a ele. Talvez não seja como o mitridatismo; talvez eu tenha tomado uma dose letal quando deveria estar me envenenando lentamente, um beijo de cada vez.

Não fico surpresa de encontrar Madoc na sala de estratégias do palácio, mas ele se surpreende quando chego, por estar desacostumado com meus passos leves.

— Pai.

— Eu costumava querer que você me chamasse assim — diz ele. — Mas acontece que, quando você faz isso, raramente vem algo bom depois.

— Pelo contrário. Eu vim dizer que você estava certo. Odeio a ideia de Oak estar em perigo, mas se pudermos planejar quando vai ser o ataque do Reino Submarino, vai ser mais seguro para ele.

— Você está planejando a proteção do seu irmão enquanto ele estiver aqui. — Ele sorri e exibe dentes afiados. — É difícil cobrir todas as possibilidades.

— Impossível. — Eu suspiro e entro na sala. — Portanto, estou dentro. Me deixe ajudá-lo a enganar o Reino Submarino. Tenho recursos. — Ele é general há muito tempo. Planejou o assassinato de Dain e se safou. Madoc é melhor nisso do que eu.

— E se você só quiser me atrapalhar? Você não pode esperar que eu acredite que agora está sendo sincera.

Apesar de Madoc ter todos os motivos para desconfiar de mim, dói. Penso em como seria se ele tivesse compartilhado o plano de botar Oak no trono antes de eu ser testemunha do banho de sangue da coroação. Se ele tivesse confiado em mim para ser parte do plano, eu me pergunto se teria afastado minhas dúvidas. Não gosto de pensar que isso seria possível, mas temo que sim.

— Eu não colocaria meu irmão em risco — digo, parte respondendo a ele, parte afastando meus próprios medos.

— Ah, é? Nem mesmo para salvá-lo das minhas garras?

Acho que mereci isso.

— Você disse que queria que eu voltasse para o seu lado. Essa é a sua chance de mostrar como seria trabalhar com você. Me convença.

Apesar de eu controlar o trono, nunca vamos poder estar realmente do mesmo lado, mas talvez possamos trabalhar juntos. Talvez ele possa canalizar sua ambição em vencer o Reino Submarino e esqueça o trono, ao menos até Oak chegar à maioridade. Até lá, as coisas pelo menos estarão diferentes.

Madoc indica a mesa com um mapa das ilhas e bonecos de madeira.

— Orlagh tem uma semana para atacar, a não ser que pretenda montar uma armadilha no mundo mortal na ausência de Oak. Você colocou guardas no apartamento de Vivienne, que foram convocados de fora da força militar, então não parecem cavaleiros. Inteligente. Mas nada nem ninguém é infalível. Acho que o lugar mais vantajoso para provocar o ataque...

— O Reino Submarino vai atacar durante o casamento de Taryn.

— O quê? — Ele me avalia com os olhos semicerrados. — Como você sabe disso?

— Nicasia. E acho que posso conseguir detalhes mais específicos se trabalharmos depressa. Tenho um jeito de enviar informações para Balekin, informações nas quais ele vai acreditar.

Madoc ergue as sobrancelhas.

Eu faço que sim.

— Uma prisioneira. Já enviei informações por ela com sucesso.

Ele se vira de costas para mim para se servir de um dedo de uma bebida escura e se senta na cadeira de couro.

— Esses são os recursos que você mencionou?

— Eu não venho de mãos vazias. Você não está nem um pouco satisfeito de ter decidido confiar em mim?

— Eu poderia alegar que foi *você* quem finalmente decidiu confiar em *mim*. Agora, resta saber se vamos trabalhar bem juntos. Há muitos outros projetos nos quais deveríamos colaborar.

Como tomar o trono.

— Uma desventura de cada vez — aviso.

— Ele sabe? — pergunta Madoc, sorrindo de uma forma ligeiramente apavorante, mas também paternal. — Nosso Grande Rei tem ideia de como você é boa em cuidar do reino por ele?

— Continue torcendo para que não — respondo, tentando passar uma confiança que não sinto quando o assunto é qualquer coisa relacionada a Cardan e nosso acordo.

Madoc ri.

— Ah, torcerei, filha, assim como torcerei para que você perceba como seria melhor se estivesse fazendo isso por sua família.

A audiência de Cardan com Balekin acontece no dia seguinte. Meu espião me diz que Cardan passou a noite sozinho, sem festas barulhentas, sem libações, sem competições de liras. Não sei como interpretar isso.

Balekin é levado até a sala do trono acorrentado, mas entra com a cabeça erguida, com roupas boas demais para a Torre. Está mostrando que ainda consegue seus luxos, exibindo sua arrogância, como se Cardan tivesse que ficar impressionado em vez de irritado.

Já Cardan está especialmente formidável, vestindo um casaco de veludo verde-musgo todo bordado de dourado. O brinco dado a ele por Grimsen está pendurado no lóbulo da orelha, refletindo a luz quando ele vira a cabeça. Não tem nenhum festeiro lá hoje, mas o aposento não está vazio. Randalin e Nihuar estão perto da plataforma, ao lado de três guardas. Estou do outro lado, numa área de sombras. Há criados por perto, prontos para servir vinho ou tocar harpa, como desejar o Grande Rei.

Combinei com Vulciber que lady Asha receberia um bilhete na hora que Balekin estivesse sendo levado escada acima e para fora da Torre, para sua audiência.

O bilhete dizia:

Pensei nos seus pedidos e quero negociar. Há uma forma de tirar você da ilha, imediatamente depois do casamento da minha irmã. pela segurança dele, meu irmãozinho será levado de volta ao mundo humano de barco, porque voar o deixou enjoado. Você pode ir junto sem o grande rei saber, pois a viagem é, por necessidade, secreta. Se você concordar, me avise e vamos nos encontrar novamente para discutir meu passado e seu futuro.

Existe uma chance de Asha não dizer nada a Balekin quando ele voltar para a cela, mas como ela já passou informações para ele e como ele sem dúvida a viu receber o bilhete, acredito que Balekin não vai aceitar que Asha diga que não havia nada no papel, principalmente porque, sendo fada, ela precisa usar evasivas e não mentiras.

— Irmãozinho — diz Balekin, sem esperar ser reconhecido. Ele está usando correntes nos punhos como se fossem pulseiras, como se aumentassem seu status em vez de fazê-lo prisioneiro.

— Você pediu uma audiência com a Coroa — informa Cardan.

— Não, irmão, era com você que eu queria falar, não com o ornamento na sua cabeça. — O leve desrespeito de Balekin me faz questionar por que ele queria essa audiência.

Penso em Madoc e em como sou sempre criança perto dele. Não é pouca coisa julgar a pessoa que criou você, independentemente do que ela tenha feito. Esse confronto é menos sobre esse momento e mais sobre o passado, todas as tramas e teias de antigos ressentimentos e alianças entre eles.

— O que você quer? — pergunta Cardan. A voz continua controlada, mas desprovida da autoridade entediada que ele costuma exibir.

— O que qualquer prisioneiro quer? — rebate Balekin. — Permita que eu saia da Torre. Se quer ser bem-sucedido, você precisa da minha ajuda.

— Se você estava tentando me ver só para dizer isso, seus esforços não adiantaram de nada. Não, não vou libertá-lo. Não, não preciso de você. — Cardan fala com convicção.

Balekin sorri.

— Você me trancou por medo de mim. Afinal, você odiava Eldred mais do que eu. Você desprezava Dain. Como pode me punir por mortes que não lamenta?

Cardan olha para Balekin sem acreditar e se levanta parcialmente do trono. Está com os punhos fechados. Seu rosto é de uma pessoa que se esqueceu de onde está.

— E Elowyn? E Caelia e Rhyia? Se eu só ligasse para os meus próprios sentimentos, as mortes delas seriam motivo suficiente para eu me vingar de você. Elas eram nossas irmãs, e teriam sido melhores governantes do que você e eu.

Achei que Balekin recuaria ao ouvir isso, mas ele não recua. Um sorrisinho pérfido surge em seus lábios.

— Elas intercederam a seu favor? Alguma das suas queridas irmãs o acolheu? Como você pôde pensar que elas se importavam com você se não podiam ir contra nosso pai e a seu favor?

Por um momento, acho que Cardan vai bater nele. Minha mão vai até o punho da espada. Vou entrar na frente dele. Vou lutar com Balekin. Seria um prazer lutar com Balekin.

Mas Cardan se senta novamente no trono. A fúria some do seu rosto e ele fala como se as últimas palavras de Balekin não tivessem existido.

— Mas você está preso não por eu ter medo de você nem por vingança. Eu não me regozijei com sua punição. Você está na Torre porque é justo.

— Você não pode fazer isso sozinho — diz Balekin, olhando ao redor. — Você nunca gostou de trabalhar, nunca gostou de lisonjear diplomatas nem de seguir deveres no lugar do prazer. Me dê as tarefas difíceis em vez de designá-las a uma garota mortal com quem você se sente endividado e que só vai fracassar com você.

Os olhares de Nihuar e Randalin e de alguns outros guardas se voltam para mim, mas Cardan fica observando o irmão. Depois de um longo momento, ele fala.

— Você seria meu regente, apesar de eu já ser maior de idade? Você aparece na minha frente não como penitente, mas como se estivesse diante de um cachorro de rua que você quer que obedeça.

Finalmente, Balekin parece desconcertado.

— Apesar de eu ter sido duro com você às vezes, foi porque queria torná-lo melhor. Você acha que pode ser indolente e indulgente e ainda assim ter sucesso como governante? Sem mim, você não seria nada. Sem mim, não *será* nada.

A ideia de Balekin poder dizer essas palavras sem acreditar que são mentira é chocante.

Mas Cardan está com um sorrisinho e, quando fala, a voz soa leve.

— Você me ameaça, você se enaltece. Você revela seus desejos. Mesmo que eu estivesse considerando sua proposta, depois desse discursinho, eu teria certeza de que você não é diplomata.

Balekin dá um passo furioso na direção do trono e os guardas se aproximam. Vejo a vontade física de Balekin de punir Cardan.

— Você está brincando de ser rei — diz Balekin. — E se não sabe disso, você é o único. Me envie de volta para a prisão, perca a minha ajuda, e você vai perder o reino.

— Isso — diz Cardan. — Essa segunda opção, a que não envolve você. É essa que escolho. — Ele se vira para Vulciber. — Essa audiência acabou.

Enquanto Vulciber e os guardas se aproximam para levar Balekin de volta à Torre do Esquecimento, ele desvia o olhar para mim. E, nos olhos dele, vejo um poço de ódio tão profundo que tenho medo de que, se não tomarmos cuidado, Elfhame acabe se afogando.

Duas noites antes do casamento da minha irmã, paro na frente do espelho de corpo inteiro nos meus aposentos e puxo lentamente Cair da Noite. Faço as posturas, as que Madoc me ensinou, as que aprendi na Corte das Sombras.

Eu levanto a lâmina e mostro para minha oponente. Eu a saúdo no espelho.

Para a frente e para trás, danço pelo chão, lutando com ela. Ataco e defendo, defendo e ataco. Faço finta. Desvio. Vejo o suor surgir em sua testa. Batalho até sua camisa estar manchada de suor, até ela estar tremendo de exaustão.

Ainda não é suficiente.

Eu nunca conseguirei vencê-la.

CAPÍTULO 20

A armadilha para Orlagh está montada. Passo o dia com Madoc, revendo os detalhes. Criamos três horários e lugares específicos onde o Reino Submarino poderia atacar:

O barco em si, transportando uma isca, é óbvio. Precisamos de um duende para fingir ser Oak, encolhido debaixo de uma capa, e que o barco esteja encantado para voar.

Antes disso, haverá um momento durante a recepção de Taryn em que Oak vai sair andando sozinho para o labirinto. Uma parte da vegetação será substituída por feéricos das árvores, que permanecerão escondidos até precisarem atacar.

E antes disso, ao chegar à propriedade de Locke para o casamento, vai parecer que Oak está saindo da carruagem em uma área aberta, visível do mar. Vamos usar uma isca nesse momento também. Vou esperar com o verdadeiro Oak na carruagem enquanto o restante da família sai e, possivelmente, o mar ataca. Se isso acontecer, a carruagem vai dar meia-volta e vamos entrar por uma janela. E, nesse caso, as árvores perto da margem estarão cheias de fadinhas prontas para identificarem os cidadãos do Reino Submarino, além de uma rede que foi enterrada na areia para capturá-los.

Temos três chances de pegar o Reino Submarino caso tentem fazer mal a Oak. Três chances de fazer com que se arrependam de tentar.

Nós também não negligenciamos a proteção a Cardan. A guarda pessoal dele está em alerta. Ele tem seu grupo de arqueiros, que vai seguir todos os seus movimentos. E, claro, nossos espiões.

Taryn quer passar a última noite antes do casamento com as irmãs, então guardo um vestido e os brincos que vou dar a ela em uma bolsa e a amarro no dorso do mesmo cavalo que levei uma vez para Insweal. Prendo Cair da Noite em um dos alforjes, então cavalgo até a propriedade de Madoc.

A noite está linda. A brisa que sopra nas árvores carrega o odor de agulhas de pinheiro e maçã eterna. Ao longe, ouço cascos de cavalo. As raposas soltam seus gritos estranhos umas com as outras. O trinado de uma flauta vem de longe, junto com o som de sereias sobre as pedras entoando suas melodias agudas.

Abruptamente, os cascos de cavalo não estão mais tão distantes. Na floresta, aparecem cavaleiros. São sete, montados nas costas de cavalos magros de olhos perolados. Seus braços estão cobertos, a armadura manchada de tinta branca. Ouço as risadas quando se separam para me atacar por ângulos diferentes. Por um momento, penso que deve haver algum engano.

Um deles puxa um machado, que brilha na luz da lua crescente e me causa arrepios. Não, não tem engano nenhum. Eles vieram me matar.

Minha experiência lutando montada é limitada. Eu achava que seria cavaleira de Elfhame para defender o corpo e a honra da realeza, não para cavalgar para batalhas, como Madoc.

Agora, enquanto os sete feéricos se aproximam de mim, penso em quem estava ciente dessa vulnerabilidade específica. Certamente Madoc sabia. Talvez esse seja o método dele de me fazer pagar pela traição. Talvez fingir confiar em mim tenha sido uma estratégia. Afinal, ele sabia para onde eu ia hoje. E nós passamos a tarde planejando armadilhas como essa.

Com arrependimento, penso no aviso de Barata: *Na próxima vez, leve um membro da guarda real. Leve um de nós. Leve um grupo de fadinha ou um spriggan bêbado. Mas leve alguém.*

Mas estou só eu. Sozinha.

Tento fazer meu cavalo correr mais rápido. Se eu conseguir percorrer o bosque e chegar perto de casa, estarei protegida. Há guardas lá, e se foi Madoc, ou não, quem mandou os cavaleiros fazer isso, ele jamais deixaria uma convidada, menos ainda sua protegida, ser morta em suas próprias terras.

Isso não se enquadraria nas regras de cortesia.

Eu só preciso conseguir.

Ouço os cascos atrás de mim enquanto percorremos a floresta. Olho para trás, o vento na cara, o cabelo soprando na boca. Eles estão cavalgando bem separados, tentando entrar na minha frente para me afastar da casa de Madoc, na direção da costa, onde não há lugar para eu me esconder.

Eles chegam cada vez mais perto. Ouço-os gritando uns com os outros, mas as palavras se perdem no vento. Meu cavalo é veloz, mas os deles correm como água na noite. Quando olho para trás, vejo que um dos cavaleiros pegou um arco com flechas de pontas pretas.

Puxo a montaria para o lado e encontro outro cavaleiro lá, impedindo minha fuga.

Eles estão de armadura e armas na mão. Só tenho algumas facas comigo e Cair da Noite nos alforjes, junto com uma pequena besta na bolsa. Andei por esse bosque mil vezes na minha infância, nunca pensei que um dia precisaria vestir armadura para uma batalha nele.

Uma flecha passa voando por mim enquanto outro cavaleiro se aproxima, brandindo uma espada.

Não tem como eu conseguir correr mais do que eles.

Fico de pé nos estribos, um truque que não sei se vai dar certo, e me seguro no primeiro galho firme que aparece. Um dos corcéis de olhos brancos mostra os dentes e morde o flanco da minha montaria. Meu pobre animal relincha e pula. No luar, acho que vejo olhos de âmbar quando a espada comprida de um cavaleiro corta o ar.

Eu me balanço e subo no galho. Por um momento, fico apenas me segurando, respirando pesado, enquanto os cavaleiros passam embaixo de mim. Eles se viram. Um toma um gole de uma garrafinha e fica com os lábios manchados de dourado.

— Gatinho na árvore — grita outro. — Desça para as raposas!

Fico de pé, me lembrando das aulas de Fantasma enquanto corro pelo galho. Três cavaleiros surgem embaixo de mim. Vejo um brilho no ar quando o machado voa na minha direção. Eu me abaixo e tento não escorregar. A arma passa girando por mim e acerta o tronco da árvore.

— Boa tentativa — grito, tentando parecer qualquer coisa, menos apavorada. Tenho que me afastar deles. Tenho que subir mais alto. Mas e depois? Não posso lutar contra sete. Mesmo que eu quisesse tentar, minha espada ainda está no meu cavalo. Só tenho algumas facas.

— Desça, garota humana — canta um com olhos prateados.

— Ouvimos falar da sua selvageria. Ouvimos falar da sua ferocidade — diz outro com uma voz grave e melodiosa que pode ser feminina. — Não nos decepcione.

Um terceiro prende outra flecha de ponta preta no arco.

— Se tenho que ser um gato, vou arranhar vocês — digo, puxando duas facas em formato de folha das laterais do corpo e jogando em arco na direção dos cavaleiros.

Uma não acerta e a outra bate na armadura, mas espero que seja distração suficiente para eu arrancar o machado da madeira da árvore. Eu me movo. Pulo de galho em galho enquanto as flechas voam, agradecida por tudo que Fantasma me ensinou.

Uma flecha me acerta na coxa.

Não consigo segurar o grito de dor. Começo a me mover de novo, agindo em meio ao choque, mas minha velocidade se foi. A flecha seguinte chega tão perto do meu corpo que é a sorte que me salva.

Eles conseguem enxergar muito bem, mesmo na escuridão. Conseguem enxergar bem melhor do que eu.

Os cavaleiros têm todas as vantagens. Nas árvores, enquanto não consigo me esconder, só estou sendo um alvo um pouco mais complicado, mas de um jeito divertido. E quanto mais cansada eu ficar, quanto mais eu sangrar, quanto mais eu sentir dor, mais lenta vou ficar. Se eu não mudar o jogo, vou perder.

Tenho que igualar as chances. Tenho que fazer algo que eles não estejam esperando. Se não consigo vê-los, tenho que confiar nos meus outros sentidos.

Inspiro fundo, ignoro a dor na perna e a flecha ainda espetada nela, o machado na mão, e dou um pulo do galho com um uivo.

Os cavaleiros tentam virar os cavalos para fugir de mim.

Acerto um deles no peito com o machado. A ponta amassa a armadura para dentro. Isso é um truque e tanto... ou teria sido, se eu não perdesse meu equilíbrio um momento depois. A arma escapa da minha mão quando caio. Bato na terra com força e fico sem ar. Na mesma hora, rolo para fugir das patadas de cavalo. Minha cabeça está ecoando e minhas pernas parecem pegar fogo quando fico de pé. Quebrei a haste da flecha enfiada em mim, mas fiz a ponta entrar mais fundo.

O cavaleiro que acertei está caído na sela, o corpo inerte e a boca borbulhando em vermelho.

Outro cavaleiro se vira de lado e um terceiro avança. Puxo uma faca quando o arqueiro vindo na minha direção tenta mudar para a espada.

Seis a um é uma proporção melhor, principalmente com quatro cavaleiros para trás, como se não tivessem considerado que também poderiam se machucar.

— Está boa essa ferocidade? — grito para eles.

O cavaleiro de olhos prateados vem para cima de mim e arremesso a faca. Não o acerta, mas acerta o flanco do cavalo. O animal empina. Enquanto o cavaleiro tenta controlar a montaria, outro vem até mim. Pego o machado, respiro fundo e me concentro.

O cavalo esquelético me observa com os olhos brancos sem pupilas. Parece faminto.

Se eu morrer no bosque porque não estava preparada, porque estava distraída demais para prender minha própria espada no cinto, vou ficar furiosa comigo mesma.

Eu me preparo quando outro cavaleiro vem para cima de mim, mas não sei se aguento o ataque. Tento pensar em outra opção.

Quando o cavalo chega perto, me jogo no chão e luto contra todos os instintos de sobrevivência, toda vontade de fugir do enorme animal. Ele passa por cima de mim e levanto o machado para atacar por baixo. O sangue jorra no meu rosto.

A criatura corre um pouco mais e cai com um lamento horrível, prendendo a perna do cavaleiro embaixo do corpo.

Eu me levanto e seco o rosto a tempo de ver o cavaleiro de olhos prateados se preparando para atacar. Abro um sorriso para ele e levanto o machado ensanguentado.

O cavaleiro de olhos âmbar vai na direção do companheiro caído, chamando os outros. O de olhos prateados se vira com o chamado e segue na direção dos companheiros. Vejo o cavaleiro preso se esforçar enquanto os outros dois tentam soltá-lo e colocá-lo em cima de um dos outros cavalos. Os seis vão embora na noite, sem gargalhadas os acompanhando agora.

Espero temendo que eles voltem, com medo de algo pior pular das sombras. Minutos passam. O som mais alto é minha respiração entrecortada e o rugido do sangue bombeando nos meus ouvidos.

Trêmula, com dor, ando pelo bosque e encontro meu corcel caído na grama, sendo devorado pelo cavalo do cavaleiro morto. Balanço meu machado, e o cavalo vai embora. Mas nada faz meu pobre corcel ficar menos morto.

Minha bolsa sumiu. Deve ter caído durante o trajeto, com minhas roupas e minha besta junto. Minhas facas também se foram, devem estar caídas no chão da floresta depois que as arremessei, provavelmente perdidas na vegetação. Pelo menos Cair da Noite ainda está aqui, presa na sela. Solto a espada do meu pai com dedos doloridos.

Usando-a como bengala, consigo me arrastar até a fortaleza de Madoc e lavo o sangue na bomba do lado de fora.

Lá dentro, encontro Oriana sentada perto de uma janela, costurando um bordado. Ela me olha com os olhos rosados e não abre um sorriso, como um humano faria, para me tranquilizar.

— Taryn está lá em cima com Vivi e a amante dela. Oak está dormindo e Madoc está tramando. — Ela observa minha aparência. — Você caiu no lago?

Faço que sim.

— Burrice, né?

Ela dá outro ponto. Sigo para a escada e Oriana fala de novo antes de meu pé tocar no primeiro degrau.

— Seria tão horrível assim Oak ficar comigo aqui? — pergunta ela. Há uma longa pausa, então um sussurro: — Não quero perder o amor dele.

Odeio ter que dizer o que ela já sabe.

— Aqui, não haveria fim a quantidade de cortesãos despejando veneno no ouvido dele, boatos do rei que ele seria se Cardan estivesse fora do caminho... e que, por sua vez, poderia deixar as pessoas leais a Cardan desejarem tirar Oak do caminho. E nem estou pensando nas ameaças maiores. Enquanto Balekin viver, Oak fica mais seguro longe do Reino das Fadas. Além do mais, tem Orlagh.

Oriana assente, a expressão vazia, e se vira para a janela.

Talvez ela só precise que outra pessoa seja o vilão, que alguém seja responsável por mantê-los separados. Que sorte a dela eu ser alguém de quem ela já não gosta muito.

Ainda assim, lembro como era sentir falta do local onde passei a infância, sentir falta das pessoas que me criaram.

— Você nunca vai perder o amor dele — digo, minha voz soando baixa como a dela. Sei que Oriana consegue me ouvir, mas não se vira.

Com isso, subo a escada, a perna doendo. Já estou no andar de cima quando Madoc sai do escritório e me olha. Ele fareja no ar. Não sei se sente o cheiro do sangue ainda escorrendo pela minha perna ou se sente o cheiro da terra e do suor e da água fria do poço.

Um arrepio percorre meus ossos.

Entro no meu antigo quarto e fecho a porta. Enfio a mão atrás da cabeceira e fico grata de encontrar uma das minhas facas ainda lá, embainhada e meio empoeirada. Deixo-a onde estava e me sinto um pouco mais segura.

Manco até minha antiga banheira, mordo a bochecha de novo para segurar a dor e me sento na beirada. Corto a calça e examino o que resta da flecha enfiada na minha perna. A haste quebrada é de salgueiro manchada de cinzas. O que consigo ver da ponta é feito de chifre.

Minha mão começa a tremer e percebo como meu coração está acelerado, como minha cabeça está confusa.

Ferimentos de flecha são ruins porque, cada vez que você se move, a ferida aumenta. Seu corpo não consegue cicatrizar com uma ponta afiada cortando tecido, e quanto mais tempo fica lá, mais difícil é de tirar.

Respiro fundo, enfio o dedo até a ponta da flecha e aperto de leve. Dói tanto que ofego e fico meio tonta por um momento, mas percebo que a flecha não parece alojada no osso.

Eu me preparo, pego a faca e corto uns dois centímetros da pele da perna. É excruciante e estou respirando em baforadas curtas quando enfio os dedos na carne e puxo a cabeça da flecha. Tem muito sangue, uma quantidade assustadora. Aperto o corte, tentando estancar o fluxo.

Por um tempo, fico tonta demais para fazer qualquer coisa além de ficar sentada.

— Jude? — Vivi está abrindo a porta. Ela dá uma olhada em mim e outra na banheira. Então arregala os olhos de gato.

Eu balanço a cabeça.

— Não conta para ninguém.

— Você está sangrando — observa ela.

— Pega... — começo a falar, mas paro e me dou conta de que preciso costurar o ferimento, de que não pensei nisso. Talvez eu não esteja tão bem quanto achei que estivesse. O choque nem sempre bate imediatamente. — Preciso de uma agulha e linha... mas não fina, de bordado. E de um pano para ficar fazendo pressão na ferida.

Ela franze a testa para a faca na minha mão, para o fato de o ferimento ser recente.

— Você que fez isso?

A pergunta me tira do estado atordoado por um momento.

— Sim, eu disparei uma flecha *em mim mesma*.

— Tudo bem, tudo bem. — Ela me entrega uma camisa que estava em cima da cama e sai do quarto. Aperto o tecido no ferimento e torço para diminuir o sangramento.

Quando volta, ela está segurando linha branca e uma agulha. Essa linha não vai ficar branca por muito tempo.

— Bom — suspiro, tentando me concentrar. — Você quer segurar ou costurar?

— Segurar — afirma ela, olhando para mim como se desejasse uma terceira opção. — Você não acha que eu deveria chamar Taryn?

— Na noite anterior ao casamento dela? De jeito nenhum. — Tento enfiar a linha na agulha, mas minhas mãos estão tremendo tanto que é difícil. — Pronto, agora empurra as laterais da ferida para que fiquem juntas.

Vivi se ajoelha e faz isso com uma careta. Eu ofego e tento não desmaiar. Em poucos minutos, vou poder me sentar e relaxar, prometo a mim mesma. Em poucos minutos, vai ser como se isso nunca tivesse acontecido.

Eu costuro. Dói. Dói e dói e dói. Quando acabo, lavo a perna com mais água e rasgo a parte mais limpa da camisa para amarrar em volta.

Ela chega mais perto.

— Você consegue ficar de pé?

— Em um minuto. — Eu balanço a cabeça.

— E Madoc? — pergunta ela. — Poderíamos contar...

— Para ninguém — repito.

Seguro a beirada da banheira, passo a perna por cima e prendo um grito. Vivi abre a torneira e a água desce e lava o sangue.

— Suas roupas estão encharcadas — diz ela, franzindo a testa.

— Me passa um daqueles vestidos — peço. — Procura algo bem folgado.

Eu me obrigo a mancar até uma cadeira e me sentar nela. Tiro a jaqueta e a camisa. Nua até a cintura, não consigo fazer mais nada por causa da dor.

Vivi pega um vestido, um tão velho que Taryn nem levou para mim, e o arruma para eu enfiar pela cabeça, depois guia minhas mãos pelas mangas como se eu fosse uma criança. Delicadamente, tira minhas botas e o que resta da minha calça.

— Você devia deitar. Descansar. Heather e eu podemos distrair Taryn.

— Vou ficar bem — afirmo.

— Só estou dizendo que você não precisa fazer mais nada. — Vivi parece estar reconsiderando meus avisos para não vir ao Reino das Fadas. — Quem fez isso?

— Sete homens a cavalo... talvez cavaleiros do rei. Mas quem estava por trás do ataque? Não sei.

Vivi solta um longo suspiro.

— Jude, volte para o mundo humano comigo. Isso não precisa ser normal. Isso não é normal.

Eu me levanto da cadeira. Prefiro andar com a perna machucada a ficar ouvindo isso.

— O que aconteceria se eu não tivesse entrado aqui? — questiona ela.

Agora que estou de pé, preciso continuar em movimento para não perder o embalo. Vou até a porta.

— Não sei. Mas sei de uma coisa: o perigo também pode me encontrar no mundo mortal. O fato de eu estar *aqui* me permite garantir que você e Oak tenham guardas cuidando de vocês *lá*. Olha, eu entendo que você acha que o que estou fazendo é burrice. Mas não aja como se fosse inútil.

— Não foi isso que eu quis dizer — começa ela, mas já estou no corredor. Abro a porta do quarto de Taryn e a encontro com Heather, rindo de alguma coisa. Elas param quando eu entro.

— Jude? — diz Taryn.

— Eu caí do cavalo — minto, e Vivi não me contradiz. — Do que estamos falando?

Taryn está nervosa, fica andando pelo quarto e tocando no vestido esvoaçante que vai usar amanhã, pegando o aro bordado com plantas dos jardins de goblins, frescas como quando foram colhidas.

Percebo que os brincos que comprei para Taryn foram perdidos junto com o restante da bolsa. Espalhados nas folhas e na vegetação.

Criados levam vinho e bolos, lambo a cobertura doce e deixo a conversa me levar. A dor na perna me distrai, mas o que me distrai mais é a lembrança dos cavaleiros rindo, a lembrança deles se aproximando embaixo da árvore. A lembrança de estar ferida, com medo e completamente sozinha.

Quando acordo no dia do casamento de Taryn, estou na cama da minha infância. A sensação é de sair de um sono profundo, e por um momento não é que eu não saiba onde estou... é que não lembro *quem* eu sou. Por alguns momentos, piscando na luz do fim da manhã, sou a filha leal de Madoc, sonhando em me tornar cavaleira da corte. Mas o último ano volta a mim com o gosto agora familiar de veneno.

Assim como as fisgadas dos pontos malfeitos.

Eu me levanto e desenrolo o pano para olhar a ferida. Está feia e inchada, e o trabalho com a agulha foi ruim. Minha perna está rígida.

Gnarbone, um criado enorme com orelhas compridas e um rabo, entra no meu quarto batendo na porta. Está carregando uma bandeja com o café da manhã. Rapidamente, puxo o cobertor por cima da parte inferior do corpo.

Ele coloca a bandeja na cama sem falar nada e vai para a área do banheiro. Ouço ruído de água e sinto o cheiro de ervas maceradas. Fico sentada lá, me controlando, até ele sair.

Eu poderia contar a ele que estou machucada. Seria uma coisa simples. Se eu pedisse a Gnarbone para chamar um cirurgião militar, ele faria isso. Contaria para Oriana e Madoc, claro. Mas minha perna ficaria bem costurada e eu não correria risco de infecção.

Mesmo que Madoc tivesse enviado os cavaleiros, acredito que ele cuidaria de mim. Cortesia, afinal. Mas ele veria como uma concessão. Eu estaria admitindo que preciso dele, que ele venceu. Que voltei para casa de vez.

Só que, na luz da manhã, tenho quase certeza de que não foi Madoc quem enviou os cavaleiros. Mesmo sendo o tipo de armadilha do qual ele gosta, Madoc jamais enviaria assassinos que recuassem e fossem embora quando o número ainda estava do lado deles.

Quando Gnarbone sai, tomo o café com avidez e sigo para o banho.

Está leitoso e aromático, e só quando estou na água é que me permito chorar. Só na água posso admitir que quase morri e que fiquei apavorada e que queria que houvesse alguém para quem eu pudesse contar tudo. Prendo o ar até não ter mais ar para prender.

Depois do banho, eu me enrolo num roupão antigo e vou para a cama. Enquanto tento decidir se vale a pena enviar um servo ao palácio para buscar outro vestido ou se devo simplesmente pegar um de Taryn emprestado, Oriana entra no quarto, segurando um tecido prateado.

— Os criados me disseram que você não trouxe bagagem — diz ela. — Suponho que tenha esquecido que o casamento da sua irmã exigiria um novo vestido. Ou apenas um vestido.

— Pelo menos uma pessoa vai ficar nua — falo. — Você sabe que é verdade. Nunca fui a uma festa no Reino das Fadas em que *todo mundo* estava de roupa.

— Bom, se o plano é esse — diz ela, dando meia-volta. — Então acho que você só precisa de um colar bonito.

— Espere. Você está certa. Não tenho vestido e preciso de um. Por favor, não vá.

Quando Oriana se vira de volta, tem um leve sorriso no rosto.

— Que atípico da sua parte dizer o que realmente quer dizer e que não seja algo hostil.

Eu me pergunto o que significa para ela viver na casa de Madoc, ser a esposa obediente e participar de todos os esquemas dele que fracassam. Ela é capaz de mais sutilezas do que eu lhe daria crédito.

E levou um vestido para mim.

Parece uma gentileza até ela o esticar na minha cama.

— É um dos meus — diz. — Acho que vai caber.

O vestido é prateado e me lembra um pouco uma cota de malha. É lindo, com mangas boca de sino e aberturas ao longo do braço para exibir a pele, mas tem um decote acentuado, que ficaria de um jeito em Oriana e de outro totalmente diferente em mim.

— É um pouco, há, ousado para um casamento, você não acha? — Não dá para vestir usando sutiã.

Ela só me olha por um momento, com um olhar intrigado quase de inseto.

— Acho que posso experimentar — digo, lembrando que fiz uma brincadeira sobre ficar nua um momento antes.

Por estarmos no Reino das Fadas, ela não se mexe para sair. Eu me viro, torcendo para que isso seja o suficiente para afastar a atenção dela da minha perna quando tiro a roupa. Coloco o vestido pela cabeça e deixo que caia sobre meus quadris. Brilha lindamente, mas, como desconfiei, exibe muito meus seios. *Muito* mesmo.

Oriana assente, satisfeita.

— Vou mandar alguém pentear seu cabelo.

Pouco tempo depois, uma garota pixie magrinha trança meu cabelo no formato de chifres de carneiro e amarra as pontas com fitas prateadas. Ela pinta as pálpebras dos meus olhos e minha boca com mais prateado.

Vestida, desço a escada para me juntar ao restante da família na sala, como se os últimos meses não tivessem acontecido.

Oriana está usando um vestido violeta pálido com uma gola de pétalas frescas que sobe até o maxilar claro. Vivi e Heather estão com roupas mortais, Vivi usando um tecido leve com estampa de olhos e Heather com um vestido rosa curto, todo em lantejoulas prateadas. O cabelo de Heather está preso com fivelas cintilantes cor-de-rosa. Madoc está usando uma túnica cor de ameixa, com Oak num tom combinando.

— Ei — diz Heather. — Nós duas estamos de prateado.

Taryn não desceu ainda. Ficamos na sala tomando chá e comendo pãezinhos de aperitivo.

— Você acha mesmo que ela vai prosseguir com isso? — pergunta Vivi.

Heather esboça um olhar escandalizado e bate na perna dela.

Madoc suspira.

— Dizem que aprendemos mais com nossos fracassos do que com nossos sucessos. — Ele olha diretamente para mim.

Taryn finalmente chega. Ela foi banhada em orvalho lilás e está usando um vestido de camadas incrivelmente finas de tecido, com ervas e flores entre elas para dar a impressão de que minha irmã é uma figura linda e flutuante e um buquê vivo ao mesmo tempo.

O cabelo está trançado em uma coroa de flores verdes.

Ela está linda e dolorosamente humana. Com todo aquele tecido pálido, ela parece um sacrifício e não uma noiva. Taryn sorri para todos nós, tímida e exalando felicidade.

Nós nos levantamos e dizemos como ela está linda. Madoc segura suas mãos e as beija, olhando para Taryn como qualquer pai orgulhoso. Apesar de achar que ela está cometendo um erro.

Entramos na carruagem com o pequeno duende que vai ser o dublê de Oak. Eles trocam de jaqueta quando entramos e o duende se senta com preocupação em um canto.

A caminho da propriedade de Locke, Taryn se inclina para a frente e segura minha mão.

— Quando eu estiver casada, as coisas vão ser diferentes.

— Algumas coisas — corrijo, sem ter muita certeza ao que ela está se referindo.

— Papai prometeu mantê-lo na linha — sussurra ela.

Lembro o apelo que Taryn fez a mim para que Locke fosse dispensado da posição de Mestre da Esbórnia. Controlar as indulgências de Locke deve manter Madoc ocupado, o que não parece uma coisa ruim.

— Você está feliz por mim? — pergunta ela. — De verdade?

Taryn é mais próxima de mim do que qualquer outra pessoa no mundo. Ela conheceu a maré e a ressaca dos meus sentimentos, minhas dores, pequenas e grandes, pela maior parte da minha vida. Seria burrice deixar alguma coisa interferir nisso.

— Quero que *você* seja feliz — digo. — Hoje e sempre.

Ela abre um sorriso nervoso e aperta os dedos nos meus.

Ainda estou segurando sua mão quando o labirinto de cercas vivas aparece. Vejo três garotas pixies com vestidos transparentes voando sobre o verde, rindo juntas, e atrás delas já tem outros feéricos andando. Como Mestre da Esbórnia, Locke organizou um casamento digno do título.

CAPÍTULO 21

A primeira armadilha passa sem ser acionada. O dublê sai da carruagem com a minha família enquanto Oak e eu ficamos abaixados na carruagem. Ele sorri para mim no começo, quando nos agachamos no espaço entre os bancos acolchoados, mas o sorriso some um momento depois, substituído por preocupação.

Eu seguro a mão dele e aperto.

— Pronto para pular uma janela?

Isso o anima novamente.

— Da carruagem?

— É — digo, e espero que o cocheiro pare. Quando para, há uma batida. Espio e vejo Bomba do lado de dentro da propriedade. Ela pisca para mim e eu levanto Oak e o passo através da janela da carruagem, os cascos primeiro, para os braços dela.

Vou em seguida, sem elegância nenhuma. Meu vestido é ridiculamente aberto e minha perna ainda está rígida e doendo quando caio no piso de pedra de Locke.

— Alguma coisa? — pergunto, olhando para Bomba.

Ela balança a cabeça e estica a mão para mim.

— Essa parte sempre foi improvável. Minha aposta é o labirinto.

Oak franze a testa e faço massagem nos ombros dele.

— Você não precisa fazer isso — digo, apesar de não saber o que vamos fazer se ele disser que não quer.

— Está tudo bem — diz ele, sem olhar nos meus olhos. — Onde está a minha mãe?

— Vou procurá-la para você, pequenino — diz Bomba e passa o braço pelo ombro magro para levá-lo. Da porta, ela olha para mim e tira algo do bolso. — Você parece ter se machucado. Que bom que eu não preparo só explosivos.

Com isso, ela joga algo para mim. Pego sem saber o que é e viro na mão. Um pote de pomada. Olho para ela para agradecer, mas Bomba já se foi.

Abro o potinho e sinto o cheiro forte de ervas. Quando espalho a pomada sobre a pele, a dor diminui. Esfria o calor que provavelmente era uma infecção iminente. A perna ainda está dolorida, mas não como antes.

— Minha senescal — cumprimenta Cardan, e quase deixo a pomada cair. Puxo o vestido para baixo e me viro. — Está pronta para dar as boas-vindas a Locke na sua família?

Na última vez em que estivemos naquela casa, no labirinto do jardim, ele estava com a boca manchada de nuncamais dourado e me viu beijar Locke com uma intensidade fervente que achei que era ódio.

Agora, Cardan me observa com um olhar não muito diferente, e só quero correr para os braços dele. Quero afogar minhas preocupações em seu abraço. Quero que ele diga algo que não condiz com ele, quero que diga que tudo vai ficar bem.

— Vestido bonito — é o que ele diz.

Sei que a corte já deve achar que estou apaixonada pelo Grande Rei para aguentar ser coroada Rainha da Euforia e continuar servindo como senescal. Todos devem pensar, como Madoc pensa, que eu sou uma criatura dele. Que mesmo depois de Cardan ter me humilhado, eu voltei rastejando.

Mas e se eu realmente *estiver* ficando apaixonada por ele?

Cardan é mais experiente do que eu no amor. Ele poderia usar isso contra mim, assim como pedi que usasse contra Nicasia. Talvez tenha encontrado uma forma de virar a mesa, afinal.

Mate-o, uma parte de mim diz, uma parte da qual me lembro da noite em que o levei como prisioneiro. *Mate-o antes que ele faça você amá-lo.*

— Você não devia estar sozinho — repreendo, porque se o Reino Submarino vai atacar, não podemos ser alvos fáceis. — Não hoje.

Cardan sorri.

— Não estava nos meus planos.

A insinuação sem constrangimento de que ele não está sozinho na maioria das noites me incomoda, e odeio o fato de me incomodar.

— Que bom — respondo, engolindo o sentimento, embora me dê a sensação de engolir bile. — Mas se você está planejando levar alguém para a cama, ou, melhor ainda, várias pessoas, escolha guardas. E faça com que vocês fiquem protegidos por mais guardas.

— Uma verdadeira orgia. — Ele parece vibrar com a ideia.

Fico pensando no olhar firme que ele me lançou quando estávamos os dois nus, antes de ele vestir a camisa e prender os punhos elegantes. *Nós devíamos ter pedido trégua*, afirmara ele, afastando o cabelo preto com impaciência. *Devíamos ter pedido trégua muito antes disso.*

Mas nenhum de nós pediu, nem naquele momento nem depois.

Jude, dissera ele, passando a mão pela minha panturrilha, *você tem medo de mim?*

Limpo a garganta e afasto as lembranças.

— Eu ordeno que você não se permita ficar sozinho do pôr do sol de hoje até o nascer do sol de amanhã.

Ele recua, como se tivesse sido mordido. Ele não espera mais que eu dê ordens dessa forma despótica, como se não confiasse nele.

O Grande Rei de Elfhame faz uma reverência curta.

— Seu *desejo*... não, nada disso. Sua *ordem* é minha ordem.

Não consigo olhar quando ele se afasta. Sou uma covarde. Talvez seja a dor na minha perna, talvez seja preocupação com meu irmão, mas uma parte de mim quer chamá-lo, quer pedir desculpas. Finalmente, quando tenho certeza de que ele se foi, sigo em direção à festa.

Alguns passos e estou no corredor.

Madoc está encostado na parede. Os braços estão cruzados sobre o peito e ele balança a cabeça para mim.

— Nunca fez sentido para mim. Até agora.

Eu paro.

— O quê?

— Eu estava vindo buscar Oak quando ouvi você falando com o Grande Rei. Perdoe minha intromissão.

Mal consigo pensar com o trovejar nos meus ouvidos.

— Não é o que você pen...

— Se não fosse, você não saberia o que eu pensei — responde Madoc. — Muito claro, filha. Não é surpresa você não ter ficado tentada por nada que ofereci. Eu disse que não a subestimaria, mas foi o que fiz. Eu a subestimei e subestimei sua ambição e sua arrogância.

— Não — falo. — Você não entende...

— Ah, acho que entendo — continua ele, sem esperar eu explicar que Oak não está pronto para o trono, que quero evitar um banho de sangue, que não consigo sustentar o que tenho por mais de um ano e um dia. Ele está com raiva demais para isso. — Finalmente, eu entendo. Mas quando eles forem embora, nós vamos estar nos encarando por cima de um tabuleiro de xadrez. E quando eu te vencer, vou garantir que seja tão completamente quanto faria com qualquer oponente que se mostrou equivalente a mim.

Antes que eu consiga pensar no que dizer, ele segura meu braço e anda comigo até o jardim.

— Venha — diz ele. — Ainda temos papéis a desempenhar.

Do lado de fora, piscando no sol do fim da tarde, Madoc me deixa para ir falar com alguns cavaleiros parados em grupo perto de uma piscina ornamental. Ele assente para mim quando se afasta, o gesto de alguém reconhecendo o oponente.

Um arrepio me percorre. Quando confrontei Madoc na Mansão Hollow depois de envenenar sua taça, achei que o tinha transformado em inimigo. Mas isso é bem pior. Ele sabe que estou entre ele e a coroa, e pouco importa se me ama ou me odeia; ele vai fazer o que for preciso para arrancar o poder das minhas mãos.

Sem opção, vou para o labirinto, em direção à comemoração no centro.

Três voltas e parece que os convidados estão mais distantes que antes. Os sons ficam abafados e as risadas fracas vêm de todas as direções. Os buxeiros são altos a ponto de ser algo desorientador.

Sete voltas e estou verdadeiramente perdida. Começo a voltar, mas vejo que o labirinto mudou. Os caminhos não estão onde estavam antes.

Claro. Não é um labirinto normal. Não, deve estar querendo me pegar.

Lembro que no meio daquelas folhagens estão os feéricos das árvores, esperando para cuidar da segurança de Oak. Se são eles de brincadeira comigo agora, não sei, mas pelo menos tenho certeza de que alguma coisa está ouvindo quando falo.

— Vou abrir caminho por vocês com faca — digo para os muros folhosos. — Vamos começar a brincar de forma justa.

Galhos se balançam atrás de mim. Quando me viro, há um novo caminho.

— É melhor que seja para a festa — resmungo e vou na direção do caminho. Espero que não leve a um lugar secreto reservado para as pessoas que ameaçam o labirinto.

Outra virada e chego a um trecho com florezinhas brancas e uma torre de pedra em miniatura. De dentro, ouço um som estranho, meio rosnado e meio choro.

Puxo Cair da Noite. Não são muitas as coisas que choram no Reino das Fadas. E as coisas que choram que são mais comuns aqui, como as banshee, são muito perigosas.

— Quem está aí? — pergunto. — Saia ou vou entrar.

Fico surpresa de ver Heather aparecer. As orelhas dela estão longas e peludas, como as de um gato. O nariz está com formato diferente e tem pontas de bigodes crescendo acima das sobrancelhas e nas bochechas.

O pior é que, como não consigo enxergar através dele, não é um glamour. É um feitiço de verdade, e acho que ainda não está acabado. Enquanto olho, uma cobertura leve de pelos, como de uma gata escaminha, cresce nos braços de Heather.

— O que... o que aconteceu? — gaguejo.

Ela abre a boca, mas em vez da resposta, um miado digno de pena sai.

Apesar de tudo, dou uma risada. Não por ser engraçado, mas porque foi inesperado. Mas me sinto péssima, principalmente quando ela sibila.

Eu me agacho e faço uma careta quando os pontos se repuxam.

— Não entre em pânico. Desculpa. Você me pegou de surpresa. Foi por isso que mandei deixar o talismã com você.

Ela faz outro ruído de miado.

— É — eu digo, suspirando. — Ninguém gosta de ouvir "eu te disse". Não se preocupe. O idiota que achou que seria uma brincadeira engraçada vai se arrepender profundamente. Vem.

Heather me segue, tremendo. Quando tento passar o braço pelos ombros dela, ela se afasta com outro sibilar. Pelo menos ela continua ereta. Pelo menos está humana o suficiente para ficar comigo e não fugir.

Passamos pelas cercas vivas, e desta vez o labirinto não apronta conosco. Em três voltas, estamos entre os convidados. Um chafariz jorra delicadamente e o som se mistura às conversas.

Olho ao redor, em busca de alguém que eu conheça.

Taryn e Locke não estão presentes. É provável que tenham ido até um caramanchão, onde vão fazer as juras particulares um ao outro, o verdadeiro casamento feérico, sem testemunhas e misterioso. Em uma terra onde não existem mentiras, as promessas não precisam ser públicas para unirem duas pessoas.

Vivi corre até mim e segura a mão de Heather. Seus dedos estão curvados em formato de pata.

— O que houve? — pergunta Oriana.

— Heather? — chama Oak. Ela olha para ele com olhos iguais aos da minha irmã. Fico me perguntando se esse é o cerne da piada. Uma gata para uma garota com olhos de gato.

— Faz alguma coisa — diz Vivi para Oriana.

— Não sou muito boa com encantamentos — retruca ela. — Desfazer maldições nunca foi minha especialidade.

— Quem fez isso? É *ele ou ela* quem pode desfazer. — Minha voz tem um rosnado que me faz parecer Madoc. Vivi olha para a frente com uma expressão estranha no rosto.

— Jude — avisa Oriana, mas Heather aponta com os dedos dobrados.

Perto de um trio de faunos tocando flauta, vejo um garoto com orelhas de gato. Ando pelo labirinto em sua direção. Uma das mãos vai até o cabo da minha espada; toda a frustração que sinto por tudo que não consigo controlar se acumula na vontade de resolver esse problema.

Minha outra mão derruba o cálice de vinho verde que ele segura. O líquido se espalha nos trevos antes de penetrar na terra embaixo dos nossos pés.

— O que é isso? — pergunta ele.

— Você botou uma maldição naquela garota ali — digo para ele. — Conserte *imediatamente.*

— Ela admirou minhas orelhas — responde o garoto. — Só dei o que ela desejou. Um favor de festa.

— É isso que vou dizer depois que te estripar e usar suas entranhas como decoração — ameaço. — *Só dei o que ele desejou. Afinal, se ele não quisesse ser eviscerado, teria honrado meu pedido bem razoável.*

Com olhares furiosos para todo mundo, ele anda pela grama e fala algumas palavras. O encantamento começa a se dissipar. Mas Heather começa a chorar de novo quando sua humanidade volta. Soluços enormes a sacodem.

— Eu quero ir embora — diz ela, a voz trêmula e chorosa. — Quero ir para casa agora e não quero voltar nunca mais.

Vivi devia tê-la preparado melhor, devia ter cuidado para que ela estivesse sempre com um amuleto... ou melhor, dois. Nunca devia ter deixado Heather andar por aí sozinha.

Tenho medo de que, em alguma medida, seja culpa minha. Taryn e eu escondemos de Vivi o pior do que é ser humana no Reino das Fadas. Acho que Vivi acreditou que daria tudo certo porque, se suas irmãs ficaram bem, Heather também ficaria. Mas nós nunca ficamos bem.

— Vai ficar tudo bem — conforta Vivi, massageando as costas de Heather. — Você está bem. É só meio esquisito. Mais tarde você vai achar engraçado.

— Ela não vai achar engraçado — digo, e Vivi me olha com raiva.

Os soluços continuam. Por fim, Vivi coloca o dedo embaixo do queixo de Heather e levanta seu rosto para olhar diretamente para os olhos dela.

— Você está bem — repete Vivi, e ouço o glamour na voz dela. A mágica faz o corpo todo de Heather relaxar. — Não se lembra da última meia hora. Estava se divertindo muito no casamento, mas levou um tombo. Estava chorando porque machucou o joelho. Não é uma coisa boba?

Heather olha em volta, constrangida, e seca os olhos.

— Me sinto meio ridícula — diz ela com uma risada. — Acho que fiquei surpresa.

— Vivi — sussurro.

— Eu sei o que você vai dizer — responde Vivi, num cochicho. — Mas é só desta vez. E antes que você pergunte, eu nunca fiz isso antes. Mas ela não precisa se lembrar daquilo tudo.

— Claro que precisa. Ou não vai ser cuidadosa da próxima vez.

Estou com tanta raiva que mal consigo falar, mas preciso fazer Vivi entender. Preciso fazer com que ela perceba que até as lembranças horríveis são melhores do que buracos estranhos ou o vazio dos sentimentos não terem sentido.

Mas antes que eu possa começar, Fantasma surge atrás de mim. Vulciber está a seu lado. Os dois estão de uniforme.

— Vem com a gente — diz Fantasma, ríspido de uma forma incomum.

— O que foi? — pergunto, a voz cortante. Ainda estou pensando em Vivi e Heather.

Fantasma está mais sério que nunca.

— O Reino Submarino agiu.

Olho ao redor procurando Oak, mas ele está onde o deixei momentos antes, com Oriana, vendo Heather insistir que está bem. Uma ruga marca o espaço entre as sobrancelhas, mas ele parece protegido de tudo, exceto de influências ruins.

Cardan está do outro lado da área verde, perto de onde Taryn e Locke surgiram depois dos votos feitos. Taryn parece tímida, com as bochechas rosadas. Feéricos correm para beijá-la: goblins e elfos, cortesãs e bruxas. O céu está claro, o vento doce e cheio de flores.

— A Torre do Esquecimento. Vulciber insiste que você vá ver — diz Bomba. Eu nem reparei quando ela se aproximou. Ela está toda de preto, o cabelo preso em um coque. — Jude?

Eu me viro para os espiões.

— Não entendi.

— Vamos explicar no caminho — diz Vulciber. — Está pronta?

— Só um segundo. — Tenho que parabenizar Taryn antes de sair. Dar um beijo na bochecha dela e dizer algo bonito, para ela saber que eu vim, mesmo precisando sair. Mas quando olho para ela, para calcular a rapidez com que consigo fazer isso, meu olhar se prende nos brincos.

Pendurados nos lóbulos estão uma lua e uma estrela. Os brincos que negociei com Grimsen. Que perdi na floresta. Ela não estava usando quando subimos na carruagem, então deve ter ganhado...

Ao lado dela, Locke exibe um sorriso de raposa, e, quando anda, vejo que está mancando de leve.

Por um momento, fico só olhando, minha mente se recusando a admitir o que estou vendo. Era Locke com os cavaleiros, Locke e os amigos na noite anterior ao casamento dele. Uma espécie de despedida de solteiro. Acho que ele decidiu se vingar porque o ameacei. Isso ou talvez ele soubesse que não poderia ser fiel e decidiu ir atrás de mim antes que eu fosse atrás dele.

Dou uma última olhada para eles e me dou conta de que não posso fazer nada agora.

— Passe a notícia sobre o Reino Submarino para o Grande General — digo a Bomba. — E cuide para que...

— Vou cuidar do seu irmão — diz ela, para me tranquilizar. — E do Grande Rei.

Dou as costas para o casamento e sigo Vulciber e Fantasma. Tem cavalos amarelos com crinas longas ali perto, já selados. Pulamos neles e cavalgamos até a prisão.

Do lado de fora, a única evidência de que algo pode estar errado são as ondas, mais altas do que jamais vi. A água se acumulou nas pedras irregulares.

Dentro, vejo os corpos. Cavaleiros caídos no chão, pálidos e imóveis. Os poucos de costas estão com água na boca, como se os lábios fossem as bordas de um cálice. Outros estão deitados de lado. Todos os olhos foram substituídos por pérolas.

Afogados em terra seca.

Desço a escada correndo, apavorada pela mãe de Cardan. Mas ela está lá, viva, me olhando da escuridão. Por um momento, fico parada na frente de sua cela, a mão no peito de alívio.

Mas puxo Cair da Noite e corto entre a grade e o cadeado. Fagulhas voam e a porta se abre. Asha me olha com desconfiança.

— Vá — digo. — Esqueça nossas barganhas. Esqueça tudo. Saia daqui.

— Por que você está fazendo isso? — questiona ela.

— Por Cardan. — Deixo a segunda parte de fora: *Porque a mãe dele ainda está viva e a minha não, porque, mesmo que ele te odeie, pelo menos devia ter a chance de falar isso.*

Com um olhar surpreso para mim, ela começa a subir.

Preciso saber se Balekin ainda está aprisionado, se ainda está vivo. Desço mais um pouco, seguindo caminho pela escuridão com uma das mãos na parede e a outra segurando a espada.

Fantasma chama meu nome, provavelmente por causa da chegada abrupta de Asha na frente dele, mas estou determinada. Meus pés ficam mais velozes e seguros nos degraus em espiral.

Encontro a cela de Balekin vazia, as barras tortas e quebradas, os tapetes opulentos molhados e cobertos de areia.

Orlagh levou Balekin. Roubou um príncipe do Reino das Fadas debaixo do meu nariz.

Solto um palavrão por causa da minha cegueira. Eu sabia que eles estavam se encontrando, sabia que estavam maquinando juntos, mas tinha certeza, por causa de Nicasia, de que o que Orlagh queria mesmo era que Cardan fosse o noivo do mar. Não passou pela minha cabeça que ela agiria antes de ouvir uma resposta. E não achei que, quando ela ameaçou levar sangue, estivesse falando de Balekin.

Balekin. Seria difícil colocar a coroa do Reino das Fadas em sua cabeça sem que Oak estivesse lá. Mas se Cardan abdicasse, isso representaria um período de instabilidade, outra coroação, outra chance de Balekin governar.

Penso no meu irmão, que não está pronto para nada disso. Penso em Cardan, que precisa ser persuadido a se jurar a mim novamente, principalmente agora.

Ainda estou xingando quando ouço uma onda bater nas pedras com força suficiente para reverberar por toda Torre. Fantasma grita meu nome de novo, de um local mais próximo do que espero.

Eu me viro quando ele aparece na outra extremidade da sala. Ao lado dele há três sereianos me observando com olhos pálidos. Demoro um momento para entender a imagem, para perceber que Fantasma não está preso nem sendo ameaçado. Para perceber que é uma traição.

Meu rosto fica quente. Quero sentir raiva, mas sinto um rugido na cabeça que supera tudo.

O mar bate na margem de novo, acertando a lateral da Torre. Fico feliz de Cair da Noite já estar na minha mão.

— Por quê? — pergunto, ouvindo as palavras de Nicasia ecoar nos meus ouvidos como as ondas: *Alguém em quem você confia já te traiu.*

— Eu servia ao príncipe Dain — diz Fantasma. — Não a você.

Começo a falar, mas há uma movimentação atrás de mim. Em seguida, sinto dor na parte de trás da minha cabeça e mais nada.

Livro Dois

Elas roubaram a pequena Bridget
Que ficou sete anos desaparecida;
Quando voltou ao mundo,
As amigas estavam sumidas.
Elas a levaram de volta,
Entre a noite e o outro dia;
Acharam que estava dormindo,
Mas ela de dor morria.
Estão com ela desde então
No lago, bem no fundo,
Em uma cama de folhas longas,
Até sair do sono profundo.

— William Allingham,
"As fadas".

CAPÍTULO 22

Acordo no fundo do mar.

No começo, entro em pânico. Estou com água nos pulmões e uma pressão terrível no peito. Abro a boca para gritar e um som sai, mas não o que espero. Fico tão sobressaltada que paro e me dou conta de que não estou me afogando.

Estou viva. Estou respirando água, com dificuldade, mas estou respirando.

Estou sobre uma cama feita de corais de recife e forrada com algas, com filetes longos flutuando na correnteza. Estou dentro de uma construção, que também parece de coral. Peixes entram pelas janelas.

Nicasia flutua na ponta da minha cama, os pés substituídos por uma cauda comprida. A sensação de vê-la na água é a mesma de vê-la pela primeira vez, o cabelo azul-esverdeado ondulando em volta do corpo e os olhos pálidos brilhando em tom metálico debaixo das ondas. Ela era linda em terra, mas aqui parece uma força da natureza, apavorante em sua beleza.

— Isto é por Cardan — diz ela antes de fechar a mão e me dar um soco na barriga.

Eu não conseguiria obter o impulso necessário para bater em alguém embaixo da água, mas é o mundo dela e ela sabe muito bem como agir.

— Ai. — Tento tocar o lugar onde ela bateu, mas meus pulsos estão presos por algemas pesadas e não se movem tanto. Viro a cabeça e vejo rochas me prendendo no chão. Sou tomada por um novo pânico, que traz junto uma sensação de irrealidade.

— Não sei que truque você usou com ele, mas vou descobrir — afirma ela, me deixando nervosa com o quanto chega perto. Ainda assim, significa que ela não *sabe* de nada.

Eu me obrigo a me concentrar nisso, no aqui e agora, em descobrir o que posso fazer e em elaborar um plano. Mas é difícil com a raiva que estou sentindo; raiva de Fantasma por me trair, raiva de Nicasia e de mim mesma, de mim mesma, sempre eu, mais do que qualquer outra pessoa. Furiosa comigo mesma por parar nessa situação.

— O que aconteceu com Fantasma? Onde ele está?

Nicasia me observa com os olhos apertados.

— O quê?

— Ele te ajudou a me sequestrar. Você pagou a ele? — pergunto, tentando parecer calma. O que mais quero saber é o que não posso perguntar: ela sabe os planos de Fantasma para a Corte das Sombras? Mas, para descobrir e impedir, preciso fugir.

Nicasia encosta a mão na minha bochecha e ajeita meu cabelo.

— Se preocupe com você mesma.

Talvez ela só me queira aqui por motivos de ciúme pessoal. Talvez eu ainda consiga sair dessa.

— Você acha que eu usei algum truque porque Cardan gosta mais de mim do que de você — digo. — Mas você disparou nele com uma besta. Claro que ele gosta mais de mim.

O rosto dela fica pálido, a boca se abrindo de surpresa e se fechando de fúria quando ela se dá conta do que estou insinuando: que contei para ele. Talvez não seja tão boa ideia me gabar e correr o risco de gerar a fúria de

Nicasia quando estou indefesa, mas espero que ela seja levada a me contar por que estou aqui.

E quanto tempo tenho que ficar. Já passei um período inconsciente... Com Madoc livre para planejar a guerra com seu novo conhecimento de minha influência sobre a Coroa, com Cardan totalmente livre para fazer o que seu coração caótico desejar, com Locke podendo debochar de todo mundo que conseguir e atrair quem quiser para seus dramas, com o Conselho podendo forçar a capitulação para o mar e eu não podendo fazer nada para impedir.

Quanto tempo mais vou passar aqui? Quanto tempo até que todos os cinco meses do meu trabalho sejam desfeitos? Penso em Val Moren jogando coisas no ar e deixando que caíssem em volta dele. No rosto e nos olhos humanos nada solidários.

Nicasia parece ter recuperado a compostura, mas a cauda longa se balança para a frente e para trás.

— Bem, você é nossa agora, mortal. Cardan vai se arrepender do dia em que botou a confiança dele em você.

Ela quer que eu fique com mais medo, mas sinto um certo alívio. Eles não acham que tenho algum poder especial. Acham que eu tenho uma vulnerabilidade especial. Acham que podem me controlar como fariam com qualquer mortal.

Ainda assim, alívio é a última coisa que devo demonstrar.

— É, Cardan devia mesmo confiar mais em você. Você parece mesmo muito confiável. E nem o está traindo agora mesmo.

Nicasia enfia a mão em uma bandoleira transpassada no peito e puxa uma lâmina, um dente de tubarão. Ela o segura e me encara.

— Eu poderia te machucar e você nem se lembraria.

— Mas você se lembraria — rebato.

Ela sorri.

— Talvez fosse algo a apreciar.

Meu coração dispara no peito, mas não deixo transparecer.

— Quer que eu mostre onde enfiar a ponta? — pergunto. — É um trabalho delicado provocar dor sem dano permanente.

— Você é burra demais para ter medo?

— Ah, eu estou com medo. Só não de você. Quem me trouxe aqui, presumo que sua mãe e Balekin, tem um uso para mim. Estou com medo *disso*, mas não de você, uma torturadora inepta que é irrelevante para os planos de todo mundo.

Nicasia diz uma palavra e uma dor sufocante afeta meus pulmões. Não consigo respirar. Abro a boca e a agonia aumenta.

Melhor que acabe rápido, digo a mim mesma. Mas não é rápido o suficiente.

Quando acordo de novo, estou sozinha.

Fico deitada com água correndo em volta de mim, os pulmões límpidos. Apesar de eu ainda estar sobre a cama, fico ciente de que estou flutuando.

Minha cabeça dói e tem uma dor no meu estômago que é uma certa combinação de fome e dor do soco. A água está fria, um frio profundo que penetra nas minhas veias, deixando meu corpo lerdo. Não sei bem quanto tempo fiquei inconsciente, nem quanto tempo tem que fui levada da Torre. Com o passar dos dias e com peixinhos aparecendo para morder meus pés, meu cabelo e os pontos em volta da minha ferida, a raiva some e o desespero a substitui. Desespero e arrependimentos.

Eu queria ter beijado a bochecha de Taryn antes de sair. Queria ter feito Vivi entender que, se ama uma mortal, tem que ser mais cuidadosa com ela. Queria ter dito a Madoc que sempre pretendi que Oak ficasse com o trono.

Queria ter elaborado mais planos. Queria ter deixado mais instruções. Queria não ter confiado em Fantasma.

Espero que Cardan sinta a minha falta.

Não sei bem por quanto tempo flutuo assim, quantas vezes entro em pânico e puxo as correntes, quantas vezes o peso da água sobre mim é opressor e me sufoca. Um sereiano nada para dentro do aposento. Move-se pela água com imensa graça. O cabelo é de um tipo de verde listrado, e as mesmas listras continuam pelo corpo. Os olhos grandes brilham na luz indiferente.

Ele move as mãos e faz alguns sons que não entendo. Mas, ajustando as expectativas, ele fala de novo.

— Eu vim preparar você para se juntar à rainha Orlagh para jantar. Se me der trabalho, posso deixá-la inconsciente com facilidade. Era assim que eu esperava encontrá-la.

Eu assinto.

— Nada de trabalho. Entendi.

Mais sereianos entram na sala, alguns com caudas verdes e outros com caudas amarelas e outros com caudas com pontas pretas. Eles nadam em volta de mim e me encaram com os olhos grandes e brilhantes.

Um solta as algemas que me prendem à cama e outro guia meu corpo para cima. Quase não tenho peso na água. Meu corpo vai para onde for empurrado.

Quando começam a me despir, entro em pânico de novo, uma espécie de reação animal. Eu me retorço nos braços deles, mas me seguram com firmeza e vestem um vestido de tecido fino pela minha cabeça. É ao mesmo tempo curto e delicado demais, quase não é uma roupa. Flutua em volta de mim, e tenho certeza de que a maior parte do meu corpo é visível através do tecido. Tento não olhar para baixo para não corar.

Sou envolta em cordas de pérolas, meu cabelo é puxado para trás com uma coroa de conchas e uma rede de algas. O ferimento na minha perna é tratado com um curativo de algas marinhas. Finalmente, sou guiada pelo enorme palácio de coral, a luz fraca pontuada pelas águas-vivas reluzentes.

Os sereianos me levam para uma sala de banquetes sem teto, e quando olho para cima, vejo cardumes e até um tubarão e, acima deles, a luz cintilante que deve ser a superfície.

Parece que é dia.

A rainha Orlagh está sentada em uma cadeira enorme, uma espécie de trono, na cabeceira da mesa, toda a superfície coberta por cracas e conchas, caranguejos e estrelas-do-mar se arrastando para cima, corais que parecem leques e anêmonas coloridas se movendo com a correnteza.

Ela está absurdamente majestosa. Os olhos pretos me examinam e me encolho, sabendo que estou olhando para alguém que governa há mais tempo do que gerações de vidas mortais.

Ao lado dela está Nicasia, em uma cadeira só um pouco menos impressionante. E na outra ponta da mesa está Balekin, em uma cadeira bem inferior.

— Jude Duarte — diz ele. — Agora você sabe como é ser prisioneira. Como é apodrecer numa cela? Achar que vai morrer lá?

— Não sei — respondo. — Eu sempre soube que ia sair.

Ao ouvir isso, a rainha Orlagh inclina a cabeça para trás e ri.

— Imagino que sim. Venha até mim. — Ouço o glamour na voz dela e lembro o que Nicasia disse sobre eu não lembrar do que ela faria comigo. Eu deveria mesmo ficar feliz por ela não ter feito pior.

Meu vestido fino deixa claro que não estou com nenhum amuleto. Eles não sabem do geas que Dain botou em mim. Acreditam que estou totalmente suscetível aos encantos deles.

Posso fingir. Posso fazer isso.

Nado até lá, mantendo o rosto cuidadosamente vago. Orlagh olha profundamente nos meus olhos, e é excruciante e muito difícil não afastar o olhar, manter o rosto aberto e sincero.

— Nós somos seus amigos — diz a Rainha Submarina, fazendo carinho na minha bochecha com as unhas compridas. — Você nos ama muito, mas nunca deve dizer isso para ninguém fora desta sala. Você é leal a nós e faria qualquer coisa para nos ajudar. Não é verdade, Jude Duarte?

— Sim — concordo imediatamente.

— O que você faria por mim, peixinha?

— Qualquer coisa, minha rainha.

Ela olha para Balekin por cima da mesa.

— Está vendo? É assim que se faz.

Ele parece aborrecido. Balekin se acha muito e não gosta de ser colocado no seu lugar. Sendo o mais velho dos filhos de Eldred, se ressentia do pai por não o considerar para o trono. Tenho certeza de que odeia o jeito como Orlagh fala com ele. Se ele não precisasse dessa aliança, se não estivesse no domínio dela, duvido que permitiria algo assim.

Talvez seja algo que posso explorar.

Em pouco tempo, uma série de pratos é trazida em cloches cheios de ar, de forma que, mesmo debaixo da água, ficam secos até a hora de serem comidos.

Peixe cru, cortado em rosas artísticas e formatos ousados. Ostras perfumadas com algas assadas. Ovas reluzentes, vermelhas e pretas.

Não sei se posso comer sem receber permissão explícita, mas estou com fome e disposta a correr o risco de ser repreendida.

O peixe cru é suave e misturado com algo verde picante. Não imaginei que fosse gostar, mas gosto. Engulo rapidamente três tiras vermelhas de atum.

Minha cabeça ainda está doendo, mas meu estômago começa a ficar melhor.

Enquanto como, penso no que tenho que fazer: ouvir com atenção e agir como se confiasse neles, como se fosse leal a eles. Para fazer isso, preciso me colocar pelo menos na sombra desse sentimento.

Olho para Orlagh e imagino que foi ela, não Madoc, quem me criou, que sou meia-irmã de Nicasia, que é cruel às vezes, mas acaba cuidando de mim. Com Balekin, minha imaginação falha, mas tento pensar nele como um membro novo da família, alguém em quem eu estava começando a confiar porque todo mundo confiava. Volto um sorriso para eles, um sorriso generoso que quase não parece mentira.

Orlagh olha para mim.

— Me conte sobre você, peixinha.

O sorriso quase oscila, mas me concentro na barriga cheia, na maravilha e beleza da paisagem.

— Não há muito a saber — respondo. — Sou uma garota mortal que foi criada no Reino das Fadas. Isso é o mais interessante sobre mim.

Nicasia franze a testa.

— Você beijou Cardan?

— Isso é importante? — pergunta Balekin. Ele está comendo ostras, perfurando uma de cada vez com um garfinho.

Orlagh não responde, só assente para Nicasia. Gosto que tenha feito isso, colocar a filha acima de Balekin. É bom ter alguma coisa para gostar nela, uma coisa em que me concentrar para manter o calor na minha voz verdadeiro.

— É importante se for o motivo para ele não aceitar a aliança com o Reino Submarino — rebate Nicasia.

— Não sei se devo responder — falo, olhando em volta com uma expressão que espero que pareça de confusão genuína. — Mas sim.

O rosto de Nicasia se transforma. Agora que estou "enfeitiçada", ela não parece me ver como uma pessoa na frente de quem precisa fingir estoicismo.

— Mais de uma vez? Ele ama você?

Eu não tinha percebido o quanto ela esperava que eu estivesse mentindo quando falei que o beijei.

— Mais de uma vez, mas não. Ele não me ama. Nem de perto.

Nicasia olha para a mãe e inclina a cabeça, indicando que teve a resposta que queria.

— Seu pai deve estar muito zangado com você por ter estragado os planos dele — diz Orlagh, mudando o assunto.

— Está — respondo. Curta e doce. Sem mentiras.

— Por que o general não contou a Balekin sobre os pais de Oak? — pergunta ela. — Não teria sido mais fácil do que sujeitar Elfhame ao príncipe Cardan depois de tomar a Coroa?

— Não sou da confiança dele — respondo. — Não era na época e não sou agora. Só sei que ele teve um motivo.

— Sem dúvida — interfere Balekin —, ele pretendia me trair.

— Se Oak fosse o Grande Rei, seria Madoc quem governaria Elfhame — digo, porque não é nada que eles não saibam.

— E você não queria isso. — Um servo entra com um lencinho sedoso cheio de peixes. Orlagh espeta um com uma unha comprida, fazendo um filete de sangue serpentear na minha direção na água. — Interessante.

Como não é uma pergunta, não preciso responder.

Alguns outros servos começam a retirar os pratos.

— E você nos levaria até Oak? — pergunta Balekin. — Nos levaria até o mundo mortal e o tiraria da sua irmã mais velha, o traria até nós?

— Claro — minto.

Balekin lança um olhar para Orlagh. Se eles pegassem Oak, poderiam criá-lo no mar, poderiam casá-lo com Nicasia, poderiam ter uma linhagem Greenbriar deles, leal ao Reino Submarino. Eles teriam opções além de Balekin para chegarem ao trono, o que pode não agradá-lo.

Um jogo a longo prazo, mas, no Reino das Fadas, é um jeito racional de jogar.

— Esse tal de Grimsen — pergunta Orlagh à filha. — Você acredita mesmo que ele possa fazer uma nova coroa?

Meu coração parece parar por um momento. Fico feliz de ninguém estar olhando para mim, porque, nesse momento, não acho que seria capaz de esconder meu horror.

— Ele fez a Coroa de Sangue — diz Balekin. — Se fez aquilo, claro que pode fazer outra.

Se eles não precisam da Coroa de Sangue, então não precisam de Oak. Não precisam criá-lo, não precisam dele para colocar a coroa na cabeça de Balekin, não precisam dele vivo.

Orlagh olha para Balekin com expressão de reprimenda. E espera Nicasia responder.

— Ele é ferreiro — diz Nicasia. — Não pode forjar no fundo do mar, então vai sempre preferir a terra. Mas, com a morte do Alderking, ele anseia por glória. Quer ter um Grande Rei que lhe dê isso.

Esse é o plano deles, digo para mim mesma para tentar sufocar o pânico que sinto. *Eu sei o plano deles*. Se conseguir fugir, posso impedi-lo.

Uma faca nas costas de Grimsen antes de ele terminar a coroa. Às vezes duvido da minha eficiência como senescal, mas nunca como assassina.

— Peixinha — chama Orlagh, a atenção voltando a mim. — Me conte o que Cardan prometeu a você para ajudá-lo.

— Mas ela... — começa Nicasia, mas o olhar de Orlagh a silencia.

— Filha — diz a Rainha Submarina —, você não vê o que está debaixo do seu nariz. Cardan recebeu um trono dessa garota. Pare de procurar que poder ela tem sobre ele... e comece a procurar o que ele tinha sobre ela.

Nicasia volta um olhar petulante para mim.

— O que você quer dizer?

— Você disse que Cardan não gostava muito dela. Mas ela o fez Grande Rei. Considere que talvez ele tenha percebido que ela seria útil e explorou essa utilidade, com beijos e elogios, tanto quanto você fez para cultivar o pequeno ferreiro.

Nicasia parece intrigada, como se todas as suas ideias do mundo estivessem abaladas. Talvez ela não visse Cardan como alguém capaz de conspirar. Mas consigo ver que algo no pensamento a agrada. Se Cardan me seduziu para ficar ao seu lado, ela não precisa mais se preocupar se ele gosta de mim. Só precisa se preocupar com a minha utilidade.

— O que Cardan te prometeu em troca da coroa de Elfhame? — pergunta Orlagh com extrema gentileza.

— Eu sempre quis um lugar no Reino das Fadas. Ele me disse que me faria senescal e me tornaria seu braço direito, como Val Moren na Corte de Eldred. Cuidaria para que eu fosse respeitada e até temida. — É mentira, claro. Ele nunca me prometeu nada, e Dain prometeu bem menos do que isso. Mas, ah, se alguém tivesse prometido, se Madoc tivesse prometido, teria sido muito difícil recusar.

— Você está me dizendo que traiu seu pai e botou aquele idiota no trono em troca de um *trabalho*? — pergunta Balekin com incredulidade.

— Ser Grande Rei de Elfhame também é um trabalho — respondo. — E olha o que precisamos sacrificar para chegar a isso. — Por um momento, faço uma pausa e me pergunto se falei com rispidez demais para eles acreditarem que ainda estou enfeitiçada, mas Orlagh só sorri.

— Verdade, minha querida — concorda ela depois de uma pausa. — Não estamos botando nossa fé em Grimsen, ao mesmo tempo que oferecemos uma recompensa não muito diferente?

Balekin parece insatisfeito, mas não discute. É bem mais fácil acreditar que Cardan foi a mente por trás do plano do que uma garota mortal.

Consigo comer mais três fatias de peixe e tomar uma espécie de chá de arroz tostado e alga marinha por um canudo inteligente que não se mistura com a água do mar antes de eu ser levada para uma caverna submarina. Nicasia acompanha os guardas sereianos que me levam até lá.

Não é um quarto, é uma jaula. Mas quando sou jogada lá dentro, descubro que, apesar de ainda estar encharcada, o ambiente é seco e cheio de ar que de repente não consigo respirar.

Eu sufoco e meu corpo entra em espasmo. Dos meus pulmões sai toda a água, junto com alguns pedaços de peixe parcialmente digeridos.

Nicasia ri.

Com a voz carregada de glamour, ela diz:

— Não é um quarto lindo?

O que vejo é só um piso de pedra áspera, sem mobília, sem nada.

A voz dela está sonhadora.

— Você vai amar a cama de dossel, envolta em cobertas macias. E as mesinhas laterais com seu próprio bule de chá, ainda fumegante. Vai estar quente e delicioso sempre que você tomar.

Ela coloca um copo de água do mar no chão. Acho que é para ser o chá. Se eu beber, como ela sugere, meu corpo vai ficar desidratado rapidamente. Os mortais podem passar alguns dias sem água potável, mas como eu estava respirando água do mar, posso já estar encrencada.

— Sabe — diz ela enquanto finjo admirar o quarto, virando com expressão impressionada, me sentindo idiota —, nada que eu possa fazer com você vai ser tão terrível quanto o que você vai fazer com você mesma.

Eu me viro para ela fingindo não entender, a testa franzida.

— Não importa — responde ela, e me deixa o restante da noite rolando no chão duro, tentando fingir que acho o auge do conforto.

CAPÍTULO 23

Acordo com câimbras terríveis e tontura. A testa está coberta de suor frio e meus membros tremem incontrolavelmente.

Por quase um ano, venho envenenando meu corpo todos os dias. Meu sangue está acostumado às doses, bem maiores do que quando comecei. Está ficando viciado nelas. Agora, não consigo ficar sem.

Fico deitada no chão tentando organizar meus pensamentos. Tento lembrar as muitas vezes que Madoc saiu em campanha e digo a mim mesma que ele ficou desconfortável em todas elas. Às vezes, dormia deitado no chão, a cabeça sobre um monte de mato e os braços. Às vezes, estava ferido e lutava mesmo assim. Ele não morreu.

Eu também não vou morrer.

Fico repetindo isso, mas não sei se acredito.

Durante dias, ninguém aparece.

Eu desisto e bebo a água do mar.

Às vezes, penso em Cardan enquanto estou deitada lá. Penso em como deve ter sido crescer como um membro honrado da família real, poderoso e sem amor. Alimentado com leite de gato e negligência. Levar surras arbitrárias do irmão com quem você era mais parecido e que mais parecia gostar de você.

Imagine tantos cortesãos se curvando a você, permitindo que você reclame e bata neles. Mas por mais que os humilhasse e machucasse, você sempre soube que alguém os achava dignos de amor, quando ninguém fez o mesmo por você.

Apesar de ter crescido entre os feéricos, eu nem sempre entendo o jeito como eles pensam nem o que sentem. Eles são mais parecidos com mortais do que acham, mas assim que eu me permito esquecer que não são humanos, eles fazem algo que me lembra. Somente por esse motivo, eu seria burra de achar que sei o que Cardan sente com base na história dele. Mas imagino.

Eu imagino o que teria acontecido se eu tivesse admitido que não consegui tirá-lo da cabeça.

Eles acabam aparecendo. E me dão um pouco de água, um pouco de comida. A essa altura, estou fraca demais para me preocupar em fingir estar encantada.

Conto os detalhes que lembro da sala de estratégias de Madoc e o que ele acha das intenções de Orlagh. Repasso o assassinato dos meus pais com detalhes viscerais. Descrevo um aniversário, juro minha lealdade, explico como perdi a ponta do dedo e que menti sobre isso.

Até conto umas mentiras, seguindo as ordens deles.

E depois tenho que fingir esquecer, quando me mandam esquecer. Tenho que fingir estar satisfeita quando me dizem que banqueteei e que estou bêbada de vinho quando só tomei um cálice de água.

Tenho que deixar que me estapeiem.

Não posso chorar.

Às vezes, deitada no piso de pedra, me pergunto se há um limite para o que vou deixar que façam comigo, se há algo que me faria reagir, mesmo que me condenasse.

Se houver, eu sou uma tola.

Mas talvez, se não houver, eu seja um monstro.

— Garota mortal — chama Balekin uma tarde, quando estamos sozinhos nos aposentos cheios de água do palácio. Ele não gosta de usar meu nome, talvez porque não queira ter que se lembrar dele, por me ver como descartável, tal qual qualquer garota humana que passou pela Mansão Hollow.

Estou fraca de desidratação. Eles se esquecem de me dar água fresca e comida e me encantam com alimentos ilusórios quando peço. Estou tendo dificuldades para me concentrar nas coisas.

Apesar de Balekin e eu estarmos sozinhos em uma câmara de coral, com guardas nadando em patrulha em intervalos que conto automaticamente, não tento lutar nem fugir. Não tenho armas e minha força é pouca. Mesmo que conseguisse matar Balekin, não sou uma nadadora boa o bastante para conseguir chegar à superfície antes de me pegarem.

Meu plano foi limitado a resistência, a sobreviver de hora em hora, de dia em dia, longe do sol.

Talvez eu não possa ser encantada, mas isso não quer dizer que não posso ser destruída.

Nicasia disse que a mãe tem muitos palácios no Reino Submarino e que aquele, construído nas rochas de Insweal no fundo do mar, é só um deles. Mas, para mim, é uma tormenta constante estar tão perto de casa, mas ao mesmo tempo léguas abaixo.

Há jaulas penduradas na água por todo o palácio, algumas vazias, mas muitas com mortais com pele acinzentada, mortais que parecem que deveriam estar mortos, mas se mexem ocasionalmente de formas que sugerem que não estão. *Os afogados* é como os guardas os chamam às vezes, e, mais do que tudo, é o que tenho medo de me tornar. Lembro-me de pensar que tinha visto uma garota tirada da casa de Balekin na coroação de Dain, a garota que se jogou no mar, a garota que certamente tinha se afogado. Agora, não sei se estava enganada.

— Me conte — ordena Balekin agora. — Por que meu irmão roubou minha coroa? Orlagh acha que entende, porque entende o desejo de poder, mas ela não conhece Cardan. Ele nunca ligou para trabalho árduo. Gostava de encantar as pessoas. Gostava de causar confusão, mas entrava em desespero com esforço verdadeiro. E quer Nicasia admita ou não, ela também não o conhece. O Cardan que ela conhece pode ter manipulado você, mas não para isso.

É um teste, penso. Um teste em que preciso mentir, mas tenho medo de que minha capacidade de fazer sentido tenha me abandonado.

— Eu não sou oráculo — respondo, pensando em Val Moren e no refúgio que ele encontrou nos enigmas.

— Então tente adivinhar — diz ele. — Quando você apareceu na minha cela na Torre do Esquecimento, deu a entender que foi porque eu tinha a mão firme com ele. Mas você, de todas as pessoas, deve acreditar que ele não tinha disciplina e que eu procurava ajudá-lo a melhorar.

Ele deve estar pensando no torneio em que Cardan e eu lutamos e a forma como ele me atormentou. Estou emaranhada em lembranças, em mentiras. Estou exausta demais para inventar histórias.

— Quando o conheci, ele cavalgou bêbado pela aula de um professor respeitado, tentou me dar de comida para nixies e atacou alguém numa festa. Ele não parecia disciplinado. Parecia ter o que queria o tempo todo.

Balekin parece surpreso.

— Ele queria a atenção de Eldred — justifica ele. — Para o bem ou para o mal, quase sempre para o mal.

— Então talvez ele queira ser Grande Rei por Eldred. Ou para contrariar a memória dele.

Isso parece chamar a atenção de Balekin. Apesar de eu ter falado só para sugerir uma coisa que o fizesse parar de pensar demais nos motivos de Cardan, fico me perguntando se não há alguma verdade na ideia.

— Ou porque estava com raiva de você por ter cortado a cabeça de Eldred. Ou por você ser responsável pela morte de todos os irmãos. Ou porque ficou com medo de você o matar também.

Balekin faz uma careta.

— Cale a boca — diz ele, e agradeço por ficar em silêncio. Depois de um momento, ele olha para mim. — Me conte qual de nós é digno de ser Grande Rei, eu ou o príncipe Cardan?

— Você é — digo com facilidade, olhando para ele com a expressão treinada de adoração. Não ressalto que Cardan não é mais príncipe.

— E você diria isso a ele?

— Eu diria o que você quisesse — respondo com toda a sinceridade que consigo reunir.

— Você iria até os aposentos dele para esfaqueá-lo repetidamente até o sangue se esvair todo? — questiona Balekin, se inclinando para mais perto. Ele fala as palavras baixo, como quem fala com uma amante. Não consigo controlar o tremor que percorre meu corpo e espero que ele acredite que seja algo diferente de repulsa.

— Por você? — pergunto, fechando os olhos com a proximidade dele. — Por Orlagh? Seria um prazer.

Ele ri.

— Que selvageria.

Eu assinto, tentando controlar a ansiedade pela ideia de ser enviada em uma missão fora do mar, de ter a oportunidade de escapar.

— Orlagh me deu tanto, me tratou como uma filha. Quero recompensá-la. Apesar da beleza dos meus aposentos e das iguarias que me dão, eu não fui feita para ficar parada.

— Belo discurso. Olhe para mim, Jude.

Abro os olhos e o encaro. O cabelo preto flutua em volta do rosto dele, e aqui, embaixo da água, os espinhos nos dedos e nos braços são visíveis, como as barbatanas pontudas de um peixe.

— Me beija — pede ele.

— O quê? — Minha surpresa é genuína.

— Você não quer?

Isso não é nada, digo para mim mesma, *é melhor do que ser estapeada.*

— Eu achei que você era amante de Orlagh. Ou de Nicasia. Elas não vão se importar?

— Nem um pouco — afirma ele, me observando com atenção.

Qualquer hesitação da minha parte pareceria suspeita, então vou na direção de Balekin e encosto os lábios nos dele. A água está fria, mas o beijo é mais.

Depois do que espero ser um intervalo suficiente, eu me afasto. Ele limpa a boca com o dorso da mão, claramente repugnado, mas quando me olha, tem avidez no olhar.

— Agora me beije como se eu fosse Cardan.

Para ganhar um momento de reflexão, encaro seus olhos de coruja, passo as mãos pelos braços cheios de espinhos. É um teste, claramente. Ele quer saber quanto controle tem sobre mim. Mas acho que quer saber outra coisa também, uma coisa sobre o irmão.

Eu me obrigo a me inclinar para a frente de novo. Eles têm o mesmo cabelo preto, as mesmas maçãs do rosto. Só preciso fingir.

No dia seguinte, levam para mim uma jarra de água límpida do rio, que bebo com gratidão. No dia seguinte, começam a me preparar para voltar à superfície.

O Grande Rei fez uma barganha para me ter de volta.

Penso nas muitas ordens que dei a ele, mas nenhuma específica o suficiente para que pagasse um resgate por meu retorno seguro. Cardan ficou livre de mim e agora está me levando de volta porque quer.

Não sei o que isso quer dizer. Talvez a política tenha exigido; talvez ele realmente não tenha gostado de ir a reuniões.

Só sei que estou eufórica de alívio, louca de pavor de ser algum tipo de jogo. Se não formos à superfície, tenho medo de não conseguir esconder a dor da decepção.

Balekin me "encanta" de novo, me faz repetir minha lealdade a eles, meu amor, minha intenção assassina em relação a Cardan.

Ele entra na caverna, onde estou andando de um lado para o outro, cada toque dos meus pés descalços na pedra alto nos meus ouvidos. Nunca fiquei tão sozinha e nunca precisei desempenhar um papel por tanto tempo. Eu me sinto vazia, diminuída.

— Quando voltarmos a Elfhame, não vamos poder nos ver com frequência — diz ele, como se fosse algo que vou lamentar.

Estou tão tensa que não tenho confiança para falar.

— Você vai até a Mansão Hollow quando puder.

Penso sobre a ideia de que ele acha que vai morar na Mansão Hollow, que não espera ser colocado na Torre. Acho que a liberdade dele é parte do preço do meu resgate, e fico surpresa novamente por Cardan ter aceitado.

Eu assinto.

— Se precisar de você, vou enviar um sinal, um pano vermelho jogado no seu caminho. Quando você o vir, tem que ir imediatamente. Espero que consiga inventar uma desculpa.

— Eu conseguirei — afirmo, minha voz soando alta demais nos meus ouvidos.

— Você precisa reconquistar a confiança do Grande Rei, ficar sozinha com ele e encontrar uma forma de matá-lo. Não tente nada se houver gente por perto. Você precisa ser esperta, mesmo que demore mais de um encontro. E talvez você possa descobrir mais sobre os planos do seu pai. Quando Cardan estiver morto, vamos ter que agir rápido para cuidar da força militar.

— Sim — respondo. Respiro fundo e faço a pergunta que realmente quero fazer. — Você está com a coroa?

Ele franze a testa.

— Quase.

Por um longo momento, não falo nada. Deixo o silêncio se prolongar. É nele que Balekin fala.

— Grimsen precisa que você termine seu trabalho antes de fazê-la. Precisa do meu irmão morto.

— Ah — digo, a mente em disparada. Uma vez, Balekin se arriscou para salvar Cardan, mas agora que o irmão está entre ele e a coroa, Balekin parece bem disposto a sacrificar o irmão. Tento entender, mas não consigo me concentrar. Meus pensamentos estão dispersos.

Balekin abre um sorriso de tubarão.

— Algum problema?

Quase cometo um ato falho.

— Estou meio fraca — respondo. — Não sei qual pode ser o problema. Me lembro de ter comido. Ao menos acho que me lembro de ter comido.

Ele me olha com preocupação e chama um servo. Em poucos momentos, recebo um prato de peixe cru, ostras e ovas escuras. Ele observa com repulsa enquanto devoro a comida.

— Você vai evitar todos os amuletos, entendeu? Nada de sorva seca, nada de feixes de carvalho, freixo e espinheiro. Você não vai usar nada disso. Não vai nem tocar nisso. Se ganhar algum, vai jogar no fogo assim que puder fazer isso em segredo.

— Entendi — falo. O servo não levou água fresca para mim, mas vinho. Bebo com avidez sem me importar com o gosto estranho que fica depois nem com como sobe à cabeça.

Balekin me dá mais ordens e tento prestar atenção, mas quando ele sai, estou tonta do vinho, exausta e enjoada.

Eu me encolho no chão frio da cela e, por um momento, pouco antes de fechar os olhos, quase consigo acreditar que estou no quarto lindo que conjuraram para mim com glamoures. Esta noite, a pedra parece uma cama de penas.

CAPÍTULO 24

No dia seguinte, minha cabeça está latejando enquanto sou vestida novamente e meu cabelo é trançado. Sereianos colocam minhas próprias roupas em mim, o vestido prateado que usei no casamento de Taryn, agora desbotado pela exposição ao sal e esfiapado por ter sido mordido por criaturas do Reino Submarino. Até prendem Cair da Noite em mim, mas o punho está enferrujado e o couro parece ter sido mastigado.

Em seguida, sou levada até Balekin, que está vestido nas cores e usando o brasão do Reino Submarino. Ele me olha e pendura pérolas novas nas minhas orelhas.

A Rainha Orlagh reuniu uma procissão enorme de feéricos submarinos. Sereias, algumas montadas em tartarugas e tubarões enormes, os sereianos em forma real, todos nadando pela água. Os feéricos nas tartarugas carregam faixas vermelhas longas que vão ondulando atrás deles.

Estou sentada em uma tartaruga, ao lado de uma sereia com duas bandoleiras de facas. Ela me segura com firmeza e não luto, embora seja difícil ficar parada. O medo é uma coisa terrível, mas a combinação de esperança e medo é pior. Fico oscilando entre os dois sentimentos, meu coração batendo tão rápido e minha respiração saindo com tanta força que minhas entranhas parecem doer.

Quando começamos a subir mais e mais, uma sensação de irrealidade toma conta de mim.

Chegamos à superfície na área estreita entre Insweal e Insmire.

À margem da ilha, Cardan está sentado usando uma capa forrada de pele, majestoso em um corcel cinza pintado. Está cercado de cavaleiros com armaduras douradas e verdes. De um lado está Madoc, em um cavalo castanho enorme. Do outro está Nihuar. As árvores estão cheias de arqueiros. O dourado das folhas de carvalho na coroa de Cardan parece reluzir na luz fraca do sol se pondo.

Estou tremendo. Sinto que poderia desmontar.

Orlagh fala de onde está, no centro da procissão.

— Rei de Elfhame, como combinamos, agora que você pagou meu preço, eu garanti o retorno seguro da sua senescal. E trago-a escoltada pelo novo Embaixador do Reino Submarino, Balekin, da linhagem Greenbriar, filho de Eldred, seu irmão. Esperamos que essa escolha lhe agrade, pois ele conhece muitos costumes da terra.

O rosto de Cardan está impossível de interpretar. Ele não olha para o irmão. Seu olhar vem até mim. Tudo na postura dele é gelado.

Estou pequena, diminuída, impotente.

Olho para baixo porque, se não olhar, vou me comportar de forma estúpida. *Você pagou meu preço*, disse Orlagh para ele. O que ele teria feito pelo meu retorno? Tento relembrar minhas ordens, relembrar se o forcei a alguma coisa.

— Você prometeu que ela estaria inteira e saudável — responde Cardan.

— E você pode ver que ela está — diz Orlagh. — Minha filha, Nicasia, Princesa do Reino Submarino, vai ajudá-la até a terra com suas próprias mãos reais.

— Ajudá-la? — questiona Cardan. — Ela não devia precisar de ajuda. Você a deixou na umidade e no frio por tempo demais.

— Talvez você não a queira mais — retruca Orlagh. — Talvez prefira outra coisa no lugar, Rei de Elfhame.

— Ficarei com ela — diz ele, falando ao mesmo tempo com um tom possessivo e de desdém. — E meu irmão será seu embaixador. Tudo será como combinamos.

Ele assente para dois cavaleiros, que vão até onde estou sentada e me ajudam a descer, me ajudam a andar. Tenho vergonha das minhas pernas bambas, da minha fraqueza, do papel ridículo de ainda estar vestindo a roupa inadequada de Oriana para uma festa que acabou há muito tempo.

— Ainda não estamos em guerra — alerta Orlagh. — Também não estamos em paz. Considere bem seu próximo ato, rei da terra, agora que sabe o preço do desafio.

Os cavaleiros me guiam até a terra, passando pelos outros feéricos. Nem Cardan nem Madoc se viram quando passo por eles. Tem uma carruagem esperando no meio das árvores, e sou levada para dentro.

Uma cavaleira retira o elmo. Já a vi antes, mas não a reconheço.

— O general me instruiu a levá-la para a casa dele — informa.

— Não — respondo. — Tenho que ir para o palácio.

Ela não me contradiz, mas também não aceita.

— Tenho que fazer o que ele mandou.

E apesar de eu saber que preciso lutar, que houve uma época em que lutaria, não faço nada. Deixo que feche a porta da carruagem. Encosto no banco e fecho os olhos.

Quando acordo, os cavalos estão levantando poeira na frente da fortaleza de Madoc. A cavaleira abre a porta, e Gnarbone ergue meu corpo da carruagem com tanta facilidade quanto eu pegaria Oak no colo, como se eu fosse feita de galhos e folhas em vez de carne e osso. Ele me leva para o meu antigo quarto.

Tatterfell está nos esperando. Ela solta meu cabelo e tira o vestido, leva Cair da Noite e veste uma túnica em mim. Outro servo traz uma bandeja com um bule de chá quente e um prato de carne de veado sangrando numa torrada. Eu me sento no tapete e como, usando o pão com manteiga para recolher o molho da carne.

Adormeço ali também. Quando acordo, Taryn está me sacudindo.

Pisco sem entender nada e me levanto, desajeitada.

— Acordei — digo. — Quanto tempo fiquei deitada aqui?

Ela balança a cabeça.

— Tatterfell disse que você passou o dia e a noite apagada. Ela estava com medo de você estar com alguma doença humana, foi por isso que mandou me chamar. Vem, pelo menos suba na cama.

— Você está casada agora — lembro de repente. Com isso vem a lembrança de Locke e os cavaleiros, dos brincos que eu daria a ela. Tudo parece tão longe, tão distante.

Ela assente e encosta o pulso na minha testa.

— E você está com uma aparência péssima. Mas acho que não está com febre.

— Estou bem — digo, a mentira surgindo automaticamente nos meus lábios. Preciso chegar a Cardan e avisá-lo sobre Fantasma. Preciso ver a Corte das Sombras.

— Não aja com tanto orgulho — declara ela, com lágrimas nos olhos. — Você desapareceu na noite do meu casamento e eu só soube de manhã que você tinha sumido. Fiquei com tanto medo.

"Quando o Reino Submarino mandou mensagem dizendo que estava com você, o Grande Rei e Madoc culparam um ao outro. Eu não sabia o que ia acontecer. Toda manhã, ia para a beira da água e olhava para baixo na esperança de te ver. Perguntei a todas as sereias se elas podiam me dizer se você estava bem, mas nenhuma quis falar nada."

Tento imaginar o pânico que ela deve ter sentido, mas não consigo.

— Eles parecem ter resolvido as diferenças — observo, pensando em Cardan e Madoc juntos na praia.

— Mais ou menos isso. — Ela faz uma careta, e tento sorrir.

Taryn me ajuda a subir na cama e ajeita as almofadas para mim. Sinto dores no corpo inteiro, me sinto quebrada e velha e mais mortal do que nunca.

— Vivi e Oak — digo. — Estão bem?

— Estão — responde ela. — Estão em casa com Heather, que parece ter passado pela visita ao Reino das Fadas sem muitos dramas.

— Ela foi enfeitiçada.

Por um momento, vejo raiva no rosto dela, pura e rara.

— Vivi não devia fazer isso.

Fico aliviada de não ser a única que acha isso.

— Quanto tempo fiquei fora?

— Um pouco mais de um mês — informa ela, o que parece impossivelmente pouco. Sinto como se tivesse envelhecido cem anos debaixo do mar.

Não só isso, mas agora já estamos em mais da metade do um ano e um dia que Cardan prometeu. Afundo nas almofadas e fecho os olhos.

— Me ajuda a levantar — peço.

Ela balança a cabeça.

— Deixa a cozinha mandar mais sopa.

Não é difícil me persuadir. Como concessão, Taryn me ajuda a vestir roupas que antes ficavam apertadas e agora estão largas demais. Ela fica e me dá colheradas de caldo.

Quando está pronta para ir embora, ela levanta a saia e tira uma faca comprida de caça de uma bainha presa a uma cinta-liga. Naquele momento, fica claro que crescemos na mesma casa.

Ela coloca a faca sobre as cobertas, ao lado de um amuleto que tira do bolso.

— Aqui. Fique com tudo isso. Sei que vão fazer com que se sinta segura. Mas você precisa descansar. Me diga que não vai fazer nada precipitado.

— Eu mal consigo ficar de pé sozinha.

Ela me olha com severidade.

— Nada precipitado — prometo.

Ela me abraça antes de sair e fico por tempo demais agarrada em seus ombros, absorvendo o cheiro humano de suor e pele. Nada de mar, nada de pinheiros, nem sangue, nem flores noturnas.

Eu cochilo com a mão na faca. Não sei bem quando acordo, mas é com o som de uma discussão.

— Sejam quais forem as ordens do Grande General, estou aqui para ver a senescal do Grande Rei e não vou aceitar mais desculpas! — É a voz de uma mulher, que acho que reconheço. Saio da cama e vou trôpega até a sacada. Vejo Dulcamara, da Corte dos Cupins. Ela olha para mim. Há um corte recente em seu rosto.

— Perdão — grita, de uma forma que deixa claro que não é isso que ela sente. — Mas preciso de uma audiência. Na verdade, vim aqui lembrá-la de suas obrigações, inclusive aquela.

Lembro de Lorde Roiben, com o cabelo branco como sal, e a promessa que fiz por ele apoiar Cardan meio ano atrás. Ele se jurou à Coroa e ao Grande Rei, mas com uma condição específica.

Um dia, vou pedir um favor ao seu rei, dissera.

O que eu falei em resposta? Tentei negociar: *Algo de igual valor. E ao nosso alcance.*

Acho que ele mandou Dulcamara para cobrar o favor, mas não sei que utilidade terei nesse estado.

— Oriana está na sala? Se não estiver, levem Dulcamara e falarei com ela lá — ordeno, segurando a amurada para não cair. Os guardas de Madoc parecem infelizes, mas não me contradizem.

— Por aqui — diz um dos criados, e, com um último olhar hostil para mim, Dulcamara vai atrás.

Isso me dá tempo de seguir com passos hesitantes pela escada.

— As ordens do seu pai foram para você não sair — diz um dos guardas, acostumado com uma criança a ser cuidada e não a senescal do Grande Rei, com quem é preciso agir com mais formalidade. — Ele queria que você descansasse.

— O que quer dizer que não deu ordens de *não* fazer audiências aqui, mas só porque não pensou na questão. — O guarda não rebate, só franze a testa. — As preocupações dele e as suas estão registradas.

Consigo chegar à sala de Oriana sem cair. E se me apoio por tempo suficiente nas molduras de madeira das janelas ou nas beiradas de mesas, até que não é tão horrível.

— Nos traga chá, por favor, o mais quente que conseguir — peço a um criado que me observa com atenção demais.

Eu me preparo, solto a parede e entro na sala, assinto para Dulcamara e me sento numa cadeira, mas ela fica de pé, as mãos unidas nas costas.

— Agora vamos ver como é a lealdade do seu Grande Rei — diz ela, dando um passo na minha direção, o rosto tão hostil que me pergunto se o propósito dela é mais do que falar.

O instinto quer que eu me levante.

— O que houve?

Ao ouvir isso, ela ri.

— Você sabe muito bem. Seu rei deu permissão ao Reino Submarino para nos atacar. Aconteceu duas noites atrás, do nada. Muitos do nosso povo foram mortos antes de entendermos o que estava acontecendo, e agora estamos sendo proibidos de retaliar.

— Proibidos de retaliar?

Penso no que Orlagh disse sobre não estar em guerra... mas como a terra pode não estar em guerra se o mar já atacou? Como Grande Rei, Cardan deve aos súditos a força de seus militares, do exército de Madoc, quando eles estão sob ameaça. Mas negar permissão de revidar é inédito.

Ela mostra os dentes.

— A consorte de Lorde Roiben ficou ferida — revela ela. — Muito.

A pixie de pele verde e olhos negros que falou como se fosse mortal. Aquela a quem o apavorante líder da Corte dos Cupins se submetia, com quem ria junto.

— Ela vai viver? — pergunto, a voz fraca.

— É melhor torcer para que sim, mortal — diz Dulcamara. — Senão Lorde Roiben vai voltar sua fúria de destruição para seu rei garoto, apesar das juras que fez.

— Nós vamos enviar cavaleiros — prometo. — Deixe Elfhame retificar nosso erro.

Ela cospe no chão.

— Você não entende. Seu Grande Rei fez isso por você. Esses foram os termos para a Rainha Orlagh te devolver. Balekin escolheu a Corte dos

Cupins como alvo e o Reino Submarino nos atacou e Cardan permitiu. Não houve erro.

Fecho os olhos e aperto o alto do nariz.

— Não. Não é possível.

— Balekin tem ressentimento de nós há muito tempo, filha da terra.

Eu me encolho ao ouvir o insulto, mas não a corrijo. Ela pode me xingar o quanto quiser. A Grande Corte falhou com a Corte dos Cupins por minha causa.

— Nós não devíamos ter entrado para a Grande Corte. Não devíamos ter feito o juramento para o seu rei tolo. Eu vim trazer essa mensagem e uma outra. Você deve um favor a Lorde Roiben, e é melhor que seja concedido.

Tenho medo do que ele pode pedir. Um favor qualquer é uma coisa perigosa de se dar, até para uma mortal que não pode ser obrigada a honrá-lo.

— Nós temos nossos próprios espiões, senescal. Eles nos disseram que você é uma boa assassina. O que queremos é o seguinte: *mate o príncipe Balekin.*

— Não posso fazer isso — informo, atônita demais para pesar minhas palavras. Não fico insultada pelo elogio dela à minha capacidade de matar, mas me designar uma tarefa impossível também não é lisonja nenhuma. — Ele é o Embaixador do Reino Submarino. Se eu o matar, entramos em guerra.

— Então entrem em guerra.

Com isso, ela sai da sala e me deixa sentada lá sozinha até a bandeja fumegante de chá chegar.

Depois que Dulcamara foi embora e o chá já está frio, subo a escada até meu quarto. Lá, pego a faca de Taryn e a outra que está escondida atrás da minha cabeceira. Enfio a ponta de uma no bolso do vestido e o corto, para poder prender a faca na coxa e a puxar rapidamente. Há muitas armas na casa de Madoc, inclusive Cair da Noite, mas se eu começar a procurá-las e pendurá-las direito no cinto, os guardas vão reparar. Preciso que acreditem que voltei docilmente para a cama.

Vou até o espelho e me observo para garantir que a faca está bem escondida. Por um momento, não reconheço a pessoa me olhando. Fico horrorizada com o que vejo: minha pele está com um tom doentio e perdi tanto peso que meus membros parecem frágeis e finos, meu rosto, esquelético.

Eu me viro, sem querer olhar mais.

Vou até a sacada. Normalmente, não seria simples subir na amurada e descer pela parede até o gramado. Mas quando passo uma perna, percebo como minhas pernas e meus braços ficaram flácidos. Acho que não consigo descer.

Então faço o melhor que posso: eu pulo.

CAPÍTULO 25

Eu me levanto com manchas de grama nos joelhos, as palmas das mãos ardendo e sujas. Minha cabeça está girando, como se eu ainda estivesse esperando me mover com a correnteza, apesar de estar em terra.

Respiro fundo algumas vezes, absorvo a sensação do vento no rosto e os sons dele balançando as folhas das árvores. Estou cercada de aromas da terra, do Reino das Fadas, do meu lar.

Fico pensando no que Dulcamara disse: Cardan se recusou a retaliar pelo meu retorno. Isso não pode ter deixado seus súditos felizes. Não sei nem se Madoc acharia uma boa estratégia. E é por isso que tenho dificuldade de imaginar por que ele concordou, principalmente porque, se eu ficasse no Reino Submarino, ele estaria livre do meu controle. Eu nunca pensei que ele gostasse tanto de mim a ponto de me salvar. E não sei se vou acreditar se não ouvir os motivos dos lábios dele.

Mas seja qual for o motivo que o fez me trazer de volta, preciso avisá-lo sobre Fantasma, sobre Grimsen e a coroa, sobre o plano de Balekin de que eu seja a assassina dele.

Vou na direção do palácio a pé, certa de que os guardas vão demorar mais para perceber que saí do que levaria para os cavalariços perceberem a falta de uma montaria. Mas respiro com dificuldade logo depois de começar a andar. Na metade do caminho, tenho que parar e descansar em um toco de árvore.

Você está bem, digo a mim mesma. *Se levante.*

Demoro muito tempo para chegar ao palácio. Quando alcanço a porta, empertigo os ombros e tento não demonstrar como estou exausta.

— Senescal — diz um dos guardas no portão. — Seu perdão, mas você está banida do palácio.

Você nunca vai negar uma audiência a mim nem vai dar ordens que me mantenham longe de você. Por um momento delirante, me pergunto se fiquei no Reino Submarino por mais tempo do que Taryn falou. Talvez um ano e um dia tenham passado. Mas isso é impossível. Eu aperto o olhar.

— Ordens de quem?

— Desculpe, minha lady — diz outro cavaleiro. Seu nome é Diarmad. Eu o reconheço como um cavaleiro em quem Madoc fica de olho, alguém em quem ele confiaria. — O general, seu pai, deu a ordem.

— Eu preciso ver o Grande Rei — anuncio, tentando usar um tom de comando, mas uma nota de pânico surge na minha voz.

— O Grande General nos mandou chamar uma carruagem caso você aparecesse e, se necessário, ir com você. Será necessária nossa presença?

Fico parada ali, furiosa e vencida.

— Não.

Cardan *não poderia* me negar uma audiência, mas poderia *permitir* que alguma outra pessoa desse a ordem. Desde que Madoc não pedisse a permissão do Grande Rei, não contrariaria a minha ordem. E não seria tão difícil descobrir o tipo de ordem que dei a Cardan... afinal, a maioria foram coisas que o próprio Madoc teria dito, provavelmente.

Eu sabia que ele queria governar o Reino das Fadas por trás do trono. Só não passou pela minha cabeça que pudesse encontrar o caminho até Cardan e me deixar de fora.

Eles me enganaram. Juntos ou separados, eles me enganaram.

Meu estômago se embrulha de ansiedade.

A sensação de ser enganada, a vergonha disso, me assombra. Embaralha meus pensamentos.

Lembro-me de Cardan sentado no cavalo cinza na praia, o rosto impassível, a capa de pele e a coroa acentuando sua semelhança com Eldred. Posso tê-lo enganado para que assumisse seu papel, mas não enganei a terra para recebê-lo. Ele tem poder de verdade, e quanto mais tempo fica no trono, maior se torna.

Ele se tornou Grande Rei e fez isso sem mim.

Isso era tudo que eu mais temia quando elaborei esse plano idiota. Talvez Cardan não quisesse o poder no começo, mas agora que o tem, pertence a ele.

Mas a pior parte é que faz sentido Cardan estar fora do meu alcance, estar inacessível para mim. Diarmad e os outros cavaleiros me impedirem na porta do palácio é a realização do medo que tenho desde que a coroa foi colocada naquela cabeça. E por mais terrível que seja, também parece mais razoável do que aquilo de que venho tentando me convencer há meses: sou a senescal do Grande Rei do Reino das Fadas, tenho poder real, consigo manter esse jogo em andamento.

A única coisa que me questiono é por que não me deixaram no fundo do mar.

Dou as costas para o palácio e sigo pelas árvores até onde tem uma entrada para a Corte das Sombras. Só espero não dar de cara com Fantasma. Se nos encontrarmos, não sei bem o que vai acontecer. Mas se conseguir falar com Barata e Bomba, talvez eu possa descansar um pouco. E conseguir as informações de que preciso. E mandar alguém para cortar a garganta de Grimsen antes que ele termine a nova coroa.

Mas quando chego lá, percebo que a entrada desabou. Não, quando olho com mais atenção, vejo que não é bem isso: tem evidências de uma explosão. O que destruiu a entrada fez bem mais danos do que isso.

Não consigo respirar.

Ajoelho-me em agulhas de pinheiros e tento entender o que estou vendo, porque parece que a Corte das Sombras foi *enterrada*. Deve ter sido trabalho do Fantasma... traição acima de traição. Só espero que Barata e Bomba estejam vivos.

Por favor, que estejam vivos.

Sem ter como encontrá-los, estou mais presa do que nunca. Atordoada, volto para os jardins.

Um grupo de crianças feéricas se reuniu em volta de um professor. Um garoto dos Cotovias colhe rosas azuis nos arbustos reais enquanto Val Moren anda ao seu lado, fumando um cachimbo comprido, a gralha cinzenta no ombro.

O cabelo está desgrenhado em volta da cabeça, amassado em algumas partes e trançado com panos coloridos e sinos em outras. Linhas de expressão marcam as laterais da boca.

— Você consegue me colocar dentro do palácio? — pergunto. É um tiro no escuro, mas não ligo mais para constrangimento. Se eu conseguir entrar, posso descobrir o que aconteceu com a Corte das Sombras. Posso chegar a Cardan.

Val Moren ergue as sobrancelhas.

— Você sabe o que eles são? — pergunta, balançando a mão na direção do garoto, que se vira para nos olhar com expressão astuta.

Talvez Val Moren não possa me ajudar. Talvez o Reino das Fadas seja um lugar em que um louco pode bancar o tolo e parecer um profeta... mas talvez seja só um louco.

O garoto Cotovia continua colhendo seu buquê, cantarolando uma melodia.

— Feéricos...?

— Sim, sim. — Ele fala com impaciência. — Feéricos do Ar. Insubstanciais, incapazes de manter uma forma. Como as sementes de flores jogadas no céu.

A gralha cinza grasna.

Val Moren dá uma tragada longa no cachimbo.

— Quando conheci Eldred, ele montava um corcel branco como leite e todas as fantasias da minha vida eram como pó e cinzas.

— Você o amava?

— Claro que sim — responde ele, mas parece que está falando sobre muito tempo antes, uma velha história que só precisa contar da mesma forma que foi contada antes. — Quando o conheci, todo o senso de dever que sentia pela minha família ficou desgastado e puído como um casaco velho. E assim que as mãos dele tocaram minha pele, eu teria queimado o moinho do meu pai até não sobrar nada só para ele me tocar novamente.

— Isso é amor?

— Se não é amor, é algo bem parecido.

Penso no Eldred que conheci, velho e curvado. Mas também lembro como ele pareceu mais jovem quando a coroa foi tirada de sua cabeça. Fico pensando no quanto poderia ter rejuvenescido se não tivesse sido morto.

— Por favor. Só me ajude a entrar no palácio.

— Quando Eldred apareceu montado no corcel branco — continua Val Moren —, ele fez uma proposta. "Venha comigo para a terra sob a colina e vou lhe dar maçãs e vinho de mel e amor. Você não vai envelhecer e vai poder descobrir tudo que desejar saber."

— Parece ótimo — admito.

— Nunca faça barganhas com eles — aconselha Val Moren, segurando minha mão abruptamente. — Nem uma barganha esperta nem uma ruim, nem uma boba nem uma estranha, principalmente uma que pareça ótima.

Eu suspiro.

— Eu morei aqui quase a vida toda. Sei disso!

Minha voz sobressalta a gralha, que pula e voa para o céu.

— Então saiba disto — diz Val Moren, me olhando. — Eu não posso ajudar. Foi uma das coisas das quais abri mão. Prometi a Eldred que, quando me tornasse dele, eu renunciaria a toda humanidade. Jamais escolheria um mortal no lugar de um feérico.

— Mas Eldred está morto — insisto.

— E minha promessa continua válida. — Ele levanta as mãos na frente do corpo como reconhecimento de sua impotência.

— Nós somos humanos. Podemos mentir. Podemos violar nossa palavra.

Mas o olhar que ele lança para mim é de pena, como se a enganada fosse eu.

Quando o vejo sair, tomo uma decisão. Só uma pessoa tem motivo para me ajudar, só posso ter certeza de uma pessoa.

Você vai até a Mansão Hollow quando puder, disse Balekin. Agora é uma hora tão boa quanto qualquer outra.

Obrigo-me a andar, apesar de o caminho pelo Bosque Leitoso não ser direto e passar perto demais do mar para eu ficar tranquila. Quando olho para a água, um tremor percorre meu corpo. Não vai ser fácil morar numa ilha se eu for atormentada pelas ondas.

Passo pelo Lago das Máscaras. Quando olho para baixo, vejo três pixies me observando com preocupação aparente. Enfio as mãos na água fresca e lavo o rosto. Até bebo um pouco, apesar de ser água mágica e eu não ter certeza se é seguro. Ainda assim, água potável é um bem precioso demais para eu perder a oportunidade de beber um pouco.

Quando a Mansão Hollow aparece, faço uma pausa para recuperar o fôlego e tomar coragem.

Vou até a porta com o máximo de ousadia que consigo. A aldrava é uma argola no nariz de um rosto sinistro. Levanto a mão para tocar a campainha e os olhos do rosto entalhado se abrem.

— Eu me lembro de você — diz a porta. — A dama do meu príncipe.

— Você está enganada — retruco.

— Raramente. — A porta se abre com um leve gemido que indica falta de uso. — Saudações e seja bem-vinda.

A Mansão Hollow está desprovida de servos e guardas. Sem dúvida é difícil para o príncipe Balekin convencer os feéricos a trabalharem para ele, sendo claramente uma criatura do Reino Submarino. E com as novas regras que Cardan decretou, a capacidade de Balekin de enganar mortais para a servidão eterna também foi cortada. Ando por salões ecoantes até uma sala, onde Balekin está tomando vinho cercado de doze velas grossas. Acima da cabeça dele, mariposas vermelhas dançam. Ele as deixou para trás quando foi para o Reino Submarino, mas agora que voltou, elas voam em torno dele como uma chama de vela.

— Alguém te viu? — pergunta ele.

— Acho que não — respondo com uma reverência.

Ele se levanta, vai até uma mesa comprida e pega um frasco pequeno de vidro.

— Imagino que não tenha conseguido assassinar meu irmão.

— Madoc ordenou que eu não entrasse no palácio — digo. — Acho que teme minha influência sobre o Grande Rei, mas não posso fazer nada a Cardan se não tiver permissão para vê-lo.

Balekin toma outro gole de vinho e anda até mim.

— Haverá um baile, um baile de máscaras em homenagem a um dos lordes das cortes inferiores. Será amanhã, e desde que consiga ficar longe de Madoc, darei um jeito de você entrar. Consegue uma fantasia e uma máscara ou precisa de mim para isso também?

— Posso conseguir uma fantasia — respondo.

— Que bom. — Ele ergue o frasco. — Uma facada seria muito dramático num evento público desses. Veneno é bem mais fácil. Quero que você carregue isso até ter um momento sozinha com ele, então deve acrescentar ao vinho de Cardan em segredo.

— Farei isso — prometo.

Ele segura meu queixo com a voz carregada de glamour.

— Diga que você é minha, Jude.

Quando Balekin coloca o frasco na minha mão, fecho os dedos sobre ele.

— Sou sua criatura, príncipe Balekin — digo, olhando em seus olhos e mentindo com meu coração partido. — Faça comigo o que quiser. Sou sua.

CAPÍTULO 26

Quando estou quase saindo da Mansão Hollow, sou tomada de repente por uma onda de exaustão. Sento-me nos degraus, a cabeça tonta, e espero a sensação passar. Tem um plano tomando forma na minha mente, um plano que exige o disfarce da escuridão e eu estar bem descansada e razoavelmente bem equipada.

Eu poderia ir para a casa de Taryn, mas Locke estaria lá e ele já tentou me matar daquela vez.

Poderia voltar para a de Madoc, mas é provável que os criados tenham sido instruídos a me enrolar em cobertores peludos e me segurar em cativeiro até Cardan não estar mais sob meu comando, mas jurado a obedecer seu Grande General.

Horrorizada, fico pensando se a melhor coisa a fazer é ficar *aqui*. Não há criados, ninguém para me incomodar além de Balekin, e ele está ocupado. Duvido que repare na minha presença nessa casa enorme e ecoante.

Quero ser prática, no entanto, é difícil lutar contra o instinto de correr o mais rápido possível para o mais longe que puder de Balekin. Mas já me exauri.

Como já andei escondida pela Mansão Hollow muitas vezes antes, sei o caminho até a cozinha. Tomo mais água da bomba que fica depois dela, por estar com uma sede desesperada. Em seguida, subo a escada até onde Cardan dormia. As paredes continuam vazias, como lembro; a cama de dossel domina o aposento com seus entalhes de meninas-gato dançando com seios expostos.

Ele tinha livros e papéis, que agora se foram, mas o armário ainda está cheio de roupas extravagantes e abandonadas. Acho que não são mais ridículas o suficiente para o Grande Rei. Mas várias são pretas como a noite, e tem umas calças estreitas que vão ser boas para movimentação. Deito na cama de Cardan e, apesar do medo de ficar agitada demais de nervosismo, surpreendo a mim mesma caindo imediatamente num sono profundo e sem sonhos.

Quando acordo, no luar, vou até o armário e visto as roupas mais simples: um gibão de veludo de cuja gola e punhos arranco as pérolas e uma calça simples e macia.

Saio novamente, me sentindo menos tonta. Quando passo pela cozinha, encontro pouca comida, mas tem um pedaço de pão duro que roo enquanto ando pela escuridão.

O Palácio de Elfhame é um monte enorme com os aposentos mais importantes, inclusive a enorme sala do trono, no subterrâneo. No alto tem uma árvore, as raízes descendo mais fundo do que seria possível com qualquer coisa que não fosse magia. Mas embaixo da árvore há uns poucos aposentos com painéis de cristal fino para permitir a passagem de luz. São aposentos antiquados, como o quarto em que Cardan ateou fogo e Nicasia saiu do armário para disparar nele.

Aquele quarto está isolado agora, a porta dupla trancada e bloqueada para que a passagem para os aposentos reais não seja acessada. Seria impossível entrar por dentro do palácio.

Mas eu vou subir a colina.

Em silêncio, sorrateiramente, saio andando, enfiando minhas duas facas na terra, me erguendo, apoiando os pés em pedras e raízes. Subo cada vez mais alto. Vejo morcegos voando acima e paro, torcendo para não serem os olhos de ninguém. Uma coruja pia numa árvore próxima, e percebo quantas coisas poderiam estar me observando. Só posso ir mais rápido. Estou quase no primeiro conjunto de janelas quando a fraqueza me atinge.

Trinco os dentes e tento ignorar o tremor das minhas mãos, a falta de firmeza no passo. Estou respirando rápido demais e só quero descansar. Mas tenho certeza de que, se parar, meus músculos vão enrijecer e não vou conseguir recomeçar. Eu continuo, apesar de meu corpo todo doer.

Enfio uma faca na terra e tento me erguer, mas meu braço está fraco demais. Não consigo. Olho para baixo da colina íngreme e rochosa, para as luzes cintilantes em volta da entrada do palácio. Por um momento, minha visão fica embaçada e me pergunto o que aconteceria se eu soltasse.

Mas é um pensamento idiota. O que aconteceria é que eu rolaria colina abaixo, bateria a cabeça e me machucaria muito.

Eu me seguro e vou lentamente na direção das vidraças. Já olhei os mapas do palácio tantas vezes que só preciso espiar três vidraças para saber qual é a certa. O que vejo é só escuridão, mas começo a trabalhar, batendo com a faca no cristal até rachar.

Enrolo as mãos com a manga do gibão e quebro pedaços de vidro. Caio pelo vão na escuridão dos aposentos que Cardan abandonou. As paredes e móveis ainda fedem a fumaça e vinho azedo. Sigo pelo tato até o armário.

De lá, é fácil abrir a passagem e tatear pelo corredor e pelo caminho espiralado até os aposentos reais.

Entro no quarto de Cardan. Apesar de ainda não ter amanhecido, tenho sorte. Não há festa no quarto. Nenhuma cortesã dormindo nas almofadas nem na cama dele. Vou até onde ele está dormindo e tapo sua boca.

Cardan acorda lutando contra meu toque. Aperto com tanta força que sinto os dentes na pele.

O Grande Rei tenta pegar meu pescoço e, por um momento, tenho medo de não estar forte o suficiente, de meu treinamento não ser tão bom assim. Mas o corpo dele relaxa, como se tivesse percebido quem eu sou.

Ele não devia relaxar assim.

— Ele me mandou para te matar — sussurro.

Um tremor percorre o corpo de Cardan e sua mão vai até minha cintura, mas em vez de me empurrar para longe, ele me puxa para a cama e rola meu corpo para baixo do dele nas cobertas bordadas pesadas.

Tiro a mão da boca de Cardan e fico nervosa de estar ali, na nova cama do novo Grande Rei... Ainda sou humana demais para me deitar nessa cama, ao lado de alguém que me apavora quanto mais nutro sentimentos por ele.

— Balekin e Orlagh estão planejando seu assassinato — revelo, nervosa.

— Sim — diz ele, preguiçosamente. — E por que acordei?

Estou constrangida com a percepção da presença física dele, pelo momento em que Cardan estava parcialmente acordado e me puxou para perto.

— Porque não é fácil me enfeitiçar.

Isso o faz soltar uma gargalhada baixa. Ele estica a mão e toca meu cabelo, acompanha o vão da minha maçã do rosto.

— Eu poderia ter dito isso ao meu irmão — diz ele, com uma suavidade na voz para a qual não estou nem um pouco preparada.

— Se você não tivesse permitido que Madoc me proibisse de te ver, eu poderia ter contado isso tudo mais cedo. Tenho informações que não podem esperar.

Cardan balança a cabeça.

— Não sei do que você está falando. Madoc me disse que você estava descansando e que devíamos deixar que melhorasse.

Eu franzo a testa.

— Entendi. E, nesse ínterim, ele sem dúvida assumiria meu lugar como seu conselheiro — digo para Cardan. — Ele deu ordens aos seus guardas para que me impedissem de entrar no palácio.

— Darei ordens diferentes.

Ele se senta na cama. Está nu até a cintura, a pele prateada no brilho suave das luzes mágicas. Continua me olhando de um jeito estranho, como se nunca tivesse me visto ou como se achasse que nunca mais fosse me ver.

— Cardan? — chamo, o nome como um gosto estranho na língua. — Uma representante da Corte dos Cupins veio me ver. Ela me contou uma coisa...

— O que eles pediram em troca de você — diz ele. — Sei todas as coisas que você vai dizer. Que foi tolice concordar em pagar o preço deles. Que desestabiliza meu governo. Que foi um teste das minhas vulnerabilidades e eu fracassei. Até Madoc acreditou que era traição das minhas obrigações, embora as alternativas dele não fossem exatamente diplomáticas. Mas você não conhece Balekin e Nicasia como eu. Melhor que eles achem que você é importante para mim do que acreditarem que o que eles fazem a você passa sem consequências.

Penso em como eles me trataram enquanto acreditavam que eu era valiosa e tremo.

— Eu pensei muito desde que você sumiu e tem uma coisa que eu gostaria de dizer. — O rosto de Cardan está sério, até demais, de uma forma que ele quase nunca permite que fique. — Quando meu pai me mandou embora, primeiro eu tentei provar que não era como ele achava que eu era. Mas como isso não deu certo, tentei ser exatamente o que ele acreditava que eu era. Se ele achava que eu era ruim, eu seria pior. Se achava que eu era cruel, eu seria horrível. Eu cumpriria todas as expectativas dele. Se não podia ter seu favor, teria sua fúria, então.

"Balekin não sabia o que fazer comigo. Me fez frequentar as orgias dele, me fez servir vinho e comida para exibir seu principezinho domado. Quando fiquei mais velho e mais mal-humorado, ele passou a gostar de ter alguém para disciplinar. Suas decepções eram açoites em mim, suas inseguranças eram minhas falhas. Mas ele foi a primeira pessoa que viu algo em mim de que gostava: ele mesmo. Ele encorajou toda a minha crueldade, inflamou toda a minha raiva. E fiquei pior.

"Eu não fui gentil, Jude. Não com muitas pessoas. Não com você. Eu não sabia se te queria ou se queria você longe de mim para eu poder parar de sentir o que sentia, o que me tornou ainda mais grosseiro. Mas quando você se foi, quando foi levada para baixo das ondas, eu me odiei como nunca tinha me odiado antes."

Fico tão surpresa com as palavras que tento encontrar onde está o truque. Ele não pode querer dizer o que está dizendo.

— Talvez eu seja bobo, mas não sou idiota. Você gosta de alguma coisa em mim — continua ele, a malícia iluminando seu rosto, deixando cada parte mais familiar. — O desafio? Meus olhos bonitos? Não importa, porque tem mais coisas de que você não gosta, e eu sei. Não posso confiar em você. Mas quando você se foi, tive que tomar muitas decisões importantes, e boa parte do que fiz foi imaginando você ao meu lado, Jude, me dando um monte de ordens ridículas as quais obedeci mesmo assim.

Fico sem palavras.

Ele ri e coloca a mão quente no meu ombro.

— Ou eu te surpreendi ou você está tão mal quanto Madoc alegou.

Mas antes que eu possa dizer qualquer coisa, antes mesmo de conseguir pensar no que posso dizer, uma besta é apontada para mim. Segurando-a está Barata, com Bomba logo atrás, as adagas gêmeas nas mãos.

— Vossa Majestade, nós a seguimos. Ela veio da casa do seu irmão para matá-lo. Por favor, saia da cama — pede Bomba.

— Isso é ridículo — digo.

— Se é verdade, mostre os amuletos que está usando — exige Barata. — Sorva? Tem pelo menos sal nos seus bolsos? Porque a Jude que eu conheço não andaria sem nada.

Meus bolsos estão vazios, claro, pois Balekin verificaria e não preciso de amuleto algum, de qualquer forma. Mas não fico com muitas opções em termos de prova. Eu poderia contar sobre o geas de Dain, mas eles não têm motivo para acreditar.

— Por favor, saia da cama, Vossa Majestade — repete Bomba.

— Quem tem que sair sou eu, a cama não é minha — digo, indo em direção à beirada da cama.

— Fique onde está, Jude — ordena Barata.

Cardan sai dos lençóis. Ele está nu, o que é brevemente chocante, mas ele veste um roupão bordado sem vergonha nenhuma. A cauda meio peluda se move com irritação.

— Ela me acordou. Se quisesse cometer assassinato, não agiria assim.

— Esvazie os bolsos — diz Barata. — Vamos ver suas armas. Coloque tudo na cama.

Cardan se acomoda em uma cadeira e o roupão o envolve como um traje de chefe de estado.

Não tenho quase nada. O pedaço de pão roído. Duas facas sujas de terra e grama. O frasco.

Bomba ergue o vidro e olha para mim, balançando a cabeça.

— Aqui está. Onde você conseguiu isto?

— Com Balekin — digo, exasperada. — Que tentou me enfeitiçar para matar Cardan, porque precisa dele morto para convencer Grimsen a fazer uma coroa de Elfhame nova para ele. E foi isso que vim contar ao Grande Rei. Eu teria contado a vocês primeiro, mas não consegui entrar na Corte das Sombras.

Bomba e Barata trocam um olhar de descrença.

— Se eu estivesse mesmo enfeitiçada, teria contado alguma dessas coisas?

— Provavelmente não — admite Bomba. — Mas seria uma ótima forma de nos distrair.

— Eu não posso ser enfeitiçada — revelo. — É parte da barganha que fiz com o príncipe Dain em troca do meu serviço como espiã.

Barata levanta as sobrancelhas. Cardan me olha com intensidade, como se qualquer coisa relacionada a Dain não pudesse ser boa. Ou talvez só esteja surpreso por eu ter mais um segredo.

— Eu sempre quis saber o que ele te deu para fazer você se misturar com desgraças como nós — diz Bomba.

— Mais do que tudo, um propósito — compartilho —, mas também a capacidade de resistir a glamour.

— Você ainda pode estar mentindo — diz Barata. Ele se vira para Cardan. — Faça um teste.

— Como? — pergunta Cardan, se empertigando, e Barata parece lembrar de repente com quem está falando de forma tão vulgar.

— Não seja tão sensível, Vossa Majestade — diz Barata, com um movimento de ombros e um sorriso. — Não estou lhe dando uma ordem. Estou sugerindo que, se você tentasse enfeitiçar Jude, nós poderíamos descobrir a verdade.

Cardan suspira e anda até mim. Sei que isso é necessário. Sei que ele não pretende me machucar. Sei que *não pode* me enfeitiçar. Mas, mesmo assim, recuo.

— Jude?

— Vá em frente.

Ouço o glamour penetrar em sua voz, inebriante e sedutor e mais poderoso do que eu esperava.

— Engatinhe até mim — diz ele com um sorriso. O constrangimento cora minhas bochechas.

Fico onde estou, olhando para a cara deles.

— Satisfeitos?

Bomba assente.

— Você não foi enfeitiçada.

— Agora me digam por que eu deveria confiar em vocês — peço para ela e Barata. — Fantasma veio com Vulciber me levar para a Torre do Esquecimento. Me pediram para ir sozinha e me levaram para o lugar onde fui capturada, e ainda não sei por quê. Algum de vocês estava envolvido?

— Nós só soubemos que Fantasma tinha nos traído quando já era tarde demais — declara Barata.

Eu assinto.

— Eu vi a antiga entrada da floresta para a Corte das Sombras.

— Fantasma ativou alguns dos nossos próprios explosivos. — Ele inclina a cabeça para Bomba.

— Derrubou parte do castelo, junto com a toca da Corte das Sombras, sem mencionar as antigas catacumbas, onde estão os ossos de Mab — diz Cardan.

— Ele estava planejando isso havia um tempo. Consegui impedir que fosse pior — fala Bomba. — Alguns de nós saíram ilesos; Boca-de-Leão está bem e te viu subindo na colina do palácio. Mas muitos se feriram com a explosão. A espectro, Niniel, ficou muito queimada.

— E Fantasma? — pergunto.

— Ele está por aí — diz Bomba. — Sumiu. Não sabemos onde.

Lembro a mim mesma que as coisas poderiam ter sido bem piores.

— Agora que estamos todos entendidos e a par dessa realidade horrível — diz Cardan —, temos que discutir o que fazer.

— Se Balekin acha que pode me colocar no baile de máscaras, deixe que se esforce para isso. Vou fingir que estou com ele. — Eu paro e me viro para Cardan. — Ou posso simplesmente matá-lo.

Barata coloca a mão na minha nuca com uma gargalhada.

— Você fez bem, menina, sabia? Saiu do mar mais forte do que entrou.

Tenho que olhar para baixo, porque fico surpresa com o quanto eu queria ouvir alguém dizer isso. Quando olho para a frente de novo, Cardan está me observando com atenção. Ele parece abalado.

Balanço a cabeça para impedir que ele diga o que está pensando.

— Balekin é o Embaixador do Reino Submarino — diz ele, um eco das minhas palavras para Dulcamara. Fico grata pela volta ao assunto. — É protegido por Orlagh. E ela tem Grimsen e um desejo enorme de me testar. Se seu embaixador fosse morto, ela ficaria com muita raiva.

— Orlagh já atacou a terra — lembro a ele. — Só não declarou guerra abertamente porque está procurando ter todas as vantagens. Mas ela vai fazer isso. Então, que o primeiro golpe seja nosso.

Cardan balança a cabeça.

— Ele quer que *você* seja morto — insisto. — Grimsen exigiu essa condição para Balekin ter a coroa.

— Você devia ir atrás das mãos do ferreiro — diz Bomba. — Cortá-las dos pulsos para que ele não possa causar mais confusão.

Barata assente.

— Vou procurá-lo esta noite.

— Vocês três têm uma única solução para todos os problemas. *Assassinato.* Nenhuma chave cabe em todas as fechaduras. — Cardan nos olha com severidade, levantando a mão com dedos longos, meu anel de rubi roubado ainda no dedo. — Alguém tenta trair o Grande Rei, *assassinato.* Alguém olha para vocês de cara feia, *assassinato.* Alguém desrespeita vocês, *assassinato.* Alguém suja suas roupas lavadas, *assassinato.*

"Quanto mais escuto, mais sou lembrado de que fui acordado tendo dormido muito pouco. Vou pedir chá para mim e comida para Jude, que está meio pálida."

Cardan se levanta e envia um criado para buscar pão de aveia, queijo e dois bules enormes de chá, mas não deixa ninguém entrar no quarto. Carrega a bandeja enorme de madeira entalhada e prata sozinho da porta e a coloca em uma mesa baixa.

Estou com fome demais para resistir a fazer um sanduíche com os pães e o queijo. Depois que como o segundo e tomo três xícaras de chá, me sinto mais firme.

— O baile de máscaras amanhã — retoma Cardan. — É em homenagem a Lorde Roiben, da Corte dos Cupins. Ele veio até aqui para gritar comigo, então vamos ter que deixar. Se a tentativa de assassinato de Balekin o mantiver ocupado depois disso, melhor.

“Barata, você pode levar Grimsen para algum lugar onde ele não vá causar confusão, isso ajudaria muito. Está na hora de ele escolher lados e se curvar a um dos jogadores desse joguinho. Mas não quero Balekin morto.”

Barata toma um gole de chá e ergue uma sobrancelha peluda. Bomba suspira alto.

Cardan se vira para mim.

— Desde que você foi levada, eu pesquisei tudo de história que consegui encontrar sobre o relacionamento entre terra e mar. Desde que a primeira Grande Rainha, Mab, convocou as ilhas de Elfhame das profundezas, nossos povos tiveram conflitos ocasionais, mas parece claro que, se formos lutar de verdade, não haverá vitorioso. Você disse que achava que a rainha Orlagh estava esperando uma vantagem para declarar guerra. Mas acho que ela está testando um novo governante, um que ela espera poder enganar ou substituir por outro com dívida com ela. Ela me acha jovem e imprudente e quer me avaliar.

— E aí? — pergunto. — Nossas escolhas são aguentar os jogos dela, por mais mortais que sejam, ou entrar numa guerra que não temos como vencer?

Cardan balança a cabeça e toma outro gole de chá.

— Nós vamos mostrar a ela que não sou um Grande Rei imprudente.

— E como vamos fazer isso? — pergunto.

— Com grande dificuldade — responde ele. — Porque temo que ela esteja certa.

CAPÍTULO 27

Seria fácil tirar um dos meus próprios vestidos do palácio, mas não quero que Balekin descubra que estive ali. Vou então ao Mercado Mandrake, na ponta de Insmoor, para procurar algo adequado para o baile de máscaras.

Já estive no Mercado Mandrake duas vezes, as duas há muito tempo e com Madoc. É exatamente o tipo de lugar sobre o qual Oriana avisou para que eu e Taryn ficássemos longe: cheio de feéricos ansiosos para fazer barganhas. Só abre nas manhãs enevoadas, quando a maior parte de Elfhame está dormindo, mas se eu não conseguir um vestido e uma máscara aqui, vou ter que roubar do armário de uma cortesã.

Ando pelas barracas, um pouco enjoada com o cheiro de ostras sendo defumadas em uma camada de algas, o aroma me lembrando o Reino Submarino. Passo por bandejas de animais feitos de fios de açúcar, por taças feitas de bolotas cheias de vinho, por esculturas enormes de chifre e pela barraca de uma mulher corcunda que pega uma escova e desenha encantamentos em solas de sapatos. Preciso andar um pouco, mas acabo encontrando uma coleção de máscaras de couro. Estão presas a uma parede, e têm formato de estranhos animais ou duendes risonhos ou mortais excêntricos, pintadas de dourado e verde e todas as outras cores imagináveis.

Encontro uma de rosto humano, sério.

— Esta — aponto para a vendedora, uma mulher alta com lordose. Ela abre um sorriso deslumbrante.

— Senescal — diz ela, o reconhecimento iluminando seus olhos. — Que seja um presente meu para você.

— É muita gentileza — falo com um certo desespero. Todos os presentes têm preço, e já estou com dificuldade de pagar minhas dívidas. — Mas eu prefiro...

Ela pisca.

— E quando o Grande Rei elogiar sua máscara, você vai deixar que eu faça uma para ele. — Eu assinto, aliviada por ela querer algo direto e simples. A mulher pega a máscara, colocando-a na mesa e pegando um pote de tinta embaixo de uma mesa. — Me deixe fazer uma pequena alteração.

— O que você quer dizer?

Ela pega um pincel.

— Para ficar mais parecida com você. — Com alguns movimentos do pincel, a máscara fica parecida comigo. Olho e vejo Taryn.

— Vou me lembrar da sua gentileza — digo, enquanto ela a embrulha.

Saio para procurar o tecido esvoaçante que indica uma loja de vestidos. Encontro uma rendeira e fico meio perdida num labirinto de fazedores de poções e videntes. Quando estou tentando encontrar o caminho de volta, passo por uma barraca ocupada por chamas baixas. Tem uma bruxa sentada num banquinho na frente.

Ela mexe o caldeirão e dele vem o cheiro de legumes cozidos. Quando olha para mim, eu a reconheço como Mãe Marrow.

— Quer vir se sentar na frente do meu fogo? — pergunta ela.

Eu hesito. Não é bom ser grosseira no Reino das Fadas, onde as maiores leis são de cortesia, mas estou com pressa.

— Infelizmente, eu...

— Tome uma sopa — oferece ela, pegando uma tigela e empurrando na minha direção. — Só tem o que há de mais saudável.

— Então por que me oferecer? — pergunto.

Ela dá uma risada de prazer.

— Se você não tivesse tirado os sonhos da minha filha, acho que eu ia gostar de você. Sente-se. Coma. Me conte o que veio procurar no Mercado Mandrake.

— Um vestido — digo, me agachando na frente do fogo. Pego a tigela, cheia de um líquido marrom ralo nada apetitoso. — Talvez você possa considerar que sua filha não gostaria de ter a princesa do mar como rival. Eu pelo menos a poupei disso.

Ela me olha com avaliação.

— Ela também foi poupada de você.

— Alguns poderiam dizer que foi um prêmio e tanto — retruco.

Mãe Marrow indica a sopa, e eu, que não posso fazer mais inimigos, levo a tigela aos lábios. Tem gosto de uma lembrança que não consigo identificar, tardes quentes e pulos em piscinas e chutes em brinquedos de plástico na grama marrom do verão. Fico com lágrimas nos olhos.

Quero derramar tudo na terra.

Quero tomar até não sobrar uma gota.

— Isso vai te deixar boazinha — diz a bruxa enquanto pisco para entender tudo que senti e olho para ela de cara feia. — Agora, o vestido. O que você me daria por um?

Tiro o par de brincos de pérola do Reino Submarino.

— Que tal isto? Pelo vestido e pela sopa. — Valem mais do que o preço de dez vestidos, mas não quero me envolver em negociação, principalmente com Mãe Marrow.

Ela pega os brincos, passa os dentes pelo nácar e os guarda no bolso.

— Está ótimo.

De outro bolso, ela tira uma noz e me entrega.

Levanto as sobrancelhas.

— Não confia em mim, garota?

— Nem um pouco — respondo, e ela solta outra gargalhada.

Ainda assim, tem *alguma coisa* na noz, e deve ser *algum* tipo de vestido, porque senão ela não estaria honrando os termos do acordo. E não vou bancar a mortal ingênua, exigindo saber como tudo funciona. Com esse pensamento, me levanto.

— Não gosto muito de você — diz ela, o que não é uma grande surpresa, apesar de magoar. — Mas gosto menos ainda dos sereianos.

Dispensada agora, pego a noz e a máscara e faço o caminho de volta até Insmire e a Mansão Hollow. Olho para as ondas ao nosso redor, para a imensidão do mar em todas as direções, para as ondas constantes, inquietas, com espuma branca. Quando respiro, o ar salgado vai até o fundo da minha garganta, e quando ando, preciso evitar as poças da maré com caranguejos dentro.

Parece inútil lutar contra algo tão grande. Parece ridículo achar que podemos ganhar.

Balekin está sentado em uma cadeira perto da escada quando entro na Mansão Hollow.

— E onde você passou a noite? — pergunta, pura insinuação.

Vou até ele e mostro minha nova máscara.

— Preparando meu traje.

Ele assente, entediado de novo.

— Pode se aprontar — diz, indicando vagamente a escada.

Eu subo. Não sei bem qual aposento ele quer que eu use, mas vou novamente para o de Cardan. Lá, tomo um banho. Sento-me no tapete na frente da grade apagada e abro a noz. De dentro sai musselina damasco pálida, um volume enorme. Sacudo o vestido. Tem cintura império e mangas amplas e franzidas que começam acima do cotovelo, de forma que meus ombros ficam expostos. Cai até o chão em mais pregas.

Quando coloco o vestido, percebo que o tecido é o complemento perfeito para meu tom de pele, embora nada possa me fazer parecer menos esquálida.

Por mais que o vestido caia bem, não consigo afastar a sensação de que meu corpo não encaixa. Mesmo assim, vai servir para a noite.

Enquanto ajusto o vestido, percebo que tem vários bolsos astutamente escondidos. Coloco o veneno em um. Coloco a menor das minhas facas em outro.

Em seguida, tento me deixar apresentável. Encontro um pente nas coisas de Cardan e tento ajeitar o cabelo. Não tenho nada com que prendê-lo e decido deixar solto, caído sobre os ombros. Lavo a boca. Coloco a máscara e vou até onde Balekin espera.

De perto, é capaz de eu ser reconhecida por aqueles que me conhecem bem, mas acho que consigo passar despercebida pela maioria das pessoas.

Quando me vê, Balekin não tem nenhuma reação visível além de impaciência. Ele se levanta.

— Você sabe o que fazer?

Às vezes, mentir é um verdadeiro prazer.

Pego o frasco no bolso.

— Eu era espiã do príncipe Dain. Fui parte da Corte das Sombras. Pode confiar em mim para matar seu irmão.

Isso o faz abrir um sorriso.

— Cardan foi uma criança ingrata ao me aprisionar. Devia ter me colocado ao seu lado. Devia ter feito de mim o senescal. Na verdade, ele devia ter me dado a coroa.

Não digo nada, só penso no menino que vi no cristal. O menino que ainda esperava ser amado. A admissão de Cardan de quem ele se tornou depois me assombra: *Se ele achava que eu era ruim, eu seria pior.*

Como conheço bem esse sentimento.

— Vou sentir falta do meu irmão mais novo — diz Balekin, parecendo se animar um pouco com a ideia. — Posso não sentir falta dos outros, mas vou mandar canções serem compostas em homenagem a ele. Só ele será lembrado.

Penso na pressão de Dulcamara para que eu matasse o príncipe Balekin, por ter sido ele quem ordenou o ataque à Corte dos Cupins. Talvez ele tenha sido responsável por Fantasma usar os explosivos na Corte das Sombras. Eu me lembro de Balekin no fundo do mar, exultante com seu poder. Penso em tudo que ele fez e que pretende fazer e fico feliz de estar mascarada.

— Venha — diz ele, e o sigo pela porta.

Só Locke faria a escolha ridícula de planejar um *baile de máscaras* para uma questão grave de estado como receber Lorde Roiben depois de um ataque às terras dele. Mas quando entro no palácio de braço dado com Balekin, é o que está acontecendo. Goblins e elfos, pixies e duendes cabriolam em danças de círculos entrelaçados. Vinho de mel cai livremente de chifres e as mesas estão lotadas de cerejas, groselhas, romãs e ameixas maduras.

Ando de onde Balekin está até a plataforma vazia, procurando Cardan na multidão, mas ele não está em lugar nenhum. Mas vejo cabelo grisalho. Estou a caminho do grupo da Corte dos Cupins quando passo por Locke.

Eu me viro para ele.

— Você tentou me matar.

Ele se sobressalta. Talvez não se lembre de como estava mancando no dia do casamento, mas devia saber que eu veria os brincos nas orelhas de Taryn. Talvez, como as consequências demoraram tanto para chegar, ele tenha achado que não chegariam.

— Não era para ser tão sério — se justifica ele, tentando pegar minha mão, um sorriso ridículo na cara. — Eu só queria que você ficasse com medo da mesma forma que me deixou com medo.

Solto os dedos de sua mão.

— Não tenho tempo para você agora, mas vou *arrumar tempo* logo.

Taryn, usando um vestido armado lindo, todo verde-azulado, bordado com rosas delicadas, e usando uma máscara de renda sobre os olhos, chega até nós.

— Arrumar tempo para Locke? Por quê?

Ele ergue as sobrancelhas e passa o braço pelos ombros da esposa.

— Sua irmã está aborrecida comigo. Ela tinha um presente planejado para você, mas eu dei o presente no lugar dela.

Isso é bem preciso e fica difícil contradizê-lo, principalmente considerando o jeito desconfiado com que Taryn está me olhando.

— Que presente?

Eu devia contar sobre os cavaleiros, sobre o fato de ter escondido a briga na floresta porque não queria que ela ficasse chateada no dia do casamento, que perdi os brincos, que acertei um dos cavaleiros e joguei uma adaga no marido dela. E que, mesmo que talvez não me quisesse morta, ele estava disposto a me deixar morrer.

Mas, se eu disser isso tudo, ela vai acreditar?

Enquanto tento decidir como responder, Lorde Roiben entra na nossa frente e me encara com os olhos prateados brilhantes.

Locke se curva. Minha irmã faz uma reverência linda e eu a imito da melhor forma que consigo.

— É uma honra — diz ela. — Ouvi muitas das suas baladas.

— Não são minhas — responde ele com recato. — E são muito exageradas. Mas sangue quica mesmo no gelo. Esse verso é bem verdade.

Minha irmã parece momentaneamente desconcertada.

— Trouxe sua consorte?

— Kaye, sim, ela está em muitas dessas baladas, não está? Não, infelizmente ela não veio desta vez. Nossa última vinda à Grande Corte não foi bem o que prometi a ela que seria.

Dulcamara disse que ela estava muito ferida, mas ele está tomando cuidado para não dizer isso... interessante. Não houve uma única mentira, só uma teia de desvio.

— A coroação — diz Taryn.

— É. Não foi o descanso que nós dois imaginamos.

Taryn sorri um pouco ao ouvir isso e Lorde Roiben se vira para mim.

— Você pode dar licença a Jude? — pergunta ele a Taryn. — Temos uma coisa urgente a discutir.

— Claro — concede ela, e Roiben me leva para longe, na direção de um dos cantos escuros do salão.

— Ela está bem? — pergunto. — Kaye?

— Vai sobreviver — diz ele vagamente. — Onde está seu Grande Rei?

Procuro no salão de novo, meu olhar indo até a plataforma e o trono vazio.

— Não sei, mas deve estar aqui. Ontem à noite mesmo ele expressou tristeza por suas perdas e o desejo de falar com você.

— Nós dois sabemos quem estava por trás desse ataque — diz Roiben. — O príncipe Balekin me culpa por usar meu peso e minha influência em favor seu e do seu principezinho quando você deu uma coroa a ele.

Eu assinto, feliz pela calma de Lorde Roiben.

— Você fez uma promessa para mim — continua ele. — Agora, está na hora de determinar se uma mortal vale a palavra dela.

— Vou dar um jeito nas coisas — prometo. — Vou arrumar uma forma de dar um jeito nas coisas.

O rosto de Lorde Roiben está calmo, mas os olhos prateados não, e sou obrigada a lembrar que ele cometeu assassinatos para chegar ao próprio trono.

— Vou falar com seu Grande Rei, mas se ele não puder me dar satisfação, vou ter que cobrar a dívida.

Com isso, ele se afasta com um movimento da capa longa.

Há cortesãos na pista de dança, executando passos intrincados, uma dança circular que gira em si mesma, se divide em três e se reagrupa. Vejo Locke e Taryn lá, juntos, dançando. Ela sabe todos os passos.

Vou ter que fazer alguma coisa em relação a Locke em algum momento, mas não hoje.

Madoc entra no salão com Oriana pelo braço. Ele está vestido de preto e ela, de branco. Parecem peças de xadrez de lados opostos do tabuleiro. Atrás deles entram Mikkel e Randalin. Dou uma olhada rápida no salão e vejo Baphen conversando com uma mulher de chifres que demoro um momento para reconhecer. Quando a reconheço, levo um susto.

Lady Asha. A mãe de Cardan.

Eu sabia que ela era cortesã antes, vi no globo de cristal na mesa de Eldred, mas agora é como se eu a estivesse vendo pela primeira vez. Ela usa um vestido de saia alta, de forma que os tornozelos aparecem, bem como os sapatinhos feitos para se parecerem com folhas. O vestido é em tons de outono, com folhas e flores bordadas ao longo dele todo. As pontas dos chifres foram pintadas de cobre e ela usa um aro da mesma cor na cabeça; não uma coroa, mas algo que remete a uma.

Cardan não disse nada para mim sobre ela, mas eles devem ter tido uma reconciliação. Ele deve tê-la perdoado. Quando outro cortesão a leva para dançar, fico ciente de que lady Asha deve conseguir obter poder e influência rapidamente... e que não vai fazer nada de bom com nenhuma das duas coisas.

— Onde está o Grande Rei? — pergunta Nihuar. Eu não tinha reparado na representante Seelie até ela estar ao meu lado, então tenho um sobressalto.

— Como posso saber? — pergunto. — Eu não tinha permissão para pisar no palácio até hoje.

É só nesse momento que Cardan finalmente entra no salão. Na frente dele há dois membros da guarda pessoal, que se afastam depois de terem acompanhado o Grande Rei em segurança ao local.

Um momento depois, Cardan cai. Fica estatelado no chão com suas vestes fantásticas de estado e começa a rir. Ele ri e ri como se aquele fosse o truque mais incrível que já executou.

Ele está claramente bêbado. Muito, muito bêbado.

Meu coração despenca. Quando olho para Nihuar, ela não exibe expressão nenhuma. Até Locke, olhando da pista de dança, parece incomodado.

Enquanto isso, Cardan se levanta e pega um alaúde das mãos de um músico goblin impressionado. Pula com desequilíbrio em uma mesa longa de banquete.

Ele dedilha as cordas e começa uma música tão vulgar que a corte inteira para de dançar a fim de ouvir e rir. E todos se juntam à loucura. Os cortesãos do Reino das Fadas não são tímidos. Eles começam a dançar novamente, agora ao som da música do Grande Rei.

Eu não tinha ideia de que ele sabia tocar.

Quando a música acaba, Cardan cai da mesa e fica meio de lado no chão. A coroa se inclina para a frente e fica sobre um de seus olhos. Os guardas se adiantam para ajudá-lo a se levantar do chão, mas ele faz sinal para se afastarem.

— Que tal essa apresentação? — pergunta ele a Lorde Roiben, apesar de eles já terem se encontrado antes. — Não sou um monarca chato.

Olho para Balekin, que está com um sorriso satisfeito na cara. O rosto de Lorde Roiben está pétreo, ilegível. Meu olhar se volta para Madoc, que observa com repulsa enquanto Cardan ajeita a coroa.

Sombriamente, Roiben segue com o que foi fazer ali.

— Vossa Majestade, vim pedir que o senhor me permita vingança pelo meu povo. Fomos atacados e agora desejamos reagir. — Já vi muitas pessoas incapazes de se humilhar, mas Lorde Roiben consegue fazer isso com muita graça.

No entanto, basta um olhar para Cardan para eu saber que não vai fazer diferença.

— Dizem que você é especialista em derramamento de sangue. Imagino que queira exibir suas habilidades. — Cardan balança o dedo na direção de Roiben.

O rei Unseelie faz uma careta. Uma parte dele quer se exibir *imediatamente*, mas ele não faz nenhum comentário.

— Mas a isso você terá que renunciar — diz Cardan. — Infelizmente, você percorreu um longo caminho por nada. Pelo menos tem vinho.

Lorde Roiben volta o olhar prateado para mim, e há uma ameaça nele.

Isso não está indo como eu esperava.

Cardan sacode a mão para a mesa de guloseimas. As cascas das frutas se enrolam, exibindo a carne, e alguns cálices transbordam, espalhando sementes e sobressaltando os cortesãos próximos.

— Ando praticando uma habilidade — explica ele com uma risada.

Vou na direção de Cardan para tentar interceder quando Madoc segura minha mão. Ele repuxa os lábios.

— Era isso que estava nos seus planos? — pergunta ele, sussurrando. — Tire-o daqui.

— Vou tentar.

— Eu fiquei de lado por tempo suficiente — reclama Madoc, os olhos de gato encarando os meus. — Faça sua marionete abdicar do trono a favor do seu irmão ou enfrente as consequências. Não vou pedir de novo. É agora ou nunca.

Diminuo o tom de voz para ficar como o dele.

— Depois de impedir minha entrada no palácio?

— Você estava doente — responde Madoc.

— Trabalhar com você sempre será trabalhar *para* você — digo. — Portanto, escolho o nunca.

— Você escolheria mesmo *isso* no lugar da sua família? — comenta ele com desprezo, o olhar desviando para Cardan antes de se voltar para mim.

Faço uma careta, mas, por mais certo que ele esteja, também está errado.

— Quer você acredite ou não, isso *é* pela minha família. — Eu coloco a mão no ombro de Cardan, querendo guiá-lo para fora do salão sem que mais nada dê errado.

— Ahá! — grita ele. — Minha querida senescal. Vamos dar uma volta pelo salão. — Ele me segura e me puxa para a dança.

Cardan mal consegue ficar de pé. Três vezes ele tropeça e três vezes eu preciso sustentar o peso para que ele não caia.

— Cardan — sussurro. — Isso não é comportamento adequado para o Grande Rei.

Ele ri ao ouvir isso. Penso na seriedade da noite anterior no quarto e em como ele parece diferente daquela pessoa.

— Cardan. — Tento de novo. — Você não pode fazer isso. Ordeno que se controle. Ordeno que não beba mais nada e tente ficar sóbrio.

— Sim, minha doce vilã, minha querida deusa. Estarei sóbrio como um entalhe de pedra assim que puder. — Com isso, ele me beija na boca.

Sinto uma cacofonia de coisas ao mesmo tempo. Fico furiosa com ele, furiosa e resignada por ele ser um fracasso como Grande Rei, corrupto e inconstante e fraco, como Orlagh deseja. E tem a natureza pública do beijo; exibir isso perante a corte também é chocante. Ele nunca esteve disposto a parecer me desejar em público. Talvez possa voltar atrás, mas, nesse momento, todos sabem.

Mas também tem uma fraqueza em mim, porque sonhei com ele me beijando por todo o tempo que passei no Reino Submarino. Agora, com a boca dele na minha, quero enfiar as unhas em suas costas.

A língua de Cardan roça no meu lábio inferior, o gosto inebriante e familiar.

Baga-fantasma.

Ele não está bêbado; Cardan foi envenenado.

Eu recuo e o encaro. Vejo os olhos familiares, pretos com um aro dourado em volta. As pupilas estão enormes.

— Doce Jude. Você é minha melhor punição. — Ele dança para longe de mim e cai no chão na mesma hora, rindo, os braços abertos como se quisesse abraçar o salão inteiro.

Fico olhando, horrorizada e atônita.

Alguém envenenou o Grande Rei, e ele vai rir e dançar até a morte na frente da corte, que vai oscilar entre o prazer e a repulsa. Vão achá-lo ridículo enquanto seu coração para.

Tento me concentrar. Antídotos. Deve haver um. Água, certamente, para lavar o organismo. Argila. Bomba saberia mais. Procuro-a no salão, mas só vejo a reunião vertiginosa de cortesãos.

Viro para um dos guardas.

— Arrume um balde, muitos cobertores, duas jarras de água e coloque tudo nos meus aposentos. Certo?

— Como desejar — diz ele, virando-se para dar ordens aos outros cavaleiros.

Eu me viro para Cardan, que, previsivelmente, foi na pior direção possível. Está andando diretamente para os conselheiros Baphen e Randalin, que estão com Lorde Roiben e sua cavaleira, Dulcamara, sem dúvida tentando controlar a situação.

Vejo o rosto dos cortesãos, o brilho dos olhos que observam o Grande Rei com um escárnio ávido.

Eles o veem erguer uma garrafa de água e a virar para cascatear sobre sua boca risonha até se engasgar.

— Com licença — digo, passando o braço pelo dele.

Dulcamara responde com desdém.

— Nós viemos até aqui para uma audiência com o Grande Rei. Ele não pretende ficar mais do que isso?

Ele foi envenenado. As palavras estão na minha língua quando ouço Balekin dizer:

— Temo que o Grande Rei não esteja agindo como ele mesmo. Acredito que tenha sido envenenado.

E, tarde demais, entendo o plano.

— Você — diz ele para mim. — Revire os bolsos. Você é a única aqui que não está jurada por uma promessa.

Se eu tivesse sido verdadeiramente enfeitiçada, teria que tirar o frasco do bolso. E quando a corte visse e descobrisse a baga-fantasma dentro, nenhum protesto teria valor. Mortais são mentirosos, afinal.

— Ele está bêbado — digo, e fico grata pela expressão de choque de Balekin. — No entanto, você também está livre de juramento, embaixador. Ou, devo dizer, está livre de juramento com a terra.

— Eu bebi demais? Só uma xícara de veneno no café da manhã e outra no jantar — diz Cardan.

Olho para ele, mas não digo nada enquanto guio o Grande Rei cambaleante pelo salão.

— Para onde você o está levando? — pergunta um dos guardas. — Vossa Majestade, o senhor deseja sair?

— Nós todos dançamos seguindo as ordens de Jude — declara ele, rindo.

— Claro que ele não quer ir — diz Balekin. — Cuide dos seus afazeres, senescal, e me deixe cuidar do meu irmão. Ele tem deveres esta noite.

— Você será chamado se for necessário — rebato, tentando blefar por toda a conversa. Meu coração acelera. Não sei se alguém aqui ficaria do meu lado se chegasse a esse ponto.

— Jude Duarte, você vai sair do lado do Grande Rei — ordena Balekin.

Ao ouvir o tom, Cardan aperta os olhos. Vejo-o se esforçar para se concentrar.

— Não vai, não.

Como ninguém pode contradizê-lo, mesmo nesse estado, finalmente consigo levá-lo. Carrego o peso do Grande Rei pelas passagens do palácio.

CAPÍTULO 28

A guarda pessoal do Grande Rei nos segue de longe. Perguntas permeiam minha mente: como ele foi envenenado? Quem colocou o que ele bebeu em sua mão? Quando foi?

Paro um criado no corredor e mando mensageiros procurarem por Bomba e, se não conseguirem encontrá-la, por um alquimista.

— Você vai ficar bem — falo.

— Sabe — diz ele, se agarrando em mim —, isso devia me tranquilizar. Mas quando uma mortal fala, não significa a mesma coisa de quando um feérico fala, não é? Para você, é um apelo. Uma espécie de magia esperançosa. Você diz que vou ficar bem porque tem medo de eu não ficar.

Por um momento, não falo nada.

— Você foi envenenado — acabo dizendo. — Você sabe disso, não sabe?

Ele não se sobressalta.

— Ah. Balekin.

Não falo nada, só o coloco na frente do fogo nos meus aposentos, as costas no sofá. Ele fica estranho lá, as lindas roupas em contraste com o tapete simples, o rosto pálido com o rubor intenso nas bochechas.

Cardan pega minha mão e encosta no próprio rosto.

— É engraçado, não é, como debochei de você pela sua mortalidade e é certo que você vai viver mais do que eu.

— Você não vai morrer — insisto.

— Ah, quantas vezes desejei que você não pudesse mentir? Nunca mais do que agora.

Ele pende para um lado enquanto pego uma das jarras de água e encho um copo. Levo aos seus lábios.

— Cardan? Beba o máximo que conseguir.

Ele não responde, parece prestes a adormecer.

— Não. — Bato na bochecha dele com uma força cada vez maior, até se tornar um tapa. — Você tem que ficar acordado.

Cardan abre os olhos. A voz está embolada.

— Vou dormir só um pouquinho.

— A não ser que queira acabar como Severin de Fairfold, envolto em vidro por séculos enquanto mortais fazem fila para tirar fotos com seu corpo, você vai ficar acordado.

O Grande Rei se mexe e fica mais ereto.

— Tudo bem. Converse comigo.

— Eu vi sua mãe hoje. Toda arrumada. A última vez que a tinha visto foi na Torre do Esquecimento.

— E você está se perguntando se a esqueci? — pergunta ele com tom leve, e fico satisfeita de ele estar prestando atenção suficiente para fazer uma de suas brincadeiras típicas.

— Fico feliz que esteja disposto a debochar.

— Espero que seja a última coisa que morra em mim. Mas me conte sobre a minha mãe.

Tento pensar em alguma coisa para dizer que não seja completamente negativa. Decido ser cuidadosamente neutra.

— Na primeira vez que a vi, eu não sabia quem era. Ela queria me dar informações em troca de sua liberdade. E estava com medo de você.

— Que bom.

Eu levanto as sobrancelhas.

— Então como ela foi parar na sua corte?

— Acho que ainda tenho um pouco de carinho por ela — admite ele. Sirvo mais água e ele bebe mais lentamente do que eu gostaria. Encho novamente o copo assim que consigo.

— Tem tantas perguntas que eu gostaria de fazer para minha mãe — admito.

— O que você perguntaria? — As palavras soam arrastadas, mas pelo menos ele as fala.

— Por que ela se casou com Madoc — digo, apontando para o copo, que ele leva à boca obedientemente. — Se ela o amava e por que o deixou e se foi feliz no mundo humano. Se ela realmente matou uma pessoa e escondeu o corpo nos restos queimados da fortaleza original de Madoc.

Ele parece surpreso.

— Eu sempre me esqueço dessa parte da história.

Decido que é hora de mudar de assunto.

— Você tem perguntas assim para o seu pai?

— Por que eu sou como sou? — O tom deixa claro que ele está propondo uma coisa que eu sugeriria que ele perguntasse, não questionando de verdade. — Não há respostas reais, Jude. Por que eu era cruel com os feéricos? Por que fui horrível com você? Porque eu podia ser. Porque gostava. Porque, por um momento, quando agia na minha pior forma, eu me sentia poderoso, e na maior parte do tempo eu me sentia impotente, apesar de ser príncipe e filho do Grande Rei do Reino das Fadas.

— Isso é uma resposta.

— É? — E, depois de um momento: — Você devia sair.

— Por quê? — pergunto, irritada. Primeiro, o quarto é meu. Além disso, estou tentando mantê-lo vivo.

Ele olha para mim solenemente.

— Porque eu vou vomitar.

Pego o balde, que ele tira da minha mão, e seu corpo todo convulsiona com a força do vômito. O conteúdo do estômago de Cardan parece folhas amassadas, e eu tremo. Não sabia que a baga-fantasma fazia isso.

Há uma batida na porta e vou atender. Bomba está lá, sem fôlego. Deixo-a entrar e ela vai direto até Cardan.

— Aqui — fala, pegando um frasco pequeno. — É argila. Pode ajudar a expurgar e conter as toxinas.

Cardan assente e pega o vidro da mão dela, engolindo o conteúdo com uma careta.

— Tem gosto de terra.

— *É* terra — informa Bomba. — E tem outra coisa. Duas, na verdade. Grimsen já tinha sumido da forja quando tentamos capturá-lo. Temos que supor o pior, que ele está com Orlagh.

Ela tira um bilhete do bolso.

— Além disso, me deram isto. É de Balekin. Está bem elaborado, mas em resumo é o seguinte: ele está oferecendo o antídoto, Jude, se você levar a coroa para ele.

— Coroa? — Cardan abre os olhos, e percebo que ele deve tê-los fechado sem eu reparar.

— Ele quer que você o encontre no jardim, perto das rosas — diz Bomba.

— O que vai acontecer se ele não receber o antídoto? — pergunto.

Bomba coloca o dorso da mão na bochecha de Cardan.

— Ele é o Grande Rei de Elfhame, pode retirar forças da terra. Mas já está muito fraco. E acho que não sabe fazer isso. Vossa Majestade?

Cardan olha para Bomba com incompreensão benevolente.

— O que você quer dizer? Eu acabei de encher a *boca* de terra a pedido seu.

Penso no que ela está dizendo, no que sei sobre os poderes do Grande Rei.

Você deve ter reparado que, desde que o reinado dele começou, as ilhas estão diferentes. As tempestades chegam mais rápido. As cores estão um pouco mais vívidas, os aromas estão mais pungentes.

Mas tudo isso foi feito sem esforço. Tenho certeza de que Cardan não reparou na terra se alterando para se adequar a ele.

Olhe para todos eles, os seus súditos, dissera ele para mim em uma festa meses atrás. *Pena que ninguém saiba quem é a verdadeira soberana.*

Se Cardan não acredita que é o verdadeiro Grande Rei de Elfhame, se não se permite acessar o próprio poder, é culpa minha. Se a baga-fantasma o matar, vai ser por minha causa.

— Vou buscar o antídoto — anuncio.

Cardan tira a coroa da cabeça e olha para ela por um momento, como se não conseguisse imaginar como foi parar em sua mão.

— Isso não vai poder passar para Oak se você a perder. Mas admito que a sucessão fica complicada se eu morrer.

— Já falei. Você não vai morrer. E não vou levar essa coroa. — Vou até os fundos do quarto e mudo o conteúdo dos bolsos. Amarro uma capa com um capuz grande e uma nova máscara. Estou tão furiosa que minhas mãos tremem. Baga-fantasma, à qual já fui imune, graças ao mitridatismo cuidadoso. Se eu tivesse mantido as doses, talvez pudesse enganar Balekin como já enganei Madoc. Mas depois do tempo que passei aprisionada no Reino Submarino, tenho uma vantagem a menos e riscos mais altos. Perdi minha imunidade. Sou tão vulnerável a veneno quanto Cardan.

— Você fica com ele? — peço a Bomba e ela assente.

— Não — nega Cardan. — Ela vai com você.

Eu balanço a cabeça.

— Bomba sabe sobre poções. Sabe magia. Ela pode cuidar para que você não piore.

Ele me ignora e segura a mão dela.

— Liliver, como seu rei, eu ordeno — diz ele com grande dignidade para alguém sentado no chão ao lado do balde em que vomitou. — Vá com Jude.

Eu me viro para Bomba, mas vejo em seu rosto que ela não vai desobedecê-lo; Bomba fez o juramento e até deu o nome para ele. Cardan é o rei dela.

— Maldição — sussurro para um, ou talvez para os dois.

Prometo conseguir o antídoto logo, mas isso não facilita na hora de deixar Cardan, sabendo que a baga-fantasma pode fazer o coração dele parar. Seu olhar ardente nos segue pela porta, as pupilas dilatadas e a coroa ainda na mão.

Balekin está no jardim, como prometeu, perto de uma árvore florida de rosas azul-prateadas. Quando chego lá, reparo em figuras não muito longe de onde estamos, outros cortesãos indo fazer caminhadas noturnas. Significa que ele não pode me atacar, mas também não posso atacá-lo.

Pelo menos não sem os outros saberem.

— Você é uma grande decepção.

O choque é tão grande que dou uma risada.

— Você fala isso porque não fui enfeitiçada. Sim, estou vendo como isso é triste para você.

Ele faz cara feia, mas não tem nem Vulciber ao lado agora para me ameaçar. Talvez ser Embaixador do Reino Submarino faça Balekin acreditar que é intocável.

Só consigo pensar que ele envenenou Cardan, me atormentou, fez Orlagh atacar a terra. Estou tremendo de raiva, mas tentando segurar a fúria para poder fazer o que precisa ser feito.

— Trouxe a coroa? — pergunta ele.

— Estou com ela por perto — minto. — Mas antes de entregá-la, quero ver o antídoto.

Ele tira um frasco do casaco, quase idêntico ao que me deu, que tiro do bolso.

— Eu teria sido executada se tivessem me encontrado com este veneno — ressalto, sacudindo o frasco. — Era o que você pretendia, não era?

— Alguém ainda pode te executar — ameaça ele.

— O que vamos fazer é o seguinte. — Tiro a rolha do frasco. — Vou tomar o veneno e você vai me dar o antídoto. Se funcionar em mim, vou pegar a coroa e trocar pelo frasco. Se não funcionar, eu vou morrer, mas a coroa vai se perder para sempre. Quer Cardan viva ou morra, a coroa está tão bem escondida que você não vai encontrar.

— Grimsen pode fazer outra — diz Balekin.

— Se isso é verdade, o que estamos fazendo aqui?

Balekin faz uma careta e considero a possibilidade de o ferreiro não estar com Orlagh, afinal. Talvez tenha desaparecido depois de fazer o melhor possível para nos jogar uns contra os outros.

— Você roubou a coroa de mim — acusa ele.

— Verdade — admito. — E vou entregá-la a você, mas não por nada.

— Eu não posso mentir, mortal. Se disser que vou dar o antídoto, eu vou dar. Minha palavra basta.

Olho para ele com minha melhor expressão de desprezo.

— Todo mundo sabe que deve tomar cuidado ao barganhar com feéricos. Vocês enganam a cada respiração. Se você tem mesmo o antídoto, qual é o mal de deixar eu me envenenar? Achei que seria um prazer para você.

Balekin me olha com atenção. Imagino que esteja com raiva por eu não estar enfeitiçada. Ele deve ter precisado improvisar quando tirei Cardan da sala do trono. Estava com o antídoto pronto o tempo todo? Achou que poderia convencer Cardan a coroá-lo? Foi tão arrogante a ponto de acreditar que o Conselho não se oporia?

— Muito bem — cede ele. — Uma dose de antídoto para você e o restante para Cardan.

Abro o frasco que ele me deu e viro na boca, bebendo todo o conteúdo com uma careta pronunciada. Estou com raiva de novo por pensar no quanto fiz mal a mim mesma tomando pequenas doses de veneno. Por nada.

— Está sentindo a baga-fantasma no sangue? Vai funcionar bem mais rápido em você do que em nós. E você tomou uma dose tão grande. — Ele me observa com uma expressão tão intensa que percebo que deseja poder me deixar morrer. Se fosse capaz de dar uma desculpa para se afastar agora, ele faria isso. Por um momento, acho possível que faça exatamente isso.

Mas ele vem até mim e abre o frasco que está em sua mão.

— Não ache que vou botar na sua mão — diz ele. — Abra a boca como um passarinho, e vou derramar a dose. E aí você vai me dar a coroa.

Abro a boca obedientemente e deixo que ele derrube a substância densa, amarga e com textura de mel na minha língua. Eu me afasto, abro distância entre nós e cuido para estar mais perto da entrada do palácio.

— Satisfeita? — pergunta ele.

Cuspo o antídoto no frasco de vidro que ele tinha me dado, o que antes continha baga-fantasma, mas que, até alguns segundos atrás, estava cheio só de água.

— O que você está fazendo? — questiona Balekin.

Coloco a rolha de volta e jogo o frasco para Bomba, que pega com habilidade. Ela some em seguida, deixando o Embaixador do Reino Submarino me olhando, boquiaberto.

— O que você fez? — pergunta ele.

— Eu te enganei. Um pouco de distração. Joguei seu veneno fora e lavei o frasco. Como você vive esquecendo, eu cresci aqui e também sou um perigo nas barganhas... e como você pode ver, eu *posso* mentir. E como você me lembrou tanto tempo atrás, meu tempo é curto.

Ele puxa a espada ao lado do corpo. É uma lâmina fina e comprida. Acho que não é a mesma que ele usou para lutar com Cardan no quarto na torre, mas poderia ser.

— Estamos em público — lembro a ele. — E ainda sou a senescal do Grande Rei.

Ele olha ao redor e vê os outros cortesãos ali perto.

— Nos deixem — grita. Uma coisa que não me ocorreu que alguém poderia fazer, mas Balekin está acostumado a ser príncipe. Ele está acostumado a ser obedecido.

E os cortesãos realmente parecem sumir nas sombras, esvaziando o local para o tipo de duelo que não deveríamos ter. Enfio a mão no bolso e pego o cabo de uma faca. O alcance não chega nem perto de uma espada. Como Madoc me explicou mais de uma vez: *Uma espada é uma arma de guerra, uma adaga é uma arma de assassinato.* Eu prefiro ter a faca a estar desarmada, mas, mais do que tudo, queria ter Cair da Noite.

— Está sugerindo um duelo? — pergunto. — Você não ia querer a desonra por eu estar em tamanha desvantagem nas armas.

— Você espera que eu acredite que você tem honra? — zomba ele, o que, infelizmente, é um ponto justo. — Você é uma covarde. Uma covarde como o homem que a criou.

Ele dá um passo na minha direção, pronto para me atacar, quer eu tenha arma ou não.

— Madoc? — Eu puxo a faca. Não é pequena, mas ainda tem menos da metade do tamanho da lâmina que ele aponta para mim.

— Foi ideia de Madoc atacarmos durante a coroação. De acordo com o plano dele, quando Dain estivesse fora do caminho, Eldred veria claramente que tinha que colocar a coroa na minha cabeça. O plano foi todo dele, mas ele continuou sendo Grande General enquanto eu fui para a Torre do Esquecimento. E Madoc levantou um dedo para me ajudar? Não. Curvou a cabeça ao meu irmão, que ele despreza. E você é como ele, disposta a suplicar e rastejar e se rebaixar a qualquer um se for um meio de obter poder.

Duvido que colocar outra pessoa no trono fosse parte do verdadeiro plano de Madoc, ainda que ele tenha permitido que Balekin acreditasse nisso, mas isso não faz com que as palavras machuquem menos. Eu passei a vida me minimizando na esperança de encontrar um lugar aceitável em Elfhame e, quando dei o maior e mais grandioso golpe imaginável, tive que esconder minhas habilidades mais do que nunca.

— Não — respondo. — Não é verdade.

Ele parece surpreso. Mesmo na Torre do Esquecimento, quando ele era prisioneiro, eu *deixei* Vulciber me bater. No Reino Submarino, fingi não ter dignidade nenhuma. Por que ele deveria achar que eu me vejo de forma diferente do que ele vê?

— Foi você quem curvou a cabeça a Orlagh em vez de ao seu próprio irmão — lembro. — Você é o covarde e traidor. Assassino da própria família. Mas, o pior de tudo, você é um tolo.

Ele mostra os dentes quando parte para cima de mim, e eu, que estava fingindo subserviência, me lembro do meu talento mais problemático: irritar os feéricos.

— Vá em frente — diz ele. — Corra como a covarde que você é.

Dou um passo para trás.

Mate o príncipe Balekin. Penso nas palavras de Dulcamara, mas não escuto sua voz. Escuto a minha, rouca de água do mar, apavorada e com frio e sozinha.

As palavras de Madoc de muito tempo atrás voltam a mim. *O que é uma luta se não um jogo de estratégia jogado em velocidade?*

O objetivo de uma luta não é fazer bonito; é vencer.

Estou em desvantagem contra uma espada, uma desvantagem enorme. E ainda estou fraca do meu aprisionamento no Reino Submarino. Balekin pode esperar e levar o tempo que quiser, porque não tenho como passar pela lâmina. Ele vai acabar comigo aos poucos, corte a corte. Minha melhor aposta é diminuir a distância rapidamente. Preciso passar pela guarda dele, mas não tenho o luxo de avaliá-lo antes disso. Vou ter que correr para cima de Balekin.

Tenho uma chance de acertar.

Minha pulsação troveja nos meus ouvidos.

Ele pula para cima de mim e bato com a faca na base de sua espada com a mão direita, pego o antebraço com a esquerda e giro, para desarmá-lo. Ele faz força para se soltar da minha mão. Levo a faca na direção do pescoço de Balekin.

— Espere — grita ele. — Eu me ren...

Sangue arterial jorra nos meus braços, na grama. Brilha na minha faca. Balekin cai estatelado no chão.

Acontece muito rápido.

Acontece rápido demais.

Quero ter alguma reação. Quero tremer ou sentir náusea. Quero ser a pessoa que começa a chorar. Quero ser qualquer pessoa, menos a que sou, que olha em volta para ter certeza de que ninguém viu, que limpa a faca na terra, limpa a mão na roupa do morto e sai de lá antes que os guardas cheguem.

Você é uma boa assassina, disse Dulcamara.

Quando olho para trás, os olhos de Balekin ainda estão abertos, encarando o nada.

Cardan está sentado no sofá. O balde sumiu e Bomba também.

Ele me olha com um sorriso preguiçoso.

— Seu vestido. Você está com ele de novo.

Olho para ele sem entender. As consequências do que acabei de fazer, inclusive ter que contar a Cardan, são difíceis de superar. Mas o vestido que estou usando é o mesmo de antes, o que tirei da noz da Mãe Marrow. Tem sangue em uma manga agora, mas, de resto, está igual.

— Aconteceu alguma coisa?

— Não sei? — responde ele, intrigado. — Aconteceu? Fiz o favor que você pediu. Seu pai está seguro?

Favor?

Meu pai?

Madoc. Claro. Madoc me ameaçou, Madoc repugna Cardan. Mas o que ele fez e o que tem a ver com vestidos?

— Cardan — começo, tentando ficar o mais calma que consigo. Vou até o sofá e me sento. Não é um sofá pequeno, mas as pernas compridas dele estão para cima, cobertas por um cobertor e apoiadas em almofadas. Por mais longe que eu me sente de Cardan, ainda parece perto. — Você tem que me contar o que aconteceu. Não venho aqui há uma hora.

Ele faz uma expressão perturbada.

— Bomba veio com o antídoto. Disse que você viria logo em seguida. Eu ainda estava tonto, mas aí um guarda veio e disse que havia uma emergência. Ela foi ver. E aí *você* entrou, como ela falou que entraria. Você disse que tinha um plano...

Ele me olha, como se esperando que eu conte o resto da história, a parte de que me lembro. Mas claro que não falo nada.

Depois de um momento, Cardan fecha os olhos e balança a cabeça.

— Taryn.

— Não estou entendendo — respondo, porque não quero entender.

— O plano era que seu pai ia pegar metade do exército, mas, para trabalhar independentemente, ele precisava estar livre dos votos à Coroa. Você estava com um dos seus gibões, um daqueles que você sempre usa. E uns brincos estranhos. Uma lua e uma estrela. — Ele balança a cabeça.

Um arrepio percorre meu corpo.

Quando crianças no mundo mortal, Taryn e eu trocávamos de lugar para pregar peças em nossa mãe. Até no Reino das Fadas às vezes fingíamos ser a outra para ver o que conseguíamos. Um professor conseguiria perceber a diferença? Oriana? Madoc? Oak? E o grande e poderoso príncipe Cardan?

— Mas o que ela fez para você concordar? — pergunto. — Ela não tem poder. Pode fingir ser eu, mas não pode forçar...

Ele segura a cabeça com a mão de dedos longos.

— Ela não precisou me dar uma ordem, Jude. Não precisou usar magia. Eu confio em você. Confiei em você.

E eu confiei em Taryn.

Enquanto eu estava matando Balekin, enquanto Cardan estava envenenado e desorientado, Madoc fez sua grande jogada contra a Coroa. Contra mim. E fez isso com a filha Taryn ao lado.

CAPÍTULO 29

O Grande Rei é levado a seus aposentos para poder descansar. Jogo o vestido sujo de sangue no fogo, visto um roupão e planejo. Se nenhum dos cortesãos tiver visto meu rosto antes de Balekin os mandar embora, por eu estar usando a capa, talvez não tenha sido identificada. E, claro, posso mentir. Mas a questão de como evitar a culpa pelo assassinato do Embaixador do Reino Submarino é pequena perto da questão do que fazer com Madoc.

Sem metade do exército, que foi embora com o general, se Orlagh decidir atacar, não tenho ideia de como revidar. Cardan vai precisar escolher outro Grande General, e rápido.

E vai precisar informar as cortes inferiores da deserção de Madoc, para garantir que ele não fale com a voz do Grande Rei. Deve haver uma forma de trazer Madoc de volta para a Grande Corte. Ele é orgulhoso, mas é prático. Talvez a resposta esteja em algo relacionado a Oak. Talvez eu deva tornar meu desejo de que meu irmão governe menos discreto. Estou pensando nisso tudo quando uma batida soa à minha porta.

Do lado de fora há uma mensageira, uma garota de pele lilás com trajes reais.

— O Grande Rei requer sua presença. Tenho que conduzi-la aos aposentos dele.

Respiro com irregularidade. Talvez ninguém tenha me visto, mas Cardan não tem como não saber. Ele sabe quem eu fui encontrar e como demorei para voltar do encontro. Viu o sangue na minha manga. *Você controla o Grande Rei, não o inverso,* lembro a mim mesma, mas o lembrete parece vazio.

— Vou trocar de roupa — comunico.

A mensageira meneia a cabeça.

— O rei deixou claro que eu tinha que pedir que você fosse imediatamente.

Quando chego aos aposentos reais, encontro Cardan sozinho, vestido de forma simples, sentado em uma cadeira parecida com um trono. Ele está abatido e seus olhos brilham demais, como se talvez ainda houvesse veneno em seu sangue.

— Por favor, sente-se.

Com cautela, é o que faço.

— Uma vez, você fez uma proposta. Agora, tenho outra para você. Me devolva minha força de vontade. Me devolva minha liberdade.

Inspiro fundo. Estou surpresa, mas acho que não deveria estar. Ninguém quer ficar sob o controle de outra pessoa, embora o equilíbrio de poder entre nós, no meu ponto de vista, tenha oscilado entre um e outro, apesar da promessa de Cardan. O fato de eu controlá-lo sempre pareceu o mesmo que equilibrar uma faca pela ponta, quase impossível e provavelmente perigoso. Ainda assim, abrir mão disso seria abrir mão de qualquer coisa perto de poder. Seria abrir mão de *tudo.*

— Você sabe que não vou fazer isso.

Ele não parece particularmente abalado pela minha recusa.

— Escute. O que você quer de mim é obediência por mais de um ano e um dia. Mais da metade do seu tempo já passou. Você está pronta para colocar Oak no trono?

Não falo por um momento, torcendo para ele achar que a pergunta é retórica. Quando fica claro que não é esse o caso, eu balanço a cabeça.

— E você pensou em estender minha promessa. Como estava planejando fazer isso?

Mais uma vez, não tenho resposta. Não uma boa.

É a vez dele de sorrir.

— Você achou que eu não tinha nada para barganhar.

Subestimá-lo é um problema que já tive e temo que terei novamente.

— Que barganha é possível? — pergunto. — Quando o que eu quero é que você faça a promessa de novo, ao menos por mais um ano, ou uma década, e você quer que eu abra mão da promessa completamente?

— Seu pai e sua irmã me enganaram — diz Cardan. — Se Taryn tivesse me dado uma ordem, eu saberia que não era você. Mas eu estava doente e cansado e não queria dizer não para você. Eu nem perguntei o motivo, Jude. Queria mostrar que você podia confiar em mim, que não precisava me dar ordens para que eu fizesse as coisas. Eu queria mostrar que acreditava que você tinha pensado em tudo. Mas não é assim que se governa. E não é confiança de verdade se alguém pode te mandar fazer, de qualquer jeito.

"O Reino das Fadas sofreu conosco um no pescoço do outro. Você tentou me obrigar a fazer o que achava que precisava ser feito e, se discordávamos, só podíamos manipular um ao outro. Isso não era trabalhar, mas simplesmente aceitar não é a solução. Nós não podemos continuar assim. Hoje tivemos uma prova disso. Eu preciso tomar minhas próprias decisões."

— Você disse que não se importava de ouvir minhas ordens. — É uma tentativa pífia de humor e ele não sorri.

Cardan afasta o olhar, como se não conseguisse me encarar.

— Mais um motivo para não me permitir esse luxo. Você me tornou Grande Rei, Jude. Deixe eu *ser* o Grande Rei.

Cruzo os braços de forma protetora sobre o peito.

— E eu serei o quê? Sua serva? — Odeio o fato de esse discurso fazer sentido, porque não tem como eu dar o que ele está pedindo. Não posso me afastar, não com Madoc por aí, não com tantas ameaças. Mas não consigo deixar de lembrar o que Bomba disse sobre Cardan não saber invocar sua conexão com a terra. Nem o que Barata falou, sobre Cardan se ver como um espião fingindo ser monarca.

— Case comigo — diz ele. — Se torne a Rainha de Elfhame.

Sinto um choque frio pelo corpo, como se alguém tivesse contado uma piada cruel e eu fosse o alvo. Como se alguém tivesse olhado no meu coração e visto o desejo mais ridículo e mais infantil lá dentro e usado contra mim.

— Mas você não pode.

— Eu *posso*. Reis e rainhas não costumam se casar por motivos diferentes de aliança política, é verdade, mas vamos considerar essa união uma versão disso. E se você fosse rainha, não precisaria da minha obediência. Poderia dar suas próprias ordens. E eu seria livre.

Não consigo deixar de pensar que há poucos meses eu lutava por um lugar na corte. Torci tão desesperadamente para ser cavaleira, mas nem isso consegui.

A ironia de ser Cardan, que insistia que o Reino das Fadas não era meu lugar, que está me oferecendo *isso* torna tudo mais chocante.

Ele continua.

— Além do mais, nós não precisaríamos ficar casados para sempre. Casamentos entre reis e rainhas precisam durar pelo tempo do reinado, mas, no nosso caso, não é tanto tempo. Só até Oak ter idade para governar, supondo que ele queira. Você poderia ter tudo que quer pelo preço de apenas me libertar da minha promessa de obediência.

Meu coração está batendo tão forte que tenho medo de que pare.

— Você está falando sério? — pergunto.

— Claro que estou. E estou sendo sincero.

Procuro o truque, porque deve ser uma das barganhas feéricas que parecem uma coisa, mas acabam sendo outra bem diferente.

— Me deixe adivinhar: você quer que eu te libere da promessa pela promessa de se casar comigo? Mas aí o casamento vai acontecer no dia de são nunca, quando a lua subir no oeste e a maré subir para trás.

Ele balança a cabeça, rindo.

— Se aceitar, eu me caso com você hoje. Agora, até. Aqui. Nós trocamos votos e está feito. Não é um casamento mortal que precisa ter celebrante e testemunhas. Eu não posso mentir. Não posso negar você.

— Não vai demorar para sua promessa acabar — lembro, porque a ideia de aceitar o que ele está oferecendo, a ideia de que eu poderia não só ser parte da corte, mas líder dela, é tão tentadora que é difícil não aceitar imediatamente, sejam quais forem as consequências. — Passar mais alguns meses amarrado a mim não pode ser tão difícil a ponto de você querer se amarrar por anos.

— Como falei antes, muita coisa pode acontecer em um ano e um dia. Muita coisa aconteceu em metade desse tempo.

Ficamos em silêncio por um momento enquanto tento pensar. Pelos últimos sete meses, a questão do que aconteceria depois de um ano e um dia me assombrou. A proposta de Cardan é uma *solução*, mas não parece nem um pouco prática. É uma fantasia absurda, imaginada enquanto descanso em um vale úmido, constrangedora demais para eu confessar até para a minha irmã.

Garotas mortais não se tornam rainhas do Reino das Fadas.

Imagino como seria ter minha própria coroa, meu poder. Talvez eu não precisasse sentir medo de amá-lo. Talvez fosse possível. Talvez eu não precisasse temer todas as coisas que me deram medo a vida toda, ser diminuída e fraca e inferior. Talvez eu me tornasse um pouco mágica.

— Sim — respondo, mas minha voz falha. Sai como ar. — Sim.

Ele se inclina para a frente na cadeira, as sobrancelhas erguidas, mas não com a postura arrogante de sempre. Não consigo interpretar a expressão dele.

— Com o que você está concordando?

— Tudo bem — digo. — Eu aceito. Vou me casar com você.

Ele abre um sorriso malicioso.

— Eu não achei que seria um sacrifício tão grande.

Frustrada, eu me sento no sofá.

— Não foi isso que eu quis dizer.

— Casamento com o Grande Rei de Elfhame é considerado um prêmio, uma honra da qual poucas são dignas.

A sinceridade dele não podia mesmo durar muito. Reviro os olhos, agradecida por Cardan estar agindo como ele mesmo de novo, para eu poder fingir melhor não estar maravilhada com o que está prestes a acontecer.

— E o que a gente faz?

Penso no casamento de Taryn e na parte da cerimônia que não testemunhamos. Penso no casamento da minha mãe, nos votos que ela deve ter feito com Madoc, e um arrepio me percorre, que espero não ter nada a ver com premonição.

— É simples — explica ele, chegando para a beirada da cadeira. — Nós juramos lealdade, eu primeiro. A menos que você prefira esperar. Talvez tenha imaginado algo mais romântico.

— Não — respondo rapidamente, sem querer admitir que imaginei qualquer coisa relacionada a casamento.

Ele tira meu anel de rubi do dedo.

— Eu, Cardan, filho de Eldred, Grande Rei de Elfhame, aceito você, Jude Duarte, filha mortal adotiva de Madoc, como minha esposa e minha rainha. Que fiquemos casados enquanto desejarmos e até que a coroa tenha saído das nossas mãos.

Enquanto ele fala, eu começo a tremer com um sentimento que oscila entre esperança e medo. As palavras que Cardan está dizendo são tão sérias que são surreais, principalmente ali, nos antigos aposentos de Eldred. O tempo parece se prolongar. Acima de nós, os galhos começam a florescer, como se a própria terra ouvisse as palavras que ele falou.

Cardan pega a minha mão e coloca o anel. Fico surpresa; a troca de anéis não é um ritual feérico.

— Sua vez — diz ele no silêncio. Então abre um sorriso. — Estou confiando que você vai cumprir sua palavra e me libertar do meu laço de obediência depois disso.

Sorrio, o que talvez compense a forma como fiquei paralisada quando ele acabou de falar. Ainda não consigo acreditar que isso esteja acontecendo. Minha mão aperta a dele enquanto falo.

— Eu, Jude Duarte, aceito Cardan, Grande Rei de Elfhame, como meu marido. Que fiquemos casados enquanto desejarmos e até que a coroa tenha saído das nossas mãos.

Cardan beija a cicatriz na palma da minha mão.

Ainda estou com o sangue do irmão dele embaixo das unhas.

Não tenho anel para ele.

Acima de nós, os brotos estão se abrindo. O quarto todo está com cheiro de flores.

Eu recuo e falo novamente, afastando todos os pensamentos de Balekin, do futuro no qual vou ter que contar a ele o que fiz.

— Cardan, filho de Eldred, Grande Rei de Elfhame, eu abro mão de qualquer controle sobre você. Você está livre do seu voto de obediência, agora e para sempre.

Ele solta o ar e se levanta, um pouco instável. Não consigo colocar na cabeça a ideia de que sou... Não consigo nem pensar nas palavras. Aconteceu muita coisa esta noite.

— Parece que você nem descansou direito. — Eu me levanto para garantir que, se Cardan cair, eu posso segurá-lo antes que ele bata no chão, apesar de não estar me sentindo tão segura.

— Vou me deitar — responde ele, deixando que eu o guie até a cama enorme. Quando chegamos lá, ele não solta minha mão. — Se você se deitar comigo.

Sem motivo para protestar, eu me deito, a sensação de irrealidade aumentando. Enquanto me acomodo na colcha bordada, percebo que encontrei uma coisa bem mais profana do que me deitar na cama do Grande Rei, bem mais profana do que enfiar o anel de Cardan no meu dedo ou mesmo do que me sentar no trono em si.

Eu me tornei Rainha do Reino das Fadas.

Trocamos beijos no escuro, tomados de exaustão. Não espero dormir, mas durmo, meus membros emaranhados com os dele, o primeiro sono realmente relaxado que tenho desde que voltei do Reino Submarino. Quando acordo, é com uma batida na porta.

Cardan já está de pé, brincando com o frasco de argila que Bomba trouxe, jogando-o de uma mão para outra. Ainda está vestido, as roupas amassadas só conferindo a ele um ar de dispersão. Puxo o roupão em volta do corpo. Estou constrangida por estar compartilhando a cama do Grande Rei de forma tão óbvia.

— Vossa Majestade — começa o mensageiro, um cavaleiro. — Seu irmão está morto. Houve um duelo, pelo que pudemos determinar.

— Ah.

— E a Rainha Submarina. — A voz do cavaleiro treme. — Ela está aqui, exigindo justiça pelo embaixador.

— Tenho certeza de que está mesmo. — A voz de Cardan soa seca. — Bom, não podemos deixá-la esperando. Você. Qual é seu nome?

O cavaleiro hesita.

— Rannoch, Vossa Majestade.

— Sir Rannoch, reúna um grupo de cavaleiros para me escoltar até o mar. Esperem no pátio.

— Mas o general... — começa ele.

— Não está aqui agora — conclui Cardan por ele.

— Pode deixar — assente o cavaleiro. Ouço a porta fechar e Cardan se vira, a expressão arrogante.

— Bom, esposa — diz ele para mim, a voz gelada. — Parece que você guardou um segredo do seu noivo. Venha, precisamos nos vestir para nossa primeira audiência juntos.

Meu coração despenca, mas não há tempo para explicar e também não há uma boa explicação.

Tenho que correr até meus aposentos de roupão. No meu quarto, pego a espada e visto meus veludos, o tempo todo imaginando o que vai significar ter esse novo status e o que Cardan vai fazer agora que não está mais sendo controlado.

CAPÍTULO 30

Orlagh nos espera no mar agitado, acompanhada da filha e de um grupo de cavaleiros montados em focas e tubarões e em todo tipo de criaturas marinhas de dentes afiados. Ela está sentada em uma orca e está vestida como alguém pronta para a batalha. A pele está coberta de escamas prateadas brilhantes que parecem metálicas e, ao mesmo tempo, que cresceram na pele. Um elmo de osso e dentes esconde o cabelo.

Nicasia está a seu lado, em um tubarão. Não está de cauda hoje, as pernas compridas cobertas por uma armadura de conchas.

Na beira da praia toda há amontoados de algas, levadas para a terra como se por uma tempestade. Acho que vejo outras coisas na água. As costas de uma criatura grande nadando embaixo das ondas. O cabelo de mortais afogados, balançando como plantas. As forças do Reino Submarino são maiores do que parecem ao primeiro olhar.

— Onde está meu embaixador? — pergunta Orlagh. — Onde está seu irmão?

Cardan está no corcel cinza, de roupas pretas e uma capa escarlate. A seu lado, há 24 cavaleiros montados, além de Mikkel e Nihuar. No caminho, eles tentaram entender o que Cardan tinha planejado, mas o Grande Rei escondeu bem as decisões que tomou deles e, mais perturbadoramente, de mim. Desde que soube da morte de Balekin, ele disse pouco e evitou olhar para mim. Meu estômago está embrulhado de ansiedade.

Cardan olha para Orlagh com uma frieza que sei por experiência que vem de fúria ou de medo. Nesse caso, possivelmente dos dois.

— Como você sabe bem, ele está morto.

— Era sua responsabilidade mantê-lo protegido — diz ela.

— Era? — pergunta Cardan com surpresa exagerada, levando a mão ao peito. — Achei que minha obrigação era não agir contra ele, mas não impedir as consequências dos riscos que ele mesmo escolhia correr. Balekin participou de um duelo, pelo que soube. Duelos, como sei que você sabe, são perigosos. Mas eu não o matei nem encorajei que matassem. Na verdade, até *des*encorajei.

Tento não deixar nada do que estou sentindo transparecer no rosto.

Orlagh se inclina para a frente como se sentisse sangue na água.

— Você não pode permitir esse tipo de desobediência.

Cardan dá de ombros com indiferença.

— Talvez.

Mikkel se mexe no cavalo. Ele está incomodado pelo jeito como Cardan está falando, com descuido, como se eles estivessem tendo apenas uma conversa amigável e Orlagh não tivesse ido lá para arrancar o poder dele, para enfraquecer seu reinado. Se ela ficasse sabendo que Madoc foi embora, talvez atacasse imediatamente.

Ao olhar para Orlagh agora, ao olhar para a expressão de desprezo de Nicasia e para os olhos estranhos e úmidos de sereianos e sereias, sinto-me impotente. Abri mão de dar ordens a Cardan e, em troca, ganhei sua promessa de casamento. Mas, sem ninguém saber, não parece que aconteceu.

— Estou aqui para exigir justiça. Balekin era meu embaixador, e se você não o considera sob sua proteção, eu o considero sob a minha. Você tem que dar a assassina dele para o mar, onde ela não terá perdão. Nos dê sua senescal, Jude Duarte.

Por um momento, sinto que não consigo respirar. Parece que estou me afogando de novo.

Cardan ergue as sobrancelhas. A voz permanece leve.

— Mas ela acabou de voltar do mar.

— Então você não contesta o crime? — pergunta Orlagh.

— Por que deveria? — retruca Cardan. — Se foi com Jude que Balekin duelou, tenho certeza de que ela venceria; meu irmão se achava especialista com a espada, um grande exagero de suas habilidades. Mas quem tem que puni-la ou não sou eu, como achar adequado.

Odeio ouvir falarem de mim como se eu não estivesse *bem ali*, eu tendo a promessa de lealdade de Cardan. Mas a rainha dele matar um embaixador realmente parece um problema político pior.

Orlagh não olha para mim. Duvido que se importe com qualquer coisa, mas Cardan abriu mão de muito pela minha volta e, ao me ameaçar, ela acredita que pode conseguir mais.

— Rei da terra, eu não vim lutar com sua língua ferina. Meu sangue é frio e prefiro lâminas. Houve uma época em que o considerei um companheiro para minha filha, a coisa mais preciosa do mar. Ela teria trazido a verdadeira paz para nós.

Cardan olha para Nicasia, e, embora Orlagh deixe uma abertura, por um longo momento ele não fala. E, quando fala, só diz:

— Como você, não tenho talento para o perdão.

Algo na postura da rainha Orlagh muda.

— Se é guerra que você quer, não é muito sábio da sua parte declará-la em uma ilha. — Ao redor da Rainha Submarina, as ondas ficam mais violentas, a espuma nas cristas, maior. Redemoinhos surgem perto da terra, pequenos, fundos, girando até sumirem e formarem novos.

— Guerra? — Ele olha para ela como se Orlagh tivesse falado algo especialmente intrigante e irritante. — Você quer mesmo que eu acredite que você quer lutar? *Você* está *me* desafiando para um duelo?

Ele está provocando-a, mas não consigo imaginar com que finalidade.

— E se estivesse? E aí, garoto?

O sorriso que curva os lábios de Cardan é voluptuoso.

— Abaixo de cada pedaço do seu mar tem terra. Terra agitada, vulcânica. Se você vier contra mim, vou mostrar o que este garoto é capaz de fazer, minha lady.

Ele estica a mão e algo parece subir até a superfície da água ao nosso redor, como sujeira pálida. Areia. Areia flutuando.

E em volta de toda corte do Reino Submarino, a água começa a se agitar.

Olho para Cardan na esperança de chamar sua atenção, mas ele está concentrado. Seja qual for a magia que está fazendo, foi isso que Baphen quis dizer quando falou que o Grande Rei estava conectado à terra, que era o coração batendo e a estrela na qual o futuro de Elfhame estava escrito. Isso é poder. E ver Cardan usá-lo é entender o quanto ele não é humano, o quanto se transformou, o quanto está fora do meu controle.

— Pare! — grita Orlagh quando a agitação vira fervura.

Uma área do mar borbulha e se agita enquanto os feéricos do Reino Submarino gritam e se debatem, nadando para longe. Várias focas sobem nas pedras negras perto da terra, falando umas com as outras na língua delas.

O tubarão de Nicasia é virado de lado e ela mergulha na água.

Um vapor quente sobe das ondas. Uma nuvem branca enorme surge na minha frente. Quando some, vejo que tem nova terra surgindo das profundezas, as pedras quentes esfriando enquanto olhamos.

Com Nicasia ajoelhada na ilha crescente, sua expressão é de surpresa e terror.

— Cardan? — chama ela.

Um dos cantos da boca do Grande Rei está curvado para cima em um sorrisinho, mas o olhar está desfocado. Ele acreditava que precisava convencer Orlagh de que não era impotente.

Agora, vejo que elaborou uma forma de fazer isso. Assim como elaborou um plano para se livrar do meu controle.

Durante meu mês no Reino Submarino, ele mudou. Começou a arquitetar planos. E se tornou perturbadoramente eficiente nisso.

Estou com esse pensamento em mente quando vejo grama crescer entre os dedos dos pés de Nicasia e flores do campo surgirem em todas as colinas que crescem, quando reparo nas árvores e nos juncos subindo, quando o tronco de uma árvore começa a se formar em volta do corpo de Nicasia.

— Cardan! — grita ela, enquanto o tronco a envolve, se fechando na cintura.

— O que você está fazendo?! — berra Orlagh enquanto o tronco sobe mais, enquanto galhos se desdobram, enchendo-se de folhas e flores cheirosas. Pétalas voam nas ondas.

— Você vai inundar a terra agora? — pergunta Cardan a Orlagh com perfeita calma, como se não tivesse acabado de fazer uma quarta ilha surgir do mar. — Vai mandar a água salgada destruir as raízes das nossas árvores e tornar nossos rios e lagos salobros? Vai afogar nossas bagas e enviar seus sereianos para cortar nossa garganta e roubar nossas rosas? Vai fazer isso ainda que signifique que sua filha vai sofrer o mesmo? Venha, eu a desafio.

— Solte Nicasia — pede Orlagh, a derrota pesando na voz.

— Eu sou o Grande Rei de Elfhame — lembra Cardan. — E não gosto de receber ordens. Você atacou a terra. Roubou minha senescal e libertou meu irmão, que estava aprisionado pelo assassinato de nosso pai, Eldred, com quem você tinha aliança. Houve uma época em que respeitávamos o território um do outro.

— Eu permiti desrespeito demais da sua parte, e você exagerou na reação.

— Agora, Rainha do Reino Submarino, vamos ter uma trégua como você tinha com Eldred, como teve com Mab. Vamos ter uma trégua ou vamos ter guerra, e, se lutarmos, não vou ter misericórdia. Nada nem ninguém que você ama vai estar em segurança.

Orlagh faz uma pausa e eu inspiro, sem saber o que virá em seguida.

— Muito bem, Grande Rei. Que tenhamos uma aliança. Liberte minha filha e partiremos.

Eu expiro. Ele foi sábio de forçar a situação, apesar de ter sido apavorante. Afinal, se descobrisse sobre Madoc, ela talvez tentasse usar essa vantagem. Melhor levar o momento ao limite.

Deu certo. Olho para baixo para esconder meu sorriso.

— Deixe Nicasia ficar e ser sua embaixadora no lugar de Balekin — diz Cardan. — Ela cresceu nestas ilhas e muitos dos que a amam estão aqui.

Isso arranca o sorriso da minha cara. Na nova ilha, o tronco está se afastando da pele de Nicasia. Eu me pergunto o que ele está tramando ao trazê-la de volta a Elfhame. Com ela, é inevitável que venham problemas junto.

Mas pode ser o tipo de problema que ele deseja.

— Se ela quiser ficar, permitirei. Está satisfeito? — pergunta Orlagh.

Cardan inclina a cabeça.

— Estou. Não vou ser manipulado pelo mar, por mais grandiosa que seja sua rainha. Como Grande Rei, tenho que liderar. Mas também preciso ser justo.

Aqui, ele pausa. E se vira para mim.

— E hoje, vou executar justiça. Jude Duarte, você nega que matou o príncipe Balekin, Embaixador do Reino Submarino e irmão do Grande Rei?

Não sei bem o que ele quer que eu diga. Ajudaria se eu negasse? Se sim, ele não me colocaria nessa posição, uma posição que deixa claro que ele acredita que matei Balekin. Cardan sempre teve um plano. Só posso confiar nele agora.

— Não nego que tivemos um duelo e que venci — declaro, minha voz saindo mais incerta do que eu gostaria.

Todos os olhos feéricos estão em mim e, por um momento, enquanto encaro seus rostos sem misericórdia, sinto a ausência de Madoc. O sorriso de Orlagh está cheio de dentes afiados.

— Ouça meu julgamento — continua Cardan, a autoridade ecoando na voz. — Eu exilo Jude Duarte ao mundo mortal. Até e só se ela for perdoada pela Coroa, que não bote um pé no Reino das Fadas para não perder a vida.

Eu me sobressalto.

— Você não pode fazer isso!

Ele me encara por um longo momento, mas seu olhar está brando, como se estivesse esperando que eu aceitasse bem o exílio. Como se eu não fosse mais do que uma de suas suplicantes. Como se eu não fosse nada.

— Claro que posso — responde.

— Mas eu sou a Rainha do Reino das Fadas — grito, e por um momento há silêncio. Mas então todos ao redor começam a rir.

Sinto minhas bochechas ficarem quentes. Lágrimas de frustração e fúria fazem meus olhos arderem quando, um momento depois, Cardan ri junto.

Naquele momento, cavaleiros fecham as mãos nos meus pulsos. Sir Rannoch me tira do cavalo. Por um momento louco, penso em lutar contra ele, como se não houvesse duas dezenas de cavaleiros em volta.

— Negue, então — eu grito. — Negue!

Ele não pode, claro, e não fala nada. Nossos olhares se encontram, e o sorriso estranho em seu rosto é claramente para mim. Eu lembro como era odiá-lo com o coração todo, mas lembrei tarde demais.

— Venha comigo, minha lady — diz Sir Rannoch, e não há nada que eu possa fazer além de ir.

Ainda assim, não resisto a olhar para trás. Quando faço isso, Cardan está dando o primeiro passo na nova ilha. Ele parece o governante que seu pai era, o monstro que o irmão queria que se tornasse. O cabelo preto soprando do rosto, a capa escarlate voando ao redor, os olhos refletindo o vazio cinzento do céu.

— Se Insweal é a Ilha do Sofrimento, Insmire é a Ilha do Poder e Insmoor é a Ilha de Pedra — diz ele, a voz se espalhando pelo novo pedaço de terra —, que esta seja Insear, a Ilha de Cinzas.

EPÍLOGO

Eu me deito no sofá de frente para a televisão. No meu colo, um prato de peixe empanado feito no micro-ondas está ficando frio. Na tela, um patinador de gelo de desenho animado está chateado. *Ele não é muito bom*, penso. *Ou talvez seja ótimo*. Sempre esqueço de ler a legenda.

É difícil me concentrar em qualquer coisa atualmente.

Vivi entra na sala e senta no sofá.

— Heather não responde as minhas mensagens — diz ela.

Apareci na porta de Vivi há uma semana, exausta, meus olhos vermelhos de tanto chorar. Rannoch e seu grupo me levaram pelo céu em um de seus cavalos e me largaram em uma rua qualquer de uma cidade qualquer. Eu andei e andei até ficar com bolhas nos pés e começar a duvidar da minha capacidade de navegar pelas estrelas. Finalmente, cheguei em um posto de gasolina com um táxi reabastecendo e levei um susto ao lembrar que táxis existem. Àquela altura, eu já não ligava mais de não ter dinheiro algum nem de Vivi pagar o motorista com um punhado de folhas encantadas.

Mas eu não esperava chegar e descobrir que Heather tinha ido embora.

Quando ela e Vivi voltaram do Reino das Fadas, acho que ela tinha muitas perguntas. E teve *mais* perguntas, e finalmente Vivi admitiu que a tinha enfeitiçado. Foi quando tudo deu errado.

Vivi removeu o glamour e a namorada recuperou as lembranças. Então Heather saiu de casa.

Ela está dormindo na casa dos pais, mas Vivi tem esperança de que ela vá voltar. Algumas das coisas de Heather ainda estão aqui. Roupas. O cavalete de desenho. Um kit novo de tintas a óleo.

— Ela vai mandar uma mensagem quando estiver pronta — digo, apesar de não ter certeza se acredito nisso. — Só está tentando colocar a cabeça no lugar. — Não é porque estou amargurada com relacionamentos amorosos que todos precisam ficar também.

Por um tempo, ficamos sentadas no sofá juntas, vendo o patinador do desenho não conseguir fazer piruetas e se apaixonar perdidamente — e talvez de forma proibida — pelo treinador.

Em pouco tempo, Oak vai chegar da escola e vamos fingir que está tudo normal. Vou levá-lo ao bosque do condomínio e vamos treinar espada. Ele não se importa, mas para ele é só brincadeira, e não tenho coragem de assustá-lo para que encare o treino de espadas de forma diferente.

Vivi pega um pedaço de peixe empanado do meu prato e passa no ketchup.

— Por quanto tempo mais você vai ficar emburrada? Você estava exausta por ter ficado presa no Reino Submarino. Não estava em sua total capacidade. Ele te superou dessa vez. Acontece.

— Tá — é tudo que falo enquanto ela come minha comida.

— Se você não tivesse sido capturada, teria limpado o chão com o couro de Cardan.

Nem sei bem o que isso quer dizer, mas é bom de ouvir.

Ela se vira para mim com os olhos de gato, iguais aos do pai.

— Eu queria que você viesse para o mundo mortal. E agora você está aqui. Talvez você adore. Dê uma chance.

Eu assinto com indiferença.

— E se não amar — continua ela, erguendo uma sobrancelha —, pode sempre se juntar a Madoc.

— Não posso. Ele tentou e tentou me recrutar, mas eu sempre recusei. Esse navio já zarpou.

Ela dá de ombros.

— Ele não... tá, ele *ligaria*, sim. Faria você sofrer muito e tocaria no assunto de forma constrangedora em conselhos de guerras pelas próximas duas décadas. Mas te aceitaria.

Olho para ela com severidade.

— E depois? Trabalhar para colocar Oak no trono? Depois de tudo que fizemos para protegê-lo?

— Trabalhar para ferrar Cardan — diz Vivi com um brilho intenso nos olhos. Ela nunca foi muito misericordiosa.

Agora, fico feliz por isso.

— Como? — pergunto, mas a parte estratégica do meu cérebro está entrando lentamente em ação. Grimsen ainda está na jogada. Se ele podia fazer uma coroa para Balekin, o que poderia fazer para mim?

— Não sei, mas não se preocupe com isso ainda — responde Vivi, se levantando. — A vingança é doce, mas sorvete é mais. — Ela vai até o freezer e pega um pote de sorvete de menta com gotas de chocolate. Traz junto com duas colheres até o sofá. — Agora, aceite este prazer, por mais indigno que seja da Rainha Exilada do Reino das Fadas.

Sei que ela não quer debochar de mim, mas o título magoa mesmo assim. Eu pego a colher.

Você precisa ser forte o suficiente para golpear e golpear e golpear de novo sem se cansar. A primeira lição é ficar forte.

Comemos banhadas pela luz tremeluzente da tela. O celular de Vivi está silencioso na mesa de centro. Minha mente está em disparada.

AGRADECIMENTOS

Terminar o segundo livro desta série teria sido bem mais difícil sem o apoio, encorajamento e crítica de Sarah Rees Brennan, Leigh Bardugo, Steve Berman, Cassandra Clare, Maureen Johnson, Kelly Link e Robin Wasserman. Obrigada, minha equipe libertina!

Agradeço aos leitores que foram me ver em turnê e aos que fizeram contato para dizer o quanto gostaram de *O príncipe cruel* e por todas as artes dos personagens.

Um enorme agradecimento a todos da Little, Brown Books for Young Readers, que apoiaram minha imaginação esquisita. Agradeço especialmente à minha editora incrível, Alvina Ling, e a Kheryn Callender, Siena Koncsol, Victoria Stapleton, Jennifer McClelland-Smith, Emilie Polster, Allegra Green e Elena Yip, dentre outros. E, no Reino Unido, agradeço à Hot Key Books, particularmente a Jane Harris, Emma Matthewson e Tina Mories.

Agradeço a Joanna Volpe, Hilary Pecheone, Pouya Shahbazian e a todo mundo da New Leaf Literary por tornarem as coisas difíceis mais fáceis.

Agradeço a Kathleen Jennings pelas ilustrações maravilhosas e evocativas.

Mais do que tudo, agradeço ao meu marido, Theo, por me ajudar a entender as histórias que quero contar, e ao nosso filho, Sebastian, por ser uma distração e uma inspiração ao mesmo tempo.

VIRE A PÁGINA PARA CONFERIR O TRECHO EXCLUSIVO DE UM CAPÍTULO ALTERNATIVO E CENAS DELETADAS DE

O Rei Perverso

Tradução
Priscila Catão

ESTE FOI O começo original de *O rei perverso*, mas, por vários motivos, troquei-o pelo Capítulo 1 que está na versão final do livro. Há elementos divertidos aqui, mas não me pareceu que o texto tinha o tom certo e deixou de explorar as dificuldades que Jude enfrenta por estar numa posição de maior destaque. Ainda assim, espero que gostem!

CAPÍTULO 1

Do meu esconderijo escuro nas vigas do Palácio de Elfhame, observo fixamente o topo da cabeça do Grande Rei Cardan e a coroa dourada que repousa sobre ela. Gosto de ficar aqui em cima, com a besta em mãos, entre as raízes serpenteantes e o frescor da terra compactada. Gosto de não precisar me preocupar se meus sentimentos estão estampados no rosto.

Cardan é tão odioso como Grande Rei quanto imaginei. Ele está relaxado no trono do Reino das Fadas, a longa capa escarlate e perversa presa a seus ombros, arrastando no chão. Um brinco cintila no alto de suas orelhas pontudas. Mas seu ornamento mais marcante é o sorrisinho de desdém que nunca parece abandonar seus lábios.

Enquanto observo, ele pede que sirvam mais vinho no cálice incrustado de pedras. Uma criada pixie se aproxima depressa, carregando uma jarra de prata com o formato de um rosto humano gritando. Cardan parece encantado com a jarra apavorante, a reverência da garota, e com a possibilidade de uma embriaguez repugnante e ridícula.

Foi isso que você fez, lembro a mim mesma.

Pareceu uma ótima troca, uma troca bem *típica* do Povo das Fadas: pôr no trono alguém que eu odiava para garantir a segurança do meu irmão durante mais alguns anos de sua juventude.

Cardan prometeu me servir por um ano e um dia. Pretendo encontrar um jeito de mantê-lo sob meu poder por mais tempo do que isso. Tempo suficiente para dar a Oak o que não tive, uma infância sem medo.

Um troll se ajoelha diante do estrado e espera ser reconhecido. Hoje, bêbado ou sóbrio, Cardan deve ouvir aqueles que desejam que o Grande Rei resolva seus problemas. Não consigo imaginar quem, ao olhar para ele nesse estado, entregaria seu destino nas mãos dele, mas o Povo tem muitas extravagâncias.

— Meu nome é Mikkel, e minha cabra desapareceu — diz o troll.

Sua voz é grave e se espalha com facilidade pelo interior do palácio. Vários cortesãos se viram, talvez por causa do barulho, talvez na expectativa de conferir o novo Grande Rei não fazer jus ao cargo.

— Sua cabra? — pergunta Cardan, piscando algumas vezes, como se tentasse se concentrar na imensa figura a sua frente.

O troll faz que sim. Há alguns pedaços de metal e osso trançados no seu cabelo, que tilintam ao baterem um no outro.

— Acho que alguém a comeu.

— E não foi você?

Alguns cortesãos riem baixinho, e vejo o pescoço do troll ficar vermelho.

— Não, não fui eu. Margarida era uma boa cabra. Ela me dava leite para o queijo. Eu só ia comê-la quando ficasse velha, e, nesse caso, teria sido um ato de bondade.

Essa é a lógica do Povo das Fadas, mas não a questiono.

— Então vá procurá-la! — diz Cardan. — Já conferiu nos lugares de sempre? Debaixo da cama? Encostada na árvore preferida dela?

O troll parece confuso. Sinto dó dele.

— Procurei demais. Creio que ela foi roubada.

— Ah — diz Cardan, inclinando-se para a frente no trono. — Então a história é mais complicada. E imagino que você tenha um suspeito.

O troll assente.

— Meu irmão Thran.

— Diga tudo de uma vez — diz Cardan e gesticula com a mão, frustrado. — Cansei de ter que ficar perguntando.

— Só quero que o obrigue a devolvê-la.

— Muito bem — diz Cardan. — Eis o meu decreto real: se Thran, irmão de Mikkel, estiver com a cabra de Mikkel, que a devolva imediatamente. Se ele já tiver devorado a cabra, o que infelizmente suspeito ter acontecido, então você poderá tomar dele algo que seja de seu interesse, o que você quiser. Agora saia daqui.

O troll, que parecia desconfiado quando Cardan começou a proferir a sentença, alegrou-se maliciosamente no final.

Não sei bem o que pensar. Por um lado, é justo. Por outro, parece um tipo de justiça elaborado mais para entreter do que para evitar conflitos.

Mudo de posição na viga e passo a besta para a outra mão. Estou me sentindo um pouco suada por causa da dose maior de veneno que comecei a tomar na noite anterior.

Lá embaixo, outra requerente se aproxima.

— São os sereianos — diz a bruxa — Elas estão vindo até a praia e afogando qualquer criatura que veem pela frente.

Ao ouvir isso, Cardan toma outro gole de vinho.

— Não é possível. Temos uma aliança com a Rainha Orlagh do Reino Submarino.

— Está me chamando de mentirosa, garoto?

Cardan endireita a postura e, ao falar, sua voz é gélida. Já não parece mais um bêbado afetado. Já o vi usar esse truque antes, mas sempre me irrita.

— Sou o Grande Rei de Elfhame, e é melhor não se esquecer disso.

A bruxa ri com deboche.

— Com tanta riqueza ao seu redor, como eu esqueceria? Mas você continua sendo uma criança. Uma criança em um trono grande com um problema maior ainda. Porque a Rainha Orlagh está fazendo você de bobo.

— Você traz informações interessantes — diz ele.

É evidente que ela o abalou. Que ele não sabe como reagir à insolência dela. Imagino que queira acorrentá-la, mas sua intuição deve estar lhe dizendo que isso só o faria parecer mais fraco, não mais forte.

— Bem, você já transmitiu sua mensagem e também sua insolência. Agora pode ir. — Ele acena para que ela se vá.

Ela faz uma reverência.

— Se precisar de mim, é só procurar a velha Maggy Crumb.

E, dito isso, ela lhe dá as costas. De modo alarmante, ao se virar, ela lança um olhar para cima e dá uma piscadela na minha direção. É um rápido movimento, um gesto sutil, mas me desestabiliza. Continuo parada e tento fingir que não vi o que aconteceu, mas não há como fingir.

Quando comecei a rascunhar *O rei perverso* e cheguei à parte sobre o Reino Submarino, pensei em escrever em terceira pessoa e me concentrar em alguns dos personagens que permaneceram em terra firme. No fim, decidi manter o livro inteiro sob o ponto de vista de Jude, mas aqui estão alguns trechos da versão alternativa.

Madoc nasceu em um campo de batalha. Sua mãe cortou o cordão umbilical com a própria lâmina, envolveu-o em seu manto e voltou ao combate, embora suas coxas estivessem manchadas de vermelho e seu recém-nascido berrasse como os moribundos ao redor. Ela venceu naquele dia, e em muitos outros depois, mas sempre lembrava Madoc de que só vence quem entende que a vitória não dura para sempre. Nascido no sangue, como dizem os barretes vermelhos, e criado para derramá-lo.

Nos últimos meses, ele andava pensando muito nisso e no que Jude disse quando no momento em que percebeu que ela o havia envenenado. Quando ainda não sabia se ela pretendia que ele sobrevivesse.

Pai, eu sou o que você fez de mim.

Madoc olha em volta do escritório, os papéis cobrem o chão junto de cadeiras quebradas. Estava furioso com ela no casamento de Taryn, tomado pela raiva após ouvi-la conversando com o Grande Rei. Agora compreendia que, além de enganá-lo e roubar a coroa de bem debaixo do seu nariz, ela também se saíra muito melhor do que ele jamais havia imaginado. Sentia-se um velho tolo, pois participara das reuniões do Conselho Vivo e sentira pena dela. Uma garota apaixonada que se deixou levar pelos elogios de um belo príncipe e abdicou de seu futuro para servi-lo. Chegou a se preocupar. Pensou em formas de convencê-la a ficar do seu lado novamente, em estratégias para que ela preservasse a própria dignidade após admitir que fizera a escolha errada. Imaginava-a chorosa, de coração partido, disposta a voltar a ser sua filha obediente.

Mas ela estivera no poder o tempo inteiro, ocultando até seu sorriso mais secreto, enquanto dava ordens supostamente em nome do garoto tolo. Ela deixava todos a menosprezarem, mas devia rir deles pelas costas.

Agora, o Reino Submarino tem Jude sob sua posse, provavelmente a está torturando. E ele precisa deixar toda essa raiva de lado para se concentrar num modo de trazê-la de volta.

Então ele promete a si mesmo que vai mostrar a ela que, embora tenha sido enganado *duas vezes*, ele continua no comando. Não foi à toa que se tornou Grande General muito antes de ela nascer. Ele a resgatará de Orlagh, mostrará a ela quem manda e a punirá. Afinal, como uma criança pode aprender sem ser punida?

No entanto, ao entrar na sala do trono, Madoc depara com sua principal dificuldade: Cardan, o mais jovem e o pior dos filhos de Eldred, ainda é o Grande Rei. Sem Jude para lhe dar ordens, ele pode fazer o que bem entender. Ela não pode mandar nele presa nas profundezas do mar.

Como Madoc pode fazer Cardan chegar a um acordo com Orlagh se o atual cenário o beneficia? Como é que ele pode convencer aquele garoto ridículo a fazer alguma coisa?

Cardan atravessa o jardim, cercado por flores que só desabrocham à noite. Ele toca as pétalas e as observa desabrochar, sentindo a impotência do poder. Não deveria baixar a guarda. E, no entanto, é exatamente o que faz ao entrar no bosque. É fácil. Barata lhe ensinou a andar sorrateiramente, e ele treinou com afinco.

Agora ele se aproxima furtivamente do penhasco e observa as ondas lá embaixo. Fica olhando e olhando, como se conseguisse enxergar Jude lá nas profundezas, como se conseguisse enxergar os corações daqueles que a mantêm cativa, tentando pensar em uma maneira de feri-los com tanta precisão que se vejam obrigados a libertá-la.

— Não é seguro um rei ficar zanzando por aí sozinho — diz Bomba, surpreendendo-o, saindo da escuridão de um jeito tão silencioso que Cardan começa a duvidar de sua própria furtividade. Um capuz cobre a cabeça dela, mas ele vê uma das tranças escapando.

— E eu achando que ninguém tinha me notado... — reclama Cardan.

— Você se saiu muito bem — diz Bomba, com uma daquelas respostas que soavam como se ele fosse uma criança que precisa de incentivo.

Todos o tratavam assim, como alguém que deve ser parabenizado por qualquer feito, que, vindo de outras pessoas, mal seria considerado uma habilidade. Antes ele não se incomodava. Até o agradava; era, afinal, um sinal de que o temiam.

Agora, ele odeia.

Mas também é um lembrete de que, se ninguém exige que ele se esforce, ele mesmo deve se impor isso. Então pensa em Jude, que dedica a vida à espada, ao aprendizado das artes da Corte das Sombras, a entender como governar. Na escola do palácio, ele já tinha percebido o quanto ela era inteligente, séria e extremamente hábil em tudo o que se propunha a fazer. E a odiava por isso. Porque ela era a prova viva de que a superioridade régia dele era tão efêmera quanto a névoa matinal. Só mais tarde saberia como era aterrorizante ter virado contra si toda a inteligência, seriedade e habilidade.

Foi apavorante perceber o que era necessário para ser como ela. Não era um talento natural como imaginava. Ou talvez fosse talento natural, mas somado a autodisciplina, autocontrole e uma rotina brutal de treinamento. Ele não sabe se tem estômago, muito menos coração, para tais coisas.

Ele encara o mar, as ondas batendo.

Está em terra firme, mas, ainda assim, sente como se estivesse se afogando.

— Tem alguém no palácio com informações — diz Bomba. — É melhor vir comigo.

— É Nicasia?

Talvez ele não devesse ter sido arrogante com ela depois do primeiro ataque terrestre do Reino Submarino. Mas não é tarde para mudar de abordagem.

Vá até Nicasia e a encante.

Ele se recusa a aceitar todos os pensamentos seguintes, se recusa a lembrar como Jude ofegou quando ele a tocou, como se o contato a deixasse nervosa. Ele se recusa a lembrar como ela fechou os olhos com força, como se não suportasse ver quem a estava fazendo se sentir daquele jeito.

— Não — diz Bomba. — É Lady Asha.

A mãe dele. Por um instante, Cardan se pergunta se Bomba sabe que Lady Asha é sua mãe. Mas é óbvio que sabe. Só é discreta demais para comentar qualquer coisa.

— Ela estava na Torre do Esquecimento. Foi a última pessoa a falar com Jude antes de seu desaparecimento. — Bomba o olha compassivamente. — E ela quer falar somente com você.

— Bem — diz ele —, já ouvi dizer que não se deve deixar uma lady esperando.

Ao entrar na sala onde Lady Asha o aguarda, Cardan se pega pensando em seu mapa astral, elaborado pelo Astrólogo Real depois do seu nascimento. Ele suspeita que Lady Asha vai lhe dizer que não está à altura do cargo que ocupa no momento e que Lorde Baphen afirmou que ele seria um monstro e a ruína do trono.

Ele espera alguém dizer que ele não serve para o cargo desde o momento em que colocaram a coroa em sua cabeça. Porém, é evidente que ninguém diz esse tipo de coisa ao Grande Rei, pelo menos não diretamente. Elas só dizem isso pelas costas.

Lady Asha também não diz nada disso. Ela abre um sorriso de cortesã.

Antes de Eldred prendê-la, ele desejava a atenção dela com uma avidez quase desesperada. Bastava um raro elogio de seus lábios para inflamar nele o desejo por mais. E, apesar dos anos passados, ele percebe que não está tão imune quanto gostaria.

Ela está usando um vestido roxo-escuro, o rosto está pintado, e delicadas argolas douradas reluzem em suas orelhas pontudas. Os chifres brilham por terem sido oleados há pouco tempo. Obviamente, ela encontrou amigos antes de vir ao palácio. Obviamente, ela se enfeitou com cuidado para a audiência com ele.

— Mãe — diz ele, aproximando-se. A cauda dele balança de um lado para o outro, traindo seu esforço de demonstrar indiferença.

Ela se levanta do sofá e faz uma reverência exagerada.

— Eu estava me perguntando se caí em desgraça.

Ele se envergonha por ter dado tantas razões para ela achar isso. Afinal, ele não a libertou da Torre. Na época, não se sentia capaz. Não se considerava o Grande Rei de jeito nenhum. Mas isso é impossível de explicar. E mesmo que fosse, ela é o tipo de mãe que reagiria à submissão com selvageria.

É melhor que ela continue na incerteza.

— Ainda assim, exigiu falar somente comigo — diz ele, refugiando-se em sua velha arrogância.

Lady Asha sorri de um jeito novo, como um predador prestes a atacar.

— Sua senescal me ofereceu uma rota de fuga de Elfhame. Mas ela foi embora. Então vim ver se você não teria um pingo de misericórdia.

As palavras o ferem. É de propósito. Mas Cardan é especialista em receber golpes sem revidar.

— Espero que não vá me pedir seus antigos aposentos de volta. Infelizmente, ateei fogo neles.

Ele se lembra de quando estava deitado naquele quarto, da intensa dor de uma flecha de besta na lateral de seu corpo, do cheiro de vinho derramado ao seu redor, de uma garota gritando.

E de Jude.

Lady Asha diz mais alguma coisa, mas ele tem dificuldade para se concentrar. Percebe que não perdeu o interesse naquele joguinho tão familiar. Não quer mais trocar farpas. Não quer inclusive se proteger.

Ele a interrompe no meio de algum comentário mordaz sobre o tempo que ela passou no palácio:

— Diga logo o que você quer de mim. Joias? Vestidos? Uma mansão confortável? Que entediante. Como pode haver valor em uma disputa para ver quem tem o coração mais arruinado? Só tem uma coisa que eu quero saber: quando foi a última vez que viu minha senescal? Por essa resposta, eu lhe daria muitas coisas. E se não for suficiente, também posso ameaçá-la. Por que não ficamos com a primeira opção?

Lady Asha parece menor por um momento, mas logo se torna petulante.

— Você sempre teve uma natureza imprevisível.

Ele se lembra do pânico que sentiu quando estava à mercê dela. Não quer fazer ameaças. Seu instinto lhe diz que, se as fizer, terá de cumpri-las.

Então ele nada diz. Fica à espera. Depois de um momento, ela suspira e começa a falar:

— Sei muito pouco. O Reino Submarino veio libertar seu irmão Balekin da jaula. Vi os sereianos na escada, com aquelas patas molhadas e barulhentas, e as vozes esquisitas. Ouvi o estrondo das ondas virar uma cacofonia. Ouvi os gritos dos guardas. Então a garota apareceu. Ela abriu a porta da minha cela e me mandou sair.

— E ir para onde? — pergunta Cardan.

Sua mãe balança a cabeça, como se a pergunta fosse ridícula.

— Para a escada. No caminho, passei por um guarda com cabelo da cor do trigo no outono, mas ele não me deteve. Não olhei seu rosto. Não havia motivo. Não fiquei para ver se ele me seguiria. Eu estava feliz por estar livre.

— Jude disse alguma coisa? — pergunta Cardan. — Qualquer coisa.

— Apenas que estava me libertando por sua causa — responde Lady Asha, abrindo um sorriso sarcástico. — Isso só mostra o quanto ela não te conhece.

*

Holly Black: *Também pensei em incluir diferentes tentativas de assassinato para evidenciar as várias facções interessadas no trono. No entanto, como havia muitos acontecimentos, me concentrei no Reino Submarino. O excerto a seguir faz parte de uma conversa que menciona uma dessas outras tentativas.*

— Quem iria querer matar Cardan? — pergunta Bomba, como se esse fosse o mistério.

Dou uma risada debochada.

— Você quer dizer qual dos muitos e muitos seres encantados que desejam vê-lo morto e que não juraram lealdade à coroa?

— Ou um mortal — diz ela.

Penso nos servos do lar de Balekin. Na aparência exausta deles. Em como Balekin os obrigava a bater em Cardan e em como obrigava Cardan a aceitar. Certamente isso não poderia ter gerado algo além de inimizade.

Foi uma tentativa desleixada, como se o assassino não conhecesse a arma muito bem. Não sentido em fugir deixando Cardan vivo e sem nenhum guarda por perto. Ainda assim, em vez de carregar mais flechas, ele desistiu de vez.

A menos que a intenção fosse apenas assustá-lo. Mas não consigo imaginar quem se beneficiaria disso.

— Talvez — digo.

Ela vai até uma cadeira cuidadosamente entalhada, com as cores de um pavão, e se acomoda como se não se deixasse intimidar por estar nesses aposentos.

— Pense no outro mortal.

Um envenenador, capturado na cozinha do palácio. Humano, nada enfeitiçado. Foi pago com ouro e parecia acreditar que tentar matar o rei do Reino das Fadas era uma grande honra. Há muitos motivos para suspeitar de Balekin, mas faltam provas.

Barata enfeitiçou o aspirante a assassino e o mandou embora, com a mão ferida e lembranças confusas, um ato de gentileza que não esquecerei nem tão cedo.

Sobre a autora

Holly Black é autora best-seller número 1 do *New York Times* de livros de fantasia, incluindo os livros de Elfhame, As Crônicas de Spiderwick e sua estreia na literatura adulta, *Livro da noite*. Ela foi finalista dos prêmios Eisner e Lodestar, assim como vencedora dos prêmios Mythopoeic, Nebula e Newbery. Seus livros já foram traduzidos para 32 idiomas e adaptados para o cinema. Holly vive atualmente na Nova Inglaterra com o marido e o filho em uma casa com uma biblioteca secreta. Seu site é blackholly.com.